流浪之月

[日]凪良汐 著
烨伊 译

四川文艺出版社

目 录

第一章　少女的话　·001·

第二章　她的话Ⅰ　·007·

第三章　她的话Ⅱ　·071·

第四章　他的话Ⅰ　·285·

第五章　她的话Ⅲ　·303·

终　章　他的话Ⅱ　·311·

第一章
一

少女的话

休息日的家庭餐厅人头攒动。兴奋的孩子,呵斥他们的父母,还有一群吵吵闹闹的学生,欢笑声充满了整个屋子。服务员忙碌地走来走去。

"鲜桃起泡生奶油刨冰。"一份漂漂亮亮的刨冰摆在眼前。

"我一直想吃这个。它用的不是水果罐头,是新鲜的桃子呀。"

说话的少女眼睛发亮。她面前坐着一对男女,看样子三十岁出头,若说是她的父母,未免年轻了些。男人的目光停在覆着果胶的水灵灵的桃子上。

"刨冰配生奶油,真是奇妙的组合啊。"

"这不是很常见吗?"少女愣了愣。

"我年轻的时候,没有这样做的刨冰。"

"这话说的,好像你是大叔一样。"

"不是'好像',本来就是大叔。"

男人淡淡地说着,少女眨眨眼睛。

"好吧，你明年就要四十岁了？从我们认识到现在，你几乎没怎么变。你们两个站在一起，看着好像一样大。"

"用不了多久，我就会显得比他老了。"

女人难为情地用双手捧住脸，少女笑了。这时，放在桌上的手机振动起来。少女滑开屏幕看了看，马上就放下了，似乎不感兴趣。

"不用回消息吗？"

"嗯，是妈妈。她说今天晚上在外面留宿。"

"又要和男朋友约会啊。"少女不情愿地补充道。

"我无所谓，从小就习惯一个人在家了。而且她这次的男朋友虽然长得不帅，但好像挺温柔的。她要是能和这个人结婚，我也放心。"

"真是搞不懂你们俩到底谁是大人啊。"

"大人不行，孩子就懂事呗。"

手机又振了起来。"好烦哦——"少女盯着屏幕，"啊，是朋友打来的。不好意思，我出去接一下。"

少女刚拿着手机站起来，旁边那桌人便不再说话。男生们的目光齐刷刷地盯着她裙子下面笔直的双腿。"好细啊！真了不得。"几个男生交头接耳，一副很开心的样子。而少女径自穿过餐厅，看也不看他们一眼。

"哎——我们高中要是也有这种级别的女生该多好啊！"

其中一个男生望着少女的腿，呆呆地说。

"刚才那孩子,是初中生吧?"

"高中生吧?"

"妆化得显成熟啦。"

"真的吗?那我们不都成恋童癖了。"

"只要可爱,管她上初中还是多大呢。"

"你这是要诱拐幼女啊。"

其他人明明也不过就是高中生而已,却夸张地起哄,嚷着"糟了""糟了"。

"说起来,去年也有诱拐小女孩的案子呢。那家伙抓住了吗?"

"谁知道呢?"男生们纷纷掏出手机,搜了起来。类似的案件一股脑全都显示出来,他们发现想找到那个案子要花不少时间。

"哇,我看到一个凄惨的视频,是诱拐九岁女孩的男大学生被捕的瞬间。你们看——这小女孩哭得多惨!"

几个男生盯着对方递过来的手机。

"阿文——阿文——"

听到手机里传来幼小女孩的哭声,左边餐桌的老夫妻厌恶地皱起眉头。右边的一对男女大概是不想搭理那群学生,若无其事地喝着咖啡。

"啊,再搬家的话,你想去哪里住?"女人问男人。

她的语气轻松,像是要将那令人不快的声音盖住一般。给客人续咖啡的年轻服务员轻轻挑起一边的眉毛。

"现在住的地方上下坡太多了，下次去个平坦点的地方吧。不过我还是想住在一个风景优美的地方啊，每天早上打开窗，就是绝美的风景。山，海，丛林都行。你说呢，哪里比较好？"

"你喜欢就好，我尽管跟着你去就是了。"

男人苦笑着回答。年轻的服务生一面倒咖啡，一面轻叹一口气，像是在说"两个人这么幸福可真好啊"，然后又精神抖擞地在大堂里转悠起来。男人和女人继续聊着这里不错、那里如何，高中生们则看着那让人不安的视频入了迷。

"阿文——阿文——"

"恋童癖是种病吧。真该把那些家伙都处死。"

不知是谁突然嘟囔了这么一句。

第二章
一

她的话 I

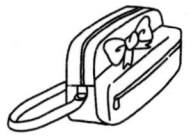

"所以我就说嘛，冰激凌不是米饭呀！"

背着书包放学回家的路上，洋子说。米饭和冰激凌当然有区别。米饭是不断膨胀的东西，冰激凌则会不住地化掉。两种食物我都喜欢。

"冰激凌没营养，还会让人变胖、牙齿坏掉。"

我一面听洋子讲话，一面轻声附和，同时做好了心理准备：到现在为止，她说的和老师、姨母她们说的都一样，但后面的话才是关键。不过，洋子若有所思地想了一阵，说了句"就是这样"便结束了话题。那时我们已经到了儿童公园，洋子把书包靠着大树放下，朝先来的同学们跑去。

"更纱，快来呀——"

对面的人兴高采烈地朝我挥手，我只好放下书包。书包的提手硬邦邦的，刚买来没几天，我还完全不习惯。

九岁之前，我一直用的是法式的背带书包。那是一只像登山包的扁平背包,是明亮的天蓝色,非常漂亮。

※

"更纱喜欢哪个?"

上小学前,爸爸和妈妈问我。

不仅书包如此,无论挑选什么,他们总是会问我的意见。

爸爸从熟人那里借来一只红色的学生书包,妈妈从朋友那里借来一只法式背带书包,他们还拿出手提包、运动背包等。我在各种各样的书包中,一眼选中了法式的那只。我喜欢蓝色和白色的搭配,还无限向往过自己背天蓝色背包、穿白色连衣裙的样子。其他的样式我也试了一遍,但手提包磨得我手肘内侧发痛,学生书包对小个子的我来说太大了,显得难看而笨重。

"现在的学生书包比起以前的倒是轻了些……"爸爸只用单手便轻巧地拎起学生书包。

"里面还要装课本呢。光是太重这一点,就是罪孽啦。"妈妈果断的样子像个法官。

"灯里就连女士手包也不喜欢呢。"

"拿着它,手就不能随便甩了嘛!"

妈妈不会忍耐,所以她没有一个当妈妈的朋友。可是,她完全不把这个放在心上。比和那些当妈妈的人一起玩更有意思的事似乎有很多。看电影、听音乐,只要想喝酒,无论早上还是中午都随便喝。她说自己忙着享受有爸爸和我的生活,才没工夫把时间浪费在那些无聊的事情上。

爸爸则和妈妈相反,他在市役所工作,每天都要跟合不来的人长时间相处。"阿凑好伟大!""太了不起了!""爱死你了!"妈妈经常这样说。

爸爸和妈妈是在郊野音乐节上认识的。他们看的那支乐队的主唱几年前去世了,由吉他手兼任主唱。据说那天妈妈感觉到,自己从天灵盖到手指尖的每一个细胞都被音乐填满,于是坚信那位死去的主唱的灵魂来到了现场。

"幽灵?你不害怕吗?"

爸爸一问,妈妈便纠正他:"不是幽灵,是灵魂。"爸爸心想,这不是一回事吗?妈妈却说,灵魂是一种更加纯粹而强大的能量。爸爸完全摸不着头脑,不过这种情况对他们来说是家常便饭。妈妈经常说些别人听不懂的话。爸爸说:"灯里是个感性的人。"同一座公寓的阿姨们,则在背地里说妈妈"不接地气"。

我不明白"不接地气"的意思,就去问那个在图书馆上班、看上去懂得很多的姐姐。我拜托她用我能听得懂的方式解释给我听,于是姐姐将眼镜的鼻托上下推了两三次,告诉我"不接地气"的意思是"我行我素的、糟糕的人"。原来是这样啊,我明白了。

年轻时的妈妈比现在还要我行我素,简直糟糕透顶。年轻的妈妈感受着主唱那已经不在人世的灵魂,忽然朝旁边看了看。就这样,她与爸爸四目相对,对方和她一样,泪水弄得整张脸湿乎乎的。最后一首歌唱完,两个人说着"你来了呀""我来了",确认了彼此的心意。即使讲话时去掉主语,也毫不影响他们的交流。听说最后两个人哭着抱在了一起。

"那时候我就决定了,要和阿凑结婚。"

不是"想",而是"要",如此这般的果决符合妈妈的做派。三个多月后,他们真的结婚了,这相当了不起。妈妈向来和"谨慎"一词八字不合。

这个他们俩开始恋爱的故事,我已经听了许多次。那一天,我照旧听着这故事,想起现在一本正经的爸爸——既然他和糟糕的妈妈是同类,那么他也是个糟糕的人,不过是隐藏着自己的本性罢了。而我——这两个糟糕的人的独生女,又是怎样的人呢?

有一天,我也会变成糟糕的人吗?

我在客厅的长桌前,一面捏黏土一面思考,却总是集中不了精神。油黏土的味道太重了。我皱着眉头将它捏成小猫脸的形状,可怎么捏都不像。妈妈在一旁说:"真臭。"她站在厨房的料理台前,捏着鼻子。

"这是老师留的作业,你就忍一忍吧。"

"我不喜欢忍。况且这也太臭了,我都不想做饭了。"

"你要做饭?"

妈妈做饭很好吃,但只是兴致来了才做,平时就用提前做好的下酒菜和超市的副食品糊弄了事。对了,如果要在家看电影的话,妈妈就会彻底放弃做饭,兴致勃勃地准备一大桶爆米花或冰激凌，然后给比萨店打电话，叫外卖当主食。

听说今天晚上吃肉末咖喱，我干脆一把捏扁了那块不像小猫的黏土，揉成一小条放进盒子，盖上盒盖。又臭，又麻烦，去他的吧。

我仔细洗过手，给妈妈帮厨。肉末咖喱做法简单，用切碎机把蔬菜切碎，跟拌好的肉一起炒熟就行了，可妈妈做出来的好吃极了。"大蒜、苹果和香草很重要哦。"妈妈一面哼歌，一面在平底锅里搅拌。

"替我翻一会儿。"妈妈将锅铲交给我，从橱柜里取出孟买蓝宝石金酒的瓶子。酒瓶是水蓝色的，非常好看。她在金酒中调入如盛夏草原般浓郁的绿薄荷酒、柠檬汁、糖浆和苏打水，然后倒进装了许多冰块的大玻璃杯里，眯起眼端详调好的浅绿色酒水，大口喝下去。我仿佛都能听到"咕咚咕咚"的声音。妈妈的绝活之一是喝酒时让人觉得那酒很美味。她做的水晶美甲和浅绿色的酒十分相称，是美国31冰激凌中"跳跳糖"口味的颜色。

"辛苦啦。"妈妈从我手中拿回锅铲，一手举着杯子，一手忙活着做肉末咖喱。妈妈做饭会按照自己的兴趣来，不喜欢被人强迫。因为兴趣使然，她才开心地喝着酒、哼着歌，兴致盎然地烹饪。也许就是因为这样，她做出来的饭才好吃。

"味道不错嘛。"

爸爸从午睡中醒来。最近，爸爸好像很容易累，休息日一定会睡午觉。他的手臂从T恤的袖口里突兀地伸出来，活像纤细的树枝。

"爸爸,今天吃肉末咖喱哦,是爸爸最爱吃的吧。"

"我最爱吃啦。"

我举起手和爸爸击了个掌,不过高个子的爸爸要把手往下放,才能和我击掌。

"灯里在喝好东西呀。"

爸爸一面说,一面抱住妈妈的腰。

"翡翠酷乐,阿凑也来一杯吗?"

"嗯。"爸爸点头,在妈妈脸上亲了一下。"早安""晚安""我回来啦""欢迎回来",他们两个经常亲吻彼此。这在我家是常事,同学们却好像难以置信。为此,我还曾被男生大声取笑:"这家伙家里真恶心——"

"我给你做。"

我从橱柜里拿出孟买蓝宝石金酒。

"更纱会做吗?"

"会做呀,刚才我看到了嘛。爸爸去晒晒太阳吧。"

我命令爸爸到阳台去。爸爸瘦瘦的,皮肤白白的,看上去身体很弱。身体弱也没关系,只要健康就好。

我用和妈妈一样的步骤做了一杯翡翠酷乐,最后让妈妈尝了下味道。妈妈用纤细的长柄勺汲起鸡尾酒,落下一滴在自己的指甲上,轻轻舔掉。妈妈曾在酒吧打过工,用爸爸的话说,她的一举一动似乎都是专业级别的。看到她手指圈起来,说了句"OK",

我很是开心。

"这位客人,让您久等啦。"

我将酒端到爸爸那里,他正抱着腿,坐在阳台的落地窗前。

"多谢。这是酒钱。"

爸爸摘下一颗养在阳台上的鲜红色的迷你番茄,放到我嘴里。"请多惠顾。"我鞠上一躬,回到厨房,妈妈正好关上灶台的火,孩子气地说了句"做好啦——"。我才回到厨房,她便换到了爸爸身边去。沙拉还没做好呢,怎么就说"做好了"啊?不过没办法,妈妈最爱的人就是爸爸,总想和他甜甜蜜蜜地黏在一起。

他们并肩坐着,玻璃杯碰撞的声音隐约传到了我这边。我从冰箱里拿出柠檬苏打水,倒在装好冰块的玻璃杯里,挤了一滴绿色的液体糖霜。搅一搅,透明的柠檬苏打就染上了翡翠酷乐的颜色。我举着它,坐到两人中间。

"更纱也喝酒?"

"嗯,喝'酒'。"

妈妈和我对视,忍俊不禁。

爸爸在旁边哈哈大笑。我们三个说着"干杯",将玻璃杯碰在一起。

去年过生日的时候,我羡慕爸爸妈妈能喝颜色漂亮的酒,于是他们给我买了做点心用的液体糖霜。一家三口像做理科实验一般,调了各种颜色的柠檬苏打水。我喜欢红色和蓝色混在一起的那款,浅紫色的柠檬苏打,就像开在春天的紫罗兰。我看着那杯饮料入了迷，爸爸用拍立得拍下了这一幕。

我一高兴，就做了件傻事——把那张照片带到学校，拿给我为数不多的几个朋友看。我很少这样兴奋，还邀请她们下次一起调饮料。

"和紫罗兰菲士一样的颜色哟。"

"那是什么？"

"一种酒的名字。"

"家内，你喝酒吗？"

旁边的一个孩子问我。这孩子是在班上称王称霸的小团体的成员之一。她看到照片中爸爸妈妈的酒杯，便在放学前的班会上说我喝酒。大家议论纷纷，我虽然不明白发生了什么，但还是站起来回答：

"那是柠檬苏打水。"

"没有那种颜色的柠檬苏打水！"

"是用做点心的颜料之类的东西弄的。"

"如果是真的，就拿出证据来！"

傻呵呵地过了几招后，班主任让我把液体糖霜带到学校来给大家看。妈妈扔下一句"无聊"就走了，爸爸则冷静地分析："就算拿了去，也不能证明更纱没喝酒嘛。"

爸爸的质疑没有错，怀疑我喝酒的论调就这样不明不白地确定下来，同学们都在背地里说，家内还是个小学生就喝酒。他们真是傻透了。

从那以后，每当我用液体糖霜给柠檬苏打水调了颜色来喝，妈妈就揶揄道："喝酒？"爸爸则笑得要喷饭。那件事在我家成了笑话，于是即便有人在学校说我的坏话，也根本伤不到我。

在这件事发生之前，我就已经被当成了一个怪人。除了少数几个人，我在班上没有朋友，每到课上分小组讨论的时候都很不方便。

我被冷落的理由，是因为我有一个奇怪的家庭。

关于妈妈大白天就喝酒的事，班上以前就有人悄悄议论。还有，妈妈只在有兴致的时候做饭，我家有时会拿冰激凌当晚饭，一家三口有时会一起看对小孩子来说过于刺激的电影，爸爸和妈妈会亲嘴……这一切的一切，班里的同学似乎都难以置信。

妈妈的指甲总是染着漂亮的颜色，同公寓的阿姨们好像觉得这也是不对的。这是为什么呢？我最喜欢漂亮的东西了，爸爸和妈妈也是一样。难道那些人讨厌漂亮的东西吗？真奇怪。

"今年的西红柿大丰收呀。"

爸爸眯着眼，看着阳台上的迷你西红柿。夏天的休息日，油蝉喳喳地叫着，我们三个坐在窗边，望着闪闪发亮的西红柿、黄瓜和茄子。我坐在流着汗、喝着酒的爸爸妈妈中间，被包围在无上的幸福之中。

我家虽然在旧的市营公寓里，却比我去过的所有朋友的家都要棒。灰色的阳台上爬满雨水浸泡的痕迹，到了夏天，大片的花朵和蔬菜令这里活像一座密林。焦茶色的竹制晾衣杆上，吊着生锈的金色鸟笼，颇有几分异国风情。笼子里的陶瓷小鸟衔着蚊香。夏日祭典上钓来的金鱼在赝品青瓷罐里游泳。长大以后，我要找一个爸爸那样的人结婚，像妈妈那样快乐地生活。

"唉，我也想快点变成大人啊。"

"更纱不用这么急着长大呀。"

爸爸亲了我一口，我手里的柠檬苏打水差点洒出来。

"阿凑，我也要亲亲。"妈妈说。

于是爸爸张开手臂，隔着我啄了妈妈一下。

爸爸、妈妈和我三个人。汗津津的玻璃杯里绿色的翡翠酷乐和柠檬苏打水折射出的光，漂亮得像一场美梦。爸爸和妈妈就算是糟糕的人，也依然是我的最爱。他们的糟糕，一点也没让我觉得别扭。

此时此刻，就是我一生中的春天。

我曾经相信，这样的幸福永远都不会消失。

※

怎么会变成这样呢？

我将又重又硬的学生书包放在大树下，加入奔跑打闹的队伍。唉，又累又烦，还得赔着一张虚假的笑脸。其实我更想赶快回家做一杯可尔必思，躺下来，读一本喜欢的书。

这已经是不可能实现的美梦了。先是爸爸消失，然后妈妈消失,接着我被姨母家收养。以前我只见过姨母几次,所以当她紧紧地抱着我,泪眼婆娑地对我说"更纱,你很难过吧"的时候,我感受到的只有惊吓。

"今天的晚饭做更纱爱吃的东西哟。"

第一天,姨母充满期待地望着我,问我想吃什么。我说想吃冰激凌。短短的时间内发生了太多事情,我累极了,又很热,没什么食欲。在我家,这样的时候吃冰激凌是常事。

"晚饭吃冰激凌肯定是不行的呀!"

姨母露出大吃一惊的表情,又慌忙换上笑容,对我说:"那就吃炸鸡块吧!"炸鸡块我是喜欢的,但那天就是一点胃口也没有。

"我叫家内更纱。请大家和我做好朋友。"

陌生的街道,陌生的小学。转学第一天,我背的天蓝色背带书包成了大家的笑柄。这所学校的大多数学生都穿指定的校服,所以我不能穿白色连衣裙去上课。来到新的小学,我毫无疑问地被大家疏远了,在以前的学校就是如此,我倒是已经见怪不怪,只是——

这一次,却没有人笑着和我说没关系了。

带着一种不合年龄的颓丧(这个词也是爸爸教我的,以前他总是夸我,说我身上有一种别的小孩没有的颓丧气质)回到家,我立刻被姨母抛出的问题包围:"交到新朋友了吗?有没有好好做自我介绍?老师对你说了些什么?"

"没交到新朋友。自我介绍好好做了。老师问我,是不是没有学生书包。"听了我老实的回答,姨母露出了世界末日般的表情。"对不起呀,书包买得有点晚了,今天买回来啦。"她递给我一只沉重而僵硬的红色学生书包。我想,那一刻我的表情,堪称有生以来的颓丧表情之最。大概这是我第一次讨姨母的嫌吧。

朗姆、金酒、伏特加、龙舌兰的酒瓶上,贴着不知该怎么读的外文标签。透明的烈性甜酒五光十色,诸如南国小岛周围海色的湛蓝、盛夏里蚂蚱的翠绿、白雪公主的毒苹果的艳红……班上的同学都在炫耀自己买的动漫角色饰品,可在我眼中,前面那些东西比它们漂亮太多了。以前我甚至用那些空瓶子来装饰自己房间的窗台。

"倒酒什么的听起来像牛郎干的事,在我家就不要这样啦。"

牛郎是什么?爸爸妈妈称呼调鸡尾酒的人是调酒师。调酒师和牛郎是一样的吗?我以前也给爸爸妈妈调过酒,但一提这个,姨母似乎更生气了,于是我不再出声。我想起曾经在班会上受牵连的那件无聊的蠢事,姨母则按着额头说:

"真是窥一斑而知全豹啊。灯里到底是怎么教育孩子的?跟阿凑结婚的时候,我还以为她终于安分下来了,没想到竟然干出这么不害臊的事!"

"这种话别在孩子面前说啦。"姨父一边看足球一边说。

"你是不知道,灯里给我留下了多少糟糕的回忆。老早以前她就总是由着自己的性子来,比如突然跟男孩子同居啦,读书的时候就去打夜工啦……"

姨母和妈妈这对姐妹以前关系似乎不好。

我被训斥的时候，姨母家的独生子——读初中二年级的孝弘一直在旁边坏笑。我很讨厌这位表哥。从来姨母家的第一天开始，他看我的眼神就直勾勾的，让人不舒服。我问他是不是有什么事，他却只是哼了一声，就走开了。

总之，一切都好烦啊。

小小的不愉快累积起来，让我在姨母家待得越来越难受，我也不得不渐渐改变态度。我的常识在姨母家是异端。那时的我还没有那么坚强，无法独自一人在一个孤立无援的环境里，坚持自己的主张。

我开始假装自己是一个有常识的孩子。我撇下天蓝色的背带书包，背起沉重而僵硬的学生书包，盲从于同学们认为的"可爱"，回家路上在儿童公园玩。笑着和同学奔跑打闹的时候，我一直在思考：某些规则是怎样柔软而沉稳地统治这个世界的？

"家内同学有点顽固"——老师在我的成绩表上这样写道。其实，只要有人告诉我许多问题的答案，我想我一定也能理解这一切。

比如，为什么冰激凌不能当晚饭？难道食物的营养只能在晚饭中摄取吗？还是说，晚饭吃了冰激凌，牙齿就百分之百会坏掉？我希望得到一个明确的回答。哦，还有为什么小孩不能倒酒？请给我一个名正言顺的理由，足以超越爸爸、妈妈和我建造的三人世界的规矩,让我茅塞顿开,感叹这一切真好。

然而并没有这样的理由,我只能不明所以地,开始遵循这规则。

为的是从无限延续的每一天当中,去除哪怕一点点痛楚。

"啊,那家伙又来了。"

大家追追跑跑的时候,洋子说。

一棵四照花树下的长椅上,坐着一个年轻的男人。

这人昨天就在,前天也在。在我们几个人之间,他小有名气,被叫作"恋童癖"。男人像往常一样,从书包里拿出一册文库本,但不过是做个样子罢了,他的眼睛一眨不眨地盯着我们。

"绝对不能落单哦,会被他带走的。"

"要是被带走了,会怎么样呢?"

女生们听到我的问题,嘴巴都歪成了奇怪的形状。

五点左右,我们终于解散,我背起沉重而僵硬的学生书包,和大家一起踏上回家的路。我和她们在街角挥手作别。

"更纱,明天见——"

"嗯,拜拜——"

我面带笑容地朝她们挥了挥手,走了一阵子后停下来,确认大家的身影都不见了,又沿着来路折返。小学生们回家后,冷冷清清的儿童公园里,只有那个"恋童癖"男人孤零零地坐在长椅上读书。

我将学生书包放在离男人最远的一张对侧的长椅上,

"呼——"地叹了长长的一口气。啊,终于到了属于自己的时间。我从包里拿出《红头发安妮》。这本书我读了很多次,封皮已经破破烂烂的了,但我喜欢留有许多自己阅读痕迹的书,这让我觉得那本书是属于我的。

"没想到更纱的性格很执着呢。"我想起妈妈曾这样笑着说过。

"一根筋呀。"爸爸也微笑着说过这样的话。

泪水涌上眼角,我慌忙翻开书本。不能回忆从前的快乐,那会衬托出现在的不幸。我埋首于那个有妄想症的红头发小女孩的故事之中。这已经是被我一读再读的故事了,所以我马上就跳到喜欢的情节里。安妮错把酒当成草莓果汁,给戴安娜喝了下去。草莓果汁,这个词语的音节无与伦比地魅惑。

天色越发暗淡,书上的文字渐渐看不清楚。看了看公园的时钟,已经过了六点半。不想回家,姨母家令人窒息。

大概姨母他们也是这样想我的吧。以前只要我回来晚了,他们就很生气,但现在什么都不说了,只有一句"欢迎回来"。然后我便洗了手,坐到吃晚饭的餐桌前。孝弘的脚从桌下伸过来。好烦,别碰我。在这个家中,连饭菜都没有滋味。

天彻底黑了,我合上书。时间到了。我重新背起沉重而僵硬的学生书包,向前迈开方才因为追跑游戏而变得十分疲劳的双脚。要求自己回到不想回去的地方,需要花很大的气力。我越来越体会到,像妈妈那样不忍耐才是正确的,忍耐伤身。现在,我正强忍呕意。

穿过公园的时候，我悄悄瞥了一眼对面的长椅。

男人还在那儿。我们每天都在这个地方，共享一段时间。

最开始的那天很可怕。天色已晚，在空无一人的公园里，和一个被叫作"恋童癖"的男人共处，差点没要了我的命。尽管如此，除了这里，我并没有其他地方可去。

我假装读书，注意力却集中在对面的长椅上。男人只是一直在阅读。大家一起玩的时候，他假装看书，实际上直勾勾地盯着我们。但我回来之后，他却一心扑在书本上，根本不关心这边。

——看来我不是他的菜。

和平相处了几天后，我得出了这样的结论。就像我更喜欢法式背带书包一样，恋童癖一定也有自己的偏好吧。

得到让自己满意的答案之后，我就能享受读书的乐趣了。

可是，如果男人只是想读书，去咖啡厅不就行了吗？大人和孩子不一样，能去自己想去的地方。因为我是小孩，有人替我做决定，告诉我"你的位子在这儿"，所以我才没法自由地行动。哦，说不定，这个男人也无处可去吧。

快走出公园的时候，我回头望了望长椅。街灯的光照下，男人的白衬衫仿佛在微微飘起。他的头很小，纤细的手脚生得很长，看上去有些无助。想起女生们交头接耳的耻笑，我忽然觉得这个男人有点可怜。

到目前为止，他只不过是待在那里，什么坏事都没有做。

再见，明天见。我在心里暗暗说道。

这句"再见",比我对洋子她们说的虚假的"再见",要来得亲密。

我的忍耐毫无意义,而我的处境每况愈下。每天都不得安生的日子让人如履薄冰。我学会了给浴室的门上锁,洗完澡后,即便是在闷热的梅雨夜,我也会把睡衣穿得好好的。

以前浑身是汗的时候,我会穿上妈妈给我买的一件毛巾连衣睡裙,光脚踩在榻榻米上,贪图几分凉意。如今那件连衣睡裙的肩带被孝弘大力地扯坏,没法再穿了。他真是个讨人嫌的家伙。

到了夜晚,我依然不能好好休息。姨母家里给我腾出的房间在二楼,窗户很小,之前是被当作储物间用的,姨母替我收拾了出来。像小公主[1]一样的确不错,可我却无法香甜地入眠,那种半夜特有的奇怪的响动让人神经紧绷。

"更纱像只小兔子。"

一双惺忪的睡眼被洋子笑话时,我呵呵地回以笑容,但我不明白自己为什么要笑。说不出口的事越积越多。我总是肚子痛,每天只能不情愿地追追跑跑,汗水粘在衬衣上,箍得人难受。

这天,阴云越积越多,大家决定早点回家。和洋子她们道别后,我又回到儿童公园,像个泄气的皮球般坐在长椅上。闷热而

---

[1] 指美国儿童文学作家弗朗西丝·霍奇森·伯内特的小说《小公主》的主人公莎拉。她原本生活富足,但因父亲去世,一夜之间从"小公主"变成贫穷的小孤女,并被赶到阁楼居住。

潮湿的空气堵在喉咙口。现在就这么热了，真正入夏以后要怎么办呢？

男人今天也坐在对面的长椅上。他每天都到这里来看小学女生，令人难受的湿气也挡不住他的脚步。恋童癖也真是不容易——我这样想。最近只要看到这个男人，我就觉得心安，原来不容易的不光是自己。竟会被一个恋童癖鼓舞，我真是糟透了。

昨天的晚饭是煮鱼，我没什么食欲，把饭菜剩了大半。晚饭后，我从冷藏柜里拿出一块冰来舔。这时候，孝弘走过来，拿出一块新的冰，将手伸到我胸口，把冰块塞了进去。我惨叫一声，蹲在地上。孝弘低着头，坏笑着看我。姨母正在洗盘子，闻声只嘱咐我们别贪玩，赶快去写作业。

——如果我回了家，孝弘能不能去死啊？

——或者有陨石从天上掉下来，把地球砸碎才好呢。

对如今的我来说，孝弘一个人去死和全人类去死没有区别。我就是这么讨厌这家伙，恨不得他死，不然就是我死。如果换成我死，也许现在就能实现。

我一面盘算各种死亡的可能，一面幻想自己在冷气十足的房间里悠闲地放空。我想吹着冰凉干爽的风，裹着那条被洗得软趴趴的毛毯睡午觉；想吃香草冰激凌，和妈妈的指甲油一样颜色的"跳跳糖"冰激凌就不错。

有什么东西"啪嗒"一下掉在我的发旋上。塞满铅灰色云朵的天空中，降下透明的雨滴。浑身上下渐渐被打湿了，我没带伞，得赶紧回家。但雨水温温的,好像温柔的手在抚摸着我,这让我感到悲伤。为什么雨水会让我感到被治愈呢?好想立刻吃些甜的东西,拥有些温柔的东西。否则,我可能就要坚持不住了。

我低着头,正和想要大声哭喊的心情搏斗,眼前忽然映入一双深蓝色的鞋。一双莫卡辛鞋,是爸爸喜欢的鞋。雨天穿着它会伤鞋子的。我缓缓抬起头,只见男人撑着一把透明伞,站在我面前。平时他一直坐着,没想到他这么高。不过,是那种瘦高,并没有威压感,像一朵白色的花。

"不回家吗?"

他的声音甜美而冷冽,像半透明的冰糖。

我濡湿的头发紧贴着额头,而男人全身上下清清爽爽。并且,离近了我才发现,这个人有一张很好看的脸。眼睛细长,内双,嘴唇很薄,鼻形尤其完美。妈妈以前常说,鼻子是美貌的关键,只要鼻子好看,侧颜一定错不了。"更纱的鼻子和爸爸一样端正,这样我就放心啦。"妈妈说。

——原来如此。这个人和爸爸有一点像啊。

我抬头呆望着他。于是,对方流露出疑惑的神情:"这孩子怕不是个傻瓜?"

"不想回家。"

我慌忙回答。我可不想被长得像爸爸的人认为是傻瓜。

男人将透明雨伞移到我头上。

"要来我家吗?"

这个问题有如带着恩泽的雨水，降落到我身上。我从头顶到脚尖都浸入甘甜和冰凉的感觉中，裹住全身的不愉快渐渐被冲刷干净了。

"要。"

我站起来，想要显示自己的决心。

——绝对不能落单哦，会被他带走的。

耳边传来洋子她们的声音。但我不怕，不仅如此，还有一份更坚定的决心在心里扎根——我再也不想回那个家了。

"书包呢？"

男人回头看了看长椅。

"不要了。"

我轻松地回答。"好吧。"男人往前走去。他真的很高。我抬头仰望，看到雨滴一粒粒地从透明雨伞的表面滑落。真好看啊，好久没有这样的感觉了。我慢慢做了个深呼吸，空气中有泥土、灰尘和令人怀念的雨的味道。

我被带到一间公寓，房间宽敞，物品不多。珍珠色沙发搭配浅色桌子，窗帘是香草色的。旁边好像是卧室。

"沙发随便坐。"

"可是我的裙子湿了。"

"要是难受，就用毛巾擦一擦？"

"不用，沙发不怕湿就行。"

我坐下来，沙发非常舒服。厨房和餐厅是开放式的。男人到料理台对面，为我准备喝的。茶端上来，我仔细地盯着看。是香草茶吧？还配了糖和牛奶。

"你还喝不了红茶吧？"

"红茶我很爱喝，但这不是红茶的颜色。"

男人的杯中装的是我熟悉的红茶，红里透着金色。

"你那杯的水多，冲淡了。"

"为什么？"

"小孩的身体分解咖啡因的速度——唔，没什么，因为对你身体不好。"

虽然不清楚原理，但他似乎有正经的理由，于是我接受了。不过，我在家时喝的红茶，颜色和爸爸妈妈的一样。

"哥……"

话没说完，我又把嘴闭上了。应该叫这个男人"哥哥"吗？

"叫我阿文就行了，佐伯文。"

男人看出我的心思。

"文桑。"

"阿文。"

"欸？"

"'文桑'听上去像女人的名字。"

"那好吧……阿文？"

"什么事？"

阿文直接坐在地板上，抬头望着坐在沙发上的我。我还是第一次在称呼比自己大的人时不带敬称，整个人轻飘飘的。只有孝弘例外，那家伙不配用"桑"或"君"之类的敬称。想到他时，我在脑海中从来都是直呼其名，现实生活中甚至没主动叫过他的名字。

"阿文小的时候，喝红茶是用水冲淡了喝吗？"

"是啊。十岁以后，大人们才允许我喝普通的红茶。"

"为什么是十岁？"

"因为老妈读的育儿书里是这样写的。"

"所有的人都是从十岁开始就可以喝吗？"

"谁知道呢。不过老妈相信育儿书里写的。"

奇怪。我心里想着，却没说出来。我家的常识和别人家的不一样，这一点，已经有无数事实向我证明。"更纱家真奇怪啊"，每当听人这样说我都很别扭，然后越发喜欢自己的家。

"我开动了。"说完，我喝下冲淡的红茶。茶杯的杯口大而浅，且配有托盘。用这样的杯子，我觉得自己好像成了大人。在家时，我用的是马克杯，爸爸妈妈用的是带花纹的红茶茶碗。我曾抱怨自己用的和他们的不一样，但遭到了干脆的回绝，他们说自己很宝贝那茶碗，万一被我摔碎就不好了。我只好知难而退。以前我经常打碎盘碗和玻璃杯，现在好多了。

"怎么样？"

"没有红茶味。"

我老实地回答。冲得这么淡的红茶,没有喝的必要。阿文听我这样一说,不由得扬起嘴角。那笑容模糊不清,简直让人怀疑他刚才究竟有没有笑。我们之间的气氛原本犹如霜打的花瓣,但阿文的笑容却在不知不觉中,让空气升温了。

"反正不喝红茶,还有果汁嘛。芬达或者可乐也很好喝呀。"

我高兴地征求阿文的同意,他却又意味不明地歪了歪头。

"难道你不喜欢喝果汁?"我简直不敢相信世上还有这样的人。

"从小我就没喝过碳酸饮料。"

"这也是因为育儿书上写了?"

"是啊。"

"那你小时候,一般都喝些什么呢?除了冲淡的红茶。"

"蔬菜或水果混合起来榨的汁,还有大麦茶、牛奶、豆奶什么的。"

妈妈减肥那会儿,我也受她影响,经常喝蔬菜汁或水果汁。但妈妈很快就失去了减肥的兴致,又馋上了肉和酒。

"你饿不饿?"

"有点饿。"

"有什么不吃的东西吗?"

"没有。不过……"

"不过?"

阿文一眼就看出我有心事在犹豫着是否要说。

"……我想吃冰激凌。"

我抱定了会被拒绝的心理准备,试探着说了出来。这个请求多半会被拒绝,并且还会吓到他。毕竟他是喝兑水的红茶长大的,生长在按育儿书办事的人家。

"香草的和巧克力的,要吃哪种?"

"欸!"我不由得大叫一声,吓得阿文往后退了几步。

"晚饭可以吃冰激凌吗?"

"不是你自己说想吃的吗?"

"我以为肯定不行呢。"

阿文的嘴角又微妙地上扬了。他是在笑吧?

"要吃哪种?"

"香草的。"

阿文站起来,从冰箱里取出杯装冰激凌,连勺子一起递给我。包装上印着我不认识的外国字,颇有点"宝藏冰激凌"的神秘气质,我一下子开心起来。

"……好吃。"

冰激凌在沾上舌头的瞬间化开,冰凉的甜意一点点渗透全身,我的心情就好像看到了天堂。忍了又忍之后,终于吃到的香草冰激凌的意义已经超越了冰激凌本身。"那里有人生的味道。"我耳边响起妈妈的声音。

厌烦了减肥、大嚼特嚼炸鸡块的时候,妈妈曾经闭着眼,陶醉地嘟囔过这么一句。妈妈现在在哪里,在做什么呢?

今天早上，没有东西吵我，我睡到自然醒。

——这里是哪里？

周围非常安静。这里不是天花板上吊着鱼形金属装饰的我家，也不是一切东西都一丝不苟地收纳到指定位置的姨母家。白色的床单，白色的枕头，白色的墙，白色的窗帘。我在这好似医务室的房间里的床上，舒舒服服地翻滚着。

——哦，想起来了。这里是阿文的家。

床单十分干爽，令人心情舒畅。空调开得很猛，我的小腿肚一寸寸地在床上蹭过，细细品着干爽沁凉的棉布的感觉。这一觉也没出汗，无论是与炎热无关的冷汗，还是让人不快的黏汗，总之，这个早晨与汗水无关。于是，我像上满了发条的木偶一般，"唰啦"一下直起身子。

我尽情伸开双手，向天花板的方向舒展。因为昨晚一次也没被惊醒，头脑十分清楚，整个人感到丰盈而满足。妈妈不见以后，这样的早晨还是第一次。从她不见的那一天起，我整个人就像被抛到荒凉的海面，稍不留神便可能溺水而亡，根本无法安心熟睡。

我赤脚走下床。昨天就穿在身上的衬衫和裙子皱巴巴的。没有睡衣，只好这样将就。打开门，我来到昨天和阿文一起喝兑水红茶的起居室，屋子被收拾得很干净。

"阿文——"

我小声叫了他的名字，但房间里一片寂静。他好像不在。

昨天吃过冰激凌后,我忽然很困,就借用了阿文的床。当时我问过他要在哪里睡,他说睡沙发,接着从衣橱里拿出一条薄毛毯。如今,那毛毯叠得整整齐齐,放在沙发上。

桌子上留有钥匙和字条:

"我去大学了,四点会回来。饭在料理台上,冰箱里的东西可以随便吃。回家的时候把门锁好,钥匙放在门上的信箱里。佐伯文。"

原来如此,阿文是大学生啊。读大几呢?我又看了一遍字条上的内容,心想,阿文写的东西挺像他的风格,毫无修饰。这间屋子也是如此,沙发、桌子、电视柜、小音响、笔记本电脑,只有这些满足基本生活需求的家具和物品。

还有一盆观赏植物,好像是白蜡树。

瘦长的枝干上伸出纤细的树枝,叶子稀稀拉拉的。这还是一棵小树吧,但叶子并不水灵。我一口气将它搬起来,挪到离阳台的窗户较近的地方。如果不把它放在房间的角落里,而是平时多晒晒太阳,说不定它会健康些。

肚子咕咕叫了。我走进厕所,一面想着昨天觉得可爱的北极熊图案的席垫果然很可爱,一面在厕所洗了脸,之后神清气爽地来到厨房。

火腿蛋和吐司,以及生菜、黄瓜、西红柿沙拉,教科书般的早餐。我从冰箱里拿出橘汁,倒进玻璃杯里。

我坐在沙发上,边看电视边吃早饭。味道一般。于是我又从冰箱里拿出番茄酱挤在火腿蛋上。嗯，好吃。吃饱后困了，便直接躺在沙发上。听到电视里传出笑声，就睁开眼，弄清是哪里传来的声音。然后，眼皮又开始打架。我的身体仿佛一半在现实，一半在梦中，这样的感觉最好了。

睡睡醒醒了不知多少次，再次醒来时，屋子里异常安静。电视被关上了。眼前的一切笼上一层透明的橘色，大概已经到了傍晚。

我边伸懒腰边坐起来，忽然吓得一激灵。阿文盘腿坐在离我远一些的地方，正目不转睛地盯着我。他的一双眼睛藏在前额稍长的碎发后面，暗淡无光，像两个漆黑的洞口，让人感到一丝恐怖。

"你回来啦。到家有一阵子了吧。"

"我不是留了字条，说四点会回来吗？"

"嗯。但要打个招呼啊，被人一直盯着，怪害怕的。"

听我这样一说，阿文才恍然大悟似的说了句抱歉，垂下目光。

"看你睡得很香。"

"嗯，吃过早饭就一直在睡。"

桌上的盘子没了，大概是阿文替我收拾了吧。我忽然发现，自己肯定给他留下了厚脸皮的小孩的印象——吃完饭就放着碗筷不管，不收拾就呼呼大睡。

"对不起，吃饱就困了。你也有过这样的时候吧？"

我嘿嘿笑着，寻求他的理解，想将自己的失态蒙混过去。

"我没有过。"

"你骗人!"

"真的。妈妈说过,吃太饱对身体不好。"

"又是育儿书里写的?"

"对。她还说这样很丢人。"

"吃得太饱丢人?"

"控制不住自己的欲望丢人。"

怎么会有这样傻的说法。炸鸡块、冰激凌,把爱吃的东西吃到饱,居然有人没领教过这样的幸福。不过,幸福之后的几个小时也确实痛苦,毕竟撑得动不了。

"也许你妈妈说的是对的。"

有那么一瞬间,阿文的嘴角弯了弯。我想,他是笑了。

"早饭很好吃,多谢款待。"

我在沙发上装模作样地来了个正坐,"唰"地低下头。

"番茄酱涂在什么上面了?"

"火腿蛋上。"

阿文看我的眼神,就像看一只奇怪的虫子。按育儿书的指挥办事的人家,一定不允许孩子这样做吧。我家吃火腿蛋的时候,我习惯涂番茄酱,妈妈习惯涂酱油,爸爸习惯撒盐。每个人的喜好都不同,偶尔交换口味,我们也吃得津津有味。

"你平时都这么能睡吗?"

"最近睡得不太好,和爸爸妈妈住在一起的时候挺正常的。"

"现在不和他们一起住了吗?"

"嗯,现在我变成在姨母家添乱的人了。"

这个说法是孝弘给我灌输的。

"在姨母家睡不着?"

问题很简单,我却回答不上来。

我试图转换话题,歪着头"咦"了一声。

"怎么又挪回去了?我特意让它在窗边晒太阳的。"

被我移到窗边的白蜡树,又被挪回了屋子的角落。

我从沙发上下来,跟跟跄跄地走到瘦长的白蜡树前面。

"这棵小树,为什么这么矮、这么没精神呢?"

"买回来的时候就是这样的。"

"是减价卖的吗?"

"不,和其他的白蜡树价格一样。"

唔——我轻轻碰了碰它柔弱的枝条。

"不过,是我的话,可能也会买这一棵吧。"

"为什么?"

——因为它和我很像。

如今的我,可以和世上一切可怜的东西共情。我想到自己以前不是这样的,就不由得悲从中来,觉得这棵瘦小柔弱的白蜡树和自己更亲近了。

"阿文为什么会买这一棵呢?"

难道他也和我一样不幸吗?

"因为它小。"

"你喜欢小的?"

问话时,我想起阿文是恋童癖的事。只要是小的东西,恋童癖就都喜欢吗?他们对待小女孩的态度,和对待一棵小树是一样的吗?但是——

"但是,总有一天大家都会长大的呀。"

我抚摸着小树没有光泽的叶片。

"它的枝干很快也会变粗,长出许多叶子,变成一棵大白蜡树呀。"

"是吗?"

"是的。没有哪个孩子不会长大嘛。"

我说着回过头,看到阿文将脸埋在膝盖上。

"阿文?你怎么了?没事吧?"

我走过去,蹲下来偷偷看他。阿文慢慢抬起头来。他的表情几乎没有变化,所以我不知道他在想什么。现在,他像一条不相信人类的狗,缩成一团,眼睛依然像两个黑漆漆的洞口。看来我说了过分的话。

"阿文,去公园转转吧。"

"为什么?"

"你不是每天都去那里看小女孩吗?"

为了让他打起精神,我用开朗的语气说道。

"去转转吧,既然我不是你的菜。"

"我的菜?"

"就算是小女孩,也分许多种吧。喜欢的类型什么的,大家各有各的爱好嘛。不用介意我,出去转转吧。"

我之所以这样说,是因为自己是给别人添麻烦的客人。但说完我才意识到,刚刚的话让我像是恋童癖的帮凶。可是,阿文是恋童癖的事和他是危险人物的事,在我心里完全是分开的。阿文在雨中为我撑伞,晚饭给我吃了冰激凌。他将床让给我,自己睡在沙发上。他为我准备早饭,还留了一张字条,告诉我"想走随时可以走"。他这样绅士,我完全没必要害怕。

而且,阿文只是看看小女孩而已。觉得她们可爱,喜欢她们也不行吗?如果这样也不行,那么在脑海里杀了孝弘无数次的我,又该当何罪呢?如果想想就是罪过,那应该论什么罪呢?我是否该被抓进监狱呢?

"我不去公园。"

我正在沉思,听见阿文这样说。

"不必客气的。"

"不用,有你就够了。"

"即使我不是你喜欢的那一型?"

"嗯,即使你不是我喜欢的那一型。"

阿文朝我伸出手。

也许那时我应该逃走。

可我只是呆呆地凝视着从白衬衫袖口里伸出的、纤细白皙的手臂。这只和爸爸很像的手放在我的头顶,轻轻拍了拍。我感受到手掌的重量和温度,想起自己已经太久没被人摸过头了,一股难过的情绪涌上来。

"更纱。"

"嗯?"

"我的名字,家内更纱。"

从昨天到现在,他一直没有问,于是我径自做了自我介绍。阿文一脸漫不经心。看来他真的对我没兴趣,我不禁感到讶异。

"那么,更纱酱。"

"更纱。"

"欸?"

"我喜欢不加'酱'的叫法。"

和阿文不想被叫作"文桑"一样,我也希望他叫我"更纱"。

——更纱,更纱。真是个好听的名字。

爸爸曾经告诉我,有一种名叫"更纱"的外国布料,印着好看的花纹。他叫我"更纱"的时候,我觉得自己仿佛也成了那来自遥远国度的美丽布料,柔软,可以变换成各种各样的形态。但是,爸爸再也不会叫我的名字了。

"更纱。"

阿文念出我的名字。他的声音甜美而冷冽,好像磨砂玻璃一样。爸爸的声音则像莫卡辛鞋柔软的皮子一样,低沉而湿润。两人的声音完全不同,缓缓抵达人心的感觉却很相似。我想见爸爸,想到无可救药。

"阿文,我可以一直住在这里吗?"

我几乎哽咽。

阿文眼睛眨也不眨地盯着我。

拜托,不要说不行——我暗自祈祷。

"好啊。"

"真的吗?"

阿文点头,一股安稳的情绪从我的心底涌起,几乎要溢出来了。看来我不必再回那个家了。我可以一直在这里,和像爸爸一样的阿文一起生活。

太好了,真是太好了。阿文成了我的救命恩人。

虽然阿文不会主动提起关于自己的任何事,但只要我问,他便悉数作答。他是十九岁的大学生,从东北地区的老家来东京,过着独居生活。

每天早上,阿文七点起床(他一直让我睡在床上,自己在起居室铺一床被子睡觉)。起床后洗衣服,做好早饭和我一起吃完,收拾碗筷,简单打扫房间后去大学,傍晚回家。然后做好晚饭和我一起吃完,学习,洗澡,看看小说或电视。他看电视只看NHK[1]。

如果只是一日如此,那很平常,事实却是整整一个星期,每

---

[1] 日本放送协会(Japan Broadcasting Corporation),日本的公共媒体机构,是第一家覆盖全日本的广播电台及电视台。

天都这样循环往复。阿文就像和人长得一模一样的机器人,饮食生活上也体现了这一点。吐司和火腿蛋,以及生菜、黄瓜、番茄的混合沙拉。我喝橘汁,阿文喝咖啡。就像是在按照家庭餐厅的主菜单上菜一样,菜量也从不出错。想必这一成不变的早饭还会一直持续下去吧。

"你不会偶尔想吃点不一样的吗?"

"要是你吃腻了,明天早上就吃和食?"

"不用了,和食晚上会吃。"

早餐是西式的,晚饭是和风的三菜一汤,晚饭也如同教科书一般标准。

"尝尝这个吧,就尝一次也行。"

阿文还穿着睡衣,但已经开始收拾东西准备出门。我劝他吃一口涂满红色番茄酱的火腿蛋。阿文和爸爸一样,喜欢蘸盐吃。

"我吃我的火腿蛋,更纱吃更纱的就好。"

"吃一次我的也没什么的。试试嘛,喏,不用涂在你的那块上。"

在我执拗地劝说下,阿文不情不愿地将叉子伸过来,吃了一口红色的火腿蛋。他的眼睛稍微睁大了些,想要确认味道一般地吃下第二口。我心中窃喜,满足地偷笑。

"偶尔尝尝不一样的味道也不错吧?"

"也许吧。"

"拉面店的厨师有时候也会加些醋或红姜,变变味道呢。"

"唔。没去过，不知道啊。"

"欸？"

我得知一个令人震惊的事实：阿文没去拉面店吃过饭。

"为什么？"

"不知道他们用哪些食材，不卫生。"

这好像是他妈妈的意思。阿文的妈妈似乎奉育儿书和生活指南为圣经，以前还当过PTA[1]的会长，那可是被妈妈们视为"大佬"一般的存在。阿文在这样一位母亲的教育下长大，因此打扫房间和洗衣服从不懈怠，生活循规蹈矩，像教科书一般。

"阿文好乖啊。"

"对我来说这很正常啊，我家一直是这样。"

"嗯，在那样的家庭长大，会这样也不奇怪。就像我告诉班上的同学爸爸妈妈亲嘴的事，他们都用奇怪的眼光看我一样。对我来说，那也是很正常的事。"

"爸爸妈妈亲嘴？"

"他们时不时就要亲一下。早安，晚安，你回来了，我出门了——像是这些时候。"

"更纱的父母是外国人？"

"每个人都问过我这个问题。他们是日本人啦。"

尽管阿文的情绪不表现在脸上，比较难懂，但他似乎非常

1　家长教师联合会（Parent-Teacher Association）的简称，在日本，为提高教育效果而设立的由家长和教职员工共同参与的联合组织。

惊讶。

"我这样的人要是到阿文家去,恐怕会被阿姨惩罚,屁股上挨一百下吧。"

我难为情地看着睡衣上的红色污渍,那是我不小心挤上去的番茄酱。由于来时只有身上穿的一套衣服,所以阿文为我网购了外衣和内衣。吃穿都由阿文照料,可我竟然把番茄酱挤到衣服上了!

"赚钱是件很辛苦的事,所以阿凑特别棒。"妈妈那时候经常这样说。但阿文的生活中没有打工之类的安排,也许他家里很有钱吧。这间屋子又漂亮又宽敞,阿文的穿戴似乎也是高档货。

"你好不容易给我买的,我却弄脏了,对不起。"

"脏了洗洗就是了。"

我喜欢阿文这一点。

阿文不会要求我听话,也不像学校的老师那样,看到我不和同学们一起做同样的事情,就会很困惑。即使我懒洋洋地躺在一本正经的阿文身边看动画片,他也什么都不说,只管一本正经地做好他自己。似乎在阿文看来,管好自己是一回事,别人吊儿郎当则是另一回事。

"十人十色,大家各有不同,这明明是很正常的啊。"

爸爸曾经这样说过。爸爸在市役所,循着细碎的规则工作。但难免有人要做些出格的事,而他一点也帮不了他们,常为此心痛不已。有时候,大概是难过得厉害,他还要偷偷吃药。这些我都知道。

"更纱,你嘴角上沾着番茄酱呢。"

"哪里?"

我边问边抹嘴巴。

"沾得更多啦。"

阿文取来餐巾纸,为我擦嘴。我闭上眼,任他摆弄,一会儿,感觉整个下巴被包住了。睁开眼,我与桌子对面的阿文四目相对。他神色凛然,单薄的、宽大的手掌盖住我的下巴,手指触碰到我的嘴唇。

他的手指在我唇上缓缓摩挲,我眨眨眼,无意识地喃喃道:

"……爸爸?"

"欸?"

"阿文会做和爸爸一样的事。"

他听了,眼睛张了张,迅速将手抽回。

"番茄酱、酱油之类的,爸爸也经常这样帮我擦掉。阿文像爸爸。你们的长相和声音不一样,但手呀鞋子什么的差不多。"

阿文有些尴尬地看着神采奕奕的我。

"……不好意思。"

"为什么道歉?"

他逃开我的目光,拿起番茄酱,挤在自己的火腿蛋旁边。

"喜欢上番茄酱了吗?"

"嗯。"

我简直要手舞足蹈了。

原来阿文不只认同我们之间的差异，还愿意向我这边靠近。

那天的晚饭，在我的要求下做了咖喱。洋葱、土豆、胡萝卜、牛肉，是符合阿文水准的、标准的咖喱饭。

"这样做很好吃，不过我也想让你尝尝我家的咖喱饭。把所有蔬菜切碎，香草、大蒜和苹果擦丝，做的时候不放水。"

"这种咖喱饭我没吃过欸。"

"下次我做给你吃。"

"太危险，还是算了。我不在家的时候，你别碰炉灶。"

"知道啦。"

我们正说着这些无关紧要的话，吃着咖喱饭，却突然从电视里听到了我的名字。屏幕上正在播放的是傍晚的当地新闻。

"失踪的是小学四年级学生，九岁的家内更纱小朋友。更纱小朋友在放学回家的路上和朋友们在儿童公园玩耍，之后突然失踪。"

我拿着勺子，呆呆地看着电视。虽然之前想过说不定会变成这样，但当事情真正发生时，我还是惊愕不已。阿文也僵在一旁。

"姨母果然报警了。"

我之前想过，如果自己好几天不回家，姨父和姨母可能会因担心而报警。我也曾惴惴不安地想象过类似的新闻画面。但一个星期过去，依旧风平浪静，我心想不过如此，便放松了警惕。

看来我离开之后，姨父和姨母也松了一口气。不一样的生活习惯太多，我的一切所作所为都让他们感到疲惫。虽然是个孩子，但我好歹还是明白这些的。我祈祷姨母就这样忘了我，希望他们也不要通知警方和学校，希望没有任何人大惊小怪，这样，我就能一直住在阿文家了。祈祷的同时，一股寒冷的风从我心里吹过。

——原来，即使我消失不见了，也没有人会担心我啊。

我终于发现，自己成了一个毫无价值的人，像被风吹走的餐巾纸一样单薄，不被任何人需要。

放学回家的路上，我在儿童公园游玩后和朋友道别，然后便下落不明——播音员说。实际上，我和大家分开后，又回到了那个公园，但没有人知道这一点。太好了，阿文不会被人怀疑。不过——

"更纱先前玩耍的儿童公园的长椅上，放着一只双肩背包，警方认为这是更纱的随身物品。有人曾在公园中目击到一名可疑男子。"

我愣住了。

"阿文，他们是不是认为我被你拐走了？"

"至少是认为你失踪了，警方大概以拐卖儿童为线索在搜查吧。毕竟是一个小学四年级的女孩子不见了，媒体报道也要慎重。"

听到"警方"二字，我明明不冷，但还是起了鸡皮疙瘩。

"要不，我回家吧？"

听到我的话，阿文看了看我。

"如果你想回去，随时都可以回去。"

是啊，阿文没有叫我必须留在这里，反而是我央求他将自己留下来。可我却把选择交给他去做，真是狡猾。

"我想留下来。"

"那就留下来。"

"如果我留在这里，阿文说不定会被逮捕的。没关系吗？"

"不会没关系，但有许多事情会水落石出。"

"水落石出？"

"被大家知道的意思。"

"什么会被大家知道？"

"秘密。"

"阿文的秘密是什么？"

他没有回答，埋头继续吃饭。

看来是问了一个傻气的问题，我暗自反省。

阿文是大人，却喜欢我这个年纪的小女孩。

人们并没有被阿文冒犯，却都认为他令人作呕。原来恋童癖就是这样：不过是在一旁看了看，明明什么也没有做，只是待在那里，就会讨人嫌。恋童癖在人们眼中罪大恶极，如此罪恶的秘密，只得拼命将其藏得死死的。

"要是被大家知道了，他们会怎么看你呢？"

"那种目光一定会让人想要去死，光是想想就很恐怖。"

没有人想被朋友、周围的人，甚至是家人用那样让人想死的目光审视。如果阿文被人这样看待，会怎么样呢？不会真的寻死吧？想到这里，我的味觉似乎退化了，嘴里的咖喱和米饭成了黏糊糊的块状物。

"既然如此，要怎么让秘密'水落石出'呢？"

阿文听了我的问话，默默注视着盘子里界限分明的咖喱和米饭。我来这里的第二天，他就是用这样的眼神看着睡梦中的我。两只眼睛像两个突然出现的洞口，漆黑一片。

"就是因为无法水落石出，秘密才成为秘密。不过，守着秘密也很辛苦，有时候会觉得，不如干脆全让大家知道的好。露馅了，可能也就轻松了吧。"

他好像不是在对我说话，而是说给自己听的。

"嗯，我明白的。"

"更纱不明白。"

"不，我明白的。"

阿文听我的语气果决，不由得看了看我。

我久久地回望着他那漆黑的如洞窟般的双眸。

我的眼睛好像也和他的一样，成了一对漆黑的洞窟。

毕竟我也有对谁都讲不出口的秘密。想要对某个人挑明，以寻求帮助，但我没有勇气开口。好痛苦，救救我。我希望有谁来看看我，但又希望谁也别注意到我——我明白这种不得不背着沉重的行李往前走的艰辛。

关于我的新闻已经播完了，只报了我的名字，没有登出照片。但如果再在这里待下去，也许登出照片也是迟早的事。我的失踪究竟带来了多大的混乱？警官会找到这里吗？不安就要将我侵蚀了。

"想吃冰激凌。"

我嘟囔道。

"现在？"

餐盘中还有没吃完的咖喱饭，但现在我想吃点甜的。我轻轻点头，阿文便从厨房拿来两个杯装冰激凌。

"阿文也吃？"

"嗯。"

"我还以为你不会做这种事呢。"

"以前没这样干过。"

阿文郑重其事地揭开冰激凌杯的盖子，好像在违反什么重要的规则。他越来越向我的习惯靠拢，对我来说，这是一种超越感谢的欢愉。我们就像世上仅剩的两只动物，漫无目的地流浪已久，终于遇到了彼此，大概就是这样的心情吧。

"真好吃啊。"我开口搭话。

"嗯。"阿文点点头，侧脸微微显出畏惧的神色。也许是想到了他的妈妈吧，他那热爱育儿书和生活百科的妈妈。

"要是阿文的妈妈知道了这件事，阿文的屁股也会被揍开花吧。"

"那你为什么这么高兴?"

"因为多了一个屁股被揍开花的同伴。"

"两个人一起,就不可怕了。"阿文听了我的话,抬眼望着空无一物的天花板。

"同伴……"他喃喃道。

我们吃着化掉的冰激凌,任凭咖喱饭剩在餐盘里。

那是一个不知是快乐还是苦涩的夜晚。

番茄酱、芥末——原本吃火腿蛋习惯撒盐的阿文,开始每天更换不同的口味。他断了晚饭,开始吃冰激凌,除了新闻,还看起动画片来。阿文循规蹈矩的生活节奏一点点崩塌,就这样,那个星期六,发生了一件大事。

我醒来,走到起居室一看,阿文还在睡。

——他在睡懒觉!

平时总是我睡得早,阿文起得早,于是,我第一次看到了他睡觉的样子。我蹲下来,兴致勃勃地端详着他。首先,他的睡相极好——靠在沙发一角仰躺着,双手叠在一起,放在铺得平平整整的被子上,好像童话里的睡美人。

我只在早上见过爸爸脸上的胡子,可阿文此时的脸上光溜溜的。妈妈喝多了酒,夜里就会发出奇妙的呼噜声,但阿文的呼吸绵长,令人放松。这个人真是好看——望着他睡觉的工夫,困倦重新袭来,我躺在他旁边,也闭上了眼。

再醒来的时候已经是中午了，没想到阿文还在睡。我实在饿了，便喊着他的名字摇晃他。"阿文——"他醒时呆愣愣的，这是我第一次看到他睡眼惺忪的模样。渐渐清醒过来的阿文一脸的难以置信。

"原来阿文有时也会睡懒觉啊。"

他听我这样说，怯生生地缩起肩膀，那样子好像他搞砸了一件大事。我郑重地意识到，在被育儿书支配的阿文家里，一点点小事可能也会变成大错。

"没办法啦，昨天睡太晚了嘛。"

昨天晚上，我们看DVD看到深夜。阿文一共租来十张光碟，是我点名想看的五张和他想看的五张。片子很多，所以我不想凑合，觉得无聊立刻就换下一张。

"我们好歹挑一张，认真看完吧。"

这是阿文第一次要求我"认真"，于是我开心地答应下来，老老实实地将阿文挑的《剪刀手爱德华》看到了最后。那是我出生前就有的电影。长着剪刀手的爱德华心地善良，却因为歧视与偏见被人们在大街上追赶。这美丽而残酷的童话故事令我泪水涟涟，身旁的阿文则痴迷于影片的情节，默不作声地看着，脸上的表情认真得可怕。

"不好意思，我马上就做饭。"

我阻止了要起身的阿文，提议点外卖。

"熬夜和睡懒觉是只有休息日才能享受的快乐嘛。而且妈妈说过,休息日是点外卖的日子。我想吃比萨,阿文讨厌比萨吗?"

"……倒是不讨厌。"阿文用了五秒钟,才说出这句话,"但我没点过外卖,不知道怎么点。"

"打电话订餐就行啦,查查菜单。"

阿文一脸迷惑地打开笔记本电脑,我找到店铺,选了能吃到两种口味的大号比萨,又点了薯条、沙拉和姜汁汽水。阿文说吃不了这么多,我还是坚持就这样下单。

比萨送到前,阿文想叠被子,被我坚决阻止了。他刷牙洗脸的时候,我依然穿着睡衣躺在被子里赖床。比萨送到后,阿文打算将它放到桌上,我没同意,让他放在了躺在被子里手也能够到的地方。

"这样实在有些不妥吧?"

阿文低头打量着建好被褥基地的我,而我正要将姜汁汽水倒进玻璃杯里。

"如果你真的不愿意就直说,我马上挪到桌子那边去。"

我边说边掀开盖子,露出热腾腾的比萨,上面浇着融化的芝士。阿文吃惊地睁大了眼。看到他食指大动的样子,我开心极了,举起玻璃杯,想要和他干一杯。

"这是为了什么而干杯?"

"为了懒洋洋的周末。"

我直接模仿了妈妈说这句话时的语气。阿文似乎有些困惑,犹豫着将杯子凑了过来。杯中金黄色的泡沫噼里啪啦地炸开。

"对了,这样的时候,必须要看海蒂。"

我在租赁店的口袋里翻找,拿出《阿尔卑斯山的少女海蒂》,这是和芝士最般配的动画片。我和阿文一边吃拉丝的芝士比萨,一边看海蒂。看海蒂的时候吃的芝士会加倍美味。这种情况要怎么形容呢?

"我吃饱了。接下来看哪个?"

"看一个和食物无关的。"

阿文把手撑在被子上回答。海蒂演到一半的时候,我们就改成了躺着看。比萨剩下一半多,沙拉和薯条晾在一旁,几乎没怎么动。我们都饱了,却还是慢吞吞地捏着它们。被饱腹感和懒惰支配的休息日,我就是为了这份满足才点外卖的。我的手沾着油,把遥控器按得油光锃亮。

"那就看这个吧。"

我将《真实罗曼史》装入碟机。

"更纱能看这类电影吗?"

妈妈抱怨过克里斯蒂安·史莱特[1]和帕特丽夏·阿奎特[2]可怜死了,喜欢塔伦蒂诺[3]的爸爸则为影片的结局扼腕,觉得他们死掉才完美。不过两人达成了一致,认为故事结局中男女主人公没有死,

---

1 Christian Slater(1969—),美国演员。在《真实罗曼史》中饰演男主角。
2 Patricia Arquette(1968—),美国演员。在《真实罗曼史》中饰演女主角。
3 Quentin Tarantino(1963—),昆汀·塔伦蒂诺,美国导演。《真实罗曼史》的编剧。

幸福地生活下去才更奇幻。影片中的腥风血雨、甜蜜的亲吻和白色羽毛,给我留下了深刻的印象。

"这是爸爸、妈妈和我三个人一起度过的最后一个星期天看的电影。"

我躺在被窝里,手撑着脸,眼睛没有离开影片的画面。

到现在为止,我没对任何人说起过他们的事。但此刻,我满腹心事、头脑空空,而阿文就在身边。这里是安全地带,禁锢着我的意识已经完全松绑。

"爸爸一年前死了,妈妈跟情人跑了,现在不知道在哪里生活。"

爸爸肚子里长了不好的东西,那东西一下子长得很大,杀掉了他。妈妈哭得像个婴儿。她日复一日地从白天大声哭到晚上,只不过送到嘴里的不是牛奶而是酒水。爸爸不在以后,家里变得乱七八糟,倒在地上的酒瓶也不再闪着宝贝般的光。

一天,我放学回来,家里多了一个我不认识的男人。有了恋人,妈妈终于不再哭了。这个男人也很温柔,但他不是爸爸。"你难道忘了爸爸吗?"我生气地问妈妈,妈妈紧紧地抱住我。

——我怎么可能忘了他呢?

那为什么要这样?

——就是因为忘不掉,太难过,才需要好吃的甜点。

妈妈说,恋人是甜点。听她这样说,我才恍然大悟。吃了冰激凌或巧克力,我的悲伤也会稍微减轻一点。"那爸爸也是甜点吗？"我问。"阿凑是米饭，少了就活不下去了。"说着，妈妈又哭了。她哭得太厉害，那之后，我就再也不问她关于爸爸的事了。

到后来，妈妈吃的甜点越来越多，几乎都是吃一口就随手扔掉。直到有一天，她说要出个门，便离开了这个家。那天，公寓楼下停着一辆深绿色的车，驾驶座上坐着的，不知道是第几号甜点。对接下来要发生的事毫无防备的我，在公寓的阳台上朝妈妈挥手，要她路上小心。她坐上车子。那是我最后一次见到她。

"妈妈拿着点心，不知道去哪里了。"

我仍旧盯着屏幕。此刻，帕特丽夏·阿奎特饰演的阿拉巴马浑身是血，克里斯蒂安·史莱特饰演的克拉伦斯亲吻着她的额头，对她说："你比电影明星还漂亮。"他对她说："你什么都不用担心了。""从今往后一切都会顺利，绝对会顺利。"幸福的阿拉巴马，就像爸爸还活着时的妈妈。

我没能成为维持妈妈生命所必需的米饭，我也不是能缓解她悲伤心情的点心。不仅如此，我还成了她最讨厌的"负担"。妈妈放下了她的负担。她是一个不会忍耐的人。

"姨母家跟我和爸爸妈妈以前生活的家不一样。不过没关系。"

我的嘴继续不受控制地开合，声音却渐渐低弱到只剩一丁点。

"可是姨母有一个读初二的儿子，他很讨厌。"

心脏发出扑通扑通的闷响。我继续若无其事地盯着屏幕。这不算什么，不算什么，所以正常地说出来就行了。

"那家伙一到晚上，就会来我的房间。"

一切到此为止。语言化为巨大的石块,将我的心碾碎。这些事,我一直想告诉某个人,希望有人帮我,但我说不出口。好难过,喘不过气。我继续凝视屏幕。克拉伦斯用枪顶住朋友的脑袋,气氛蓦地紧张起来。

——你这碍事的家伙。不许动,也别出声!

黑暗中响起门把手转动的声音。恐惧令我整个人变得像石头般僵硬,我在床上躺得笔直,等待时间过去。孝弘的手随心所欲地在我身上到处游走。我被杀死在每个夜晚,随着早晨的到来重生,到了晚上再次被杀死。如果这样的事情一直重复下去,还不如让地球撞上陨石之类的玩意,一切毁灭来得轻松。要么地球毁灭,要么我死。

克拉伦斯和阿拉巴马的身影一下子模糊起来。我感到鼻尖灼热,泪水滑过的脸颊痒痒的。该死,我应该摆出一副完全无所谓的表情才对。现在这样,岂不是显得自己像个可怜的孩子吗?

我整个人钻进被子里,缩成一个球。阿文的手隔着被子,放在我头上,温柔地抚摸着。刹那间,心中有什么东西"扑哧"一声裂开了。耳边传来葬礼上妈妈的哭声,和我的哭声叠在一起。对我来说,有太多难以承受的事情了。

神啊,请让我回到有爸爸和妈妈的那个家吧。

如果这个愿望不能实现,求求你,别让我再回到姨母家。

电视里响起持续不断的枪声。电影已经到达高潮,大家一个接一个地死去。阿拉巴马抱着克拉伦斯,绝望地哭喊。不要紧的,阿拉巴马，克拉伦斯不会死，你们最后会过上幸福的生活。

可我永远也无法逃离这一切。从今往后，想让自己活下去，就只有待在阿文身边。仿佛只有阿文隔着被子抚摩我头顶的那只手，是我最后的救赎。

梅雨季过去，夏季到来，我依然在阿文家里。

地方的新闻节目里，还是出现了我的照片。

那是一张拍得很糟糕的照片，我气得向阿文大发牢骚，当天的晚饭也变成了冰激凌。不过正好有一位政治家在这时候出了丑闻，有关我的新闻眼见着少了许多。我也相应地变得活泼起来，像一棵开枝散叶的小树。

从梅雨季到夏天，我一步都没离开过屋子。但我不觉得自己被限制了自由，反而得到了渴求已久的安全感，彻底告别了睡眠不足的状态。晚上不用再害怕了。我在床上摆成"大"字，沐浴着窗外照进来的夏日阳光，渴了就喝冰凉的可尔必思，睡睡午觉、看看书。每一天，骨骼和肌肉的每个角落都在逐渐找回放松的感觉。

"这个吃了就停不下来啊。"

阿文瞪着那盘堆得像小山一样高的炸薯条。蜂蜜芥末酱和橄榄油蒜泥酱是我家吃薯条时的常备酱汁。大家都说这样吃会让人变胖，吃起来却怎么也停不住。甜和咸是绝配，看来不只我抵挡不住，阿文也成了它们的俘虏。

"蘸复出酱[1]也很好吃哦,就是把番茄酱、辣沙司、蛋黄酱和伍斯达酱混在一起。我还爱把酸奶油、蒜泥和香草酱混着吃。"

"下次做来试试。"

阿文将调味料记下来。和我一起生活让他彻底堕落。他开始在火腿蛋上挤番茄酱,用冰激凌代替晚餐,享受起各式各样的外卖服务,并迷上了汉堡和碳酸饮料这罪恶的搭配。

"阿文对有趣的事情一无所知呀。"

"更纱倒是很了解,却一点常识也没有欸。"

每当阿文这样反驳,我只是嘿嘿一笑,糊弄过去。

和他一起生活,也改变了我。地板每天都要用拖布拖,每两天还要用湿纸巾擦一次。我还学会了怎样将衣服按布料分开来洗(爸爸妈妈不像阿文分得这样清楚)。阿文和我的生活方式逐渐混合起来,但并不是折中,而是该认真的时候认真,该慵懒的时候慵懒。怠惰和勤奋交替着存在,就像甜味和咸味。

阿文的大学放暑假了,我们闲来无事,在收拾得干净漂亮的房间里天南地北地聊起来。阿文没再去过公园,每天都和我在一起。

"你一点都不喜欢成熟的女人吗?"

敏感的问题也能轻松地问出口了。起初阿文回答得很慎重,但后来像是想通了什么,聊起这些也很平静。

---

[1] 复出酱(comeback sauce),一种在美国南部流行的美式沙拉酱。

"是啊,不喜欢。"

"那你喜欢多大的小孩子呢?"

"唔……大概最大就到初中这样?"

明明是在说自己的事,他的态度却像是完全与自己无关。

"那如果你喜欢的孩子上了高中,要怎么办呢?"

他略微沉默。

"那就揪出来扔掉。"

他说得就像是要把院子里的树拔出来重新种一样。

"等那棵小树长大了,你也会扔掉吗?"

我的目光移向房间角落里那棵瘦弱的白蜡树。

"没错。"阿文答得干脆利落。

——可是之前那种喜欢的感觉去哪儿了呢?

话到嘴边,我却没问出口,因为阿文眼里的光又消失了。他一定也不知道答案,恐怕这样的事本身也叫人无可奈何。

"做恋童癖痛苦吗?"

"就算不是恋童癖,只要活着,就会遇到一大把叫人难过的事。"

"长大以后也难过?"

"很遗憾,是这样的。"

是这样吗?我原以为长大后就可以自由地想去哪里就去哪里,痛苦的事就会消失。既然如此,我还真是不想长大啊。想到这里,我忽然发现一个事实:

我长大以后,也会被阿文抛弃吧?

我偷偷看了阿文一眼。他的双眼仍旧像两个暗淡的洞口,叫我没有勇气问出这个业已知晓答案的问题。我想尽快长大。可如果长大意味着被阿文抛弃,我宁可永远当一个小孩。到底要怎么办呢?我们陷在沉默里,继续品尝蜂蜜芥末味的炸薯条,薯条的味道甜美而酸涩。

最近关于熊猫的新闻很多。熊猫宝宝跟在熊猫妈妈身后走来走去,熊猫宝宝第一次吃苹果,今天给熊猫宝宝庆祝一岁生日……诸如此类的新闻被炒得沸沸扬扬。

"好想亲眼看看活的熊猫啊。"

我一面埋首吃着阿文细心准备的早饭,一面说。早饭是发芽糙米做的米饭、豆腐味噌汤、凉拌菠菜,煎鱼一人一半。"文式教科书"的饭菜维系着我的健康。

"你没见过熊猫?"

"嗯。这附近的动物园里有吗?"

阿文在网上查了查,发现坐电车一小时左右能到的动物园里有熊猫,可那里只有成年熊猫,没有新闻里播的熊猫宝宝。

"那我也想去看看。熊猫熊猫大熊猫——"

我啪嗒啪嗒地晃动着双腿。来这里大概两个月了,我已经彻底习惯了曾经感激万分的安全的生活,甚至有点索然无味,忘记了自己现在是一名失踪人口。

"那就去吧。"

我穿上阿文为我网购的连衣裙和来这里时穿的粉色运动鞋。夏天穿凉鞋更好，可不出门的话，也没必要再买新鞋。阿文戴了一副平光镜，似乎像模像样地变了个装。但无论怎么看，还是他本人的模样。

外面的世界闪闪发光。风迎面吹来，盛夏的阳光烤着肩膀。汗水从头发里流下来，让人痒痒的。一切都久违了。电车上，我坐在窗边，欣赏着窗外耀眼的风景，完全沉浸在自己的快乐中，几乎没认真瞧过身边的阿文几眼。

动物园里人头攒动。看熊猫的地方人尤其多，我踮起脚尖，还是一点也看不见。大家都在用手机拍熊猫，队伍也停滞不动。

"阿文，我看不见熊猫呀——"

我喊了站在身后的阿文好几次。

又过了一会儿，我才发觉自己太显眼了。不断有大人的目光和我交会，似乎好多成年人在偷偷打量我。这是怎么回事？我的脸上沾了什么东西吗？我摸了一把脸，终于意识到自己目前的状况。

什么熊猫不熊猫的，一下子都无所谓了。我慌忙回到阿文身边，拉起他的手就跑，可这一举动更能吸引人们的注意。

"家内更纱！"

不知是谁，大声喊出了我的名字。人群的目光齐刷刷地集中到我和阿文身上。有些人的表情是恍然大悟；有些人的表情中流露出恐惧；有些人表情严肃地掏出手机，不知要给哪里打电话；有些人则将手机摄像头对准我们。

"在这边。快、快！"

又不知道是谁在大声呼喊。我朝声音的方向看去，只见警官正分开人墙，飞跑过来。原来已经有人报警了。我的心跳开始变得乱七八糟的。

"阿文，快跑！"

我打算松开牵着他的手。

手却被他紧紧攥住了。我吃惊地抬头看他。

他笔直地望着前方。我以为他是在看警官，但并不是。

"阿文？"

他的目光似乎看着更远的地方。

他眉头紧皱，像要落泪似的，却不知怎的透出一股释然。

——啊，来不及了。

我紧抓着阿文的手，眼中浮起大量的泪水。

此时此刻，我浑身上下的每一个细胞终于意识到——属于我和阿文的时间就要结束了。

赶来的警官问我叫什么，我却只是噙着泪水，答不出来。"没事啦，吓到你了吧。"警官说。还有一个警官问阿文叫什么，他从容地报上名字。那人又问："这孩子是家内更纱吗？"他回答"是"。"逮捕！"一声令下，我和阿文的手被人拉开了。

"阿文！阿文！"

我任由警官抱着,阿文则被他们沿相反的方向带走。我朝阿文伸出手,可摄像机挡住了我的视线,我几乎看不到他。

"阿文——阿文——"我只顾没完没了地哭喊,无数手机摄像头对准了我。那个瞬间,数码在我和阿文身上文下了印记。

可是,我们到底犯了什么罪?

医院安排我做了各种检查,以确认我的健康状态。许多人问了我许多问题,医生、刑警、女心理咨询师轮流到病房里来。每个人都很温柔,我却对所有人缄口不言。我暗暗发誓,就算有人撕裂我的嘴,我也不会说出让阿文变成坏人的话。

"这条连衣裙真好看呀。是大哥哥给你买的吗?"

我在病房接受心理咨询师的问话。阿文很温柔,把我照顾得很好。如果告诉他们这个,说不定他们就会明白阿文不是坏人,我想。

"他还给我买了很多衣服,T恤、裙子、睡衣什么的。"

看到我终于开口说话,心理咨询师笑了,她无疑是开心的。她点点头,露出"原来是这样啊"的惊讶表情。我仿佛看到了一线光明,便告诉她,阿文是一个很正经的人。心理咨询师一面听,一面深深点头,与我呼应。

"那么,我可以再问你最后一个问题吗?"心理咨询师等我说完,问道,"如果你不想说,也不用勉强哦。"

我轻轻点头。当然要回答,我要保护阿文。

"你们在一起的时候,大哥哥有没有摸过你的身体?"

恐惧令我本能地颤抖。心理咨询师微微眯起眼来。但这是误会,她的话让我想起来的人是孝弘。我想起黑暗中吱呀呀旋转的门把手,想起孝弘的手伸进我的睡衣,那双黏糊糊的手令我起了一身鸡皮疙瘩。

我轻轻摇头,想要甩掉那股令人厌恶的感觉。我不想让别人知道孝弘对我做的事。汗水一点点沁出来,心理咨询师握住我的手。

"没关系,嗯,我明白啦。"

"阿文什么也没有做。"

"嗯,知道啦。"

"不是的,不是你想的那样。阿文很温柔,阿文没有对我做任何过分的事。真正过分的,真正对我做了过分的事的人——"

是孝弘。是那家伙不好,过分的人是他。叫他别这样,他却不听,所以我才离家出走。是阿文救了我——应该这样说。快,快,快这样说!可我的嘴巴却不愿张开。

那样意味着我要亲口向大家说明孝弘对我做了什么。

只消想象一下,羞耻感便向我袭来,让我恨不得立刻消失。那种感觉,就如同在自己的心脏上亲手捅上一刀。泪水和呕意同时涌上来。

"阿文不是坏人,阿文——"

忽然好难受。我捂住胸口,喘不过气。

"更纱，跟我一起深呼吸。来，吸气，呼气——"

旁边的护士走过来，温柔地抚着我的后背。她对心理咨询师使了个眼色，咨询师点头，离开病房。不是的，等等，听我说完，阿文什么也没有做。我搞砸了，一切已经无可挽回。

刑警已经查清我和阿文在哪个月的哪一天看了什么电影，出租影碟的店铺似乎留有记录。我们看《真实罗曼史》的那天，住在同一座公寓的人曾听到小女孩的哭声。我说那只是因为难过才哭，阿文什么都没有做，但被问及为何难过时，我仍旧开不了口。如果说明了理由，大家还是会知道孝弘对我做过什么。就这样，阿文渐渐被当作一个恶人，而愚蠢的我除了惴惴不安，什么也做不了。一天，有人向我宣告了一件更加可怕的事：

"更纱同学，你可以回家啦。"

我眼前漆黑一片。调查人员认为住在那个家里不会影响我的健康，也就是说，我又要回到曾拼命祈祷着不想回去的家了。被带到警察局的第一天，姨母他们就见到了我。

"没事就好，这真是太好了。"

这是姨母见到我说的第一句话。我向她道了歉，一面说着对不起，一面任绝望沉到心底。我所盼望的，已经没有指望了。姨母不是坏人，这一点我很清楚。但是，那不为人知的、承受非人待遇的每一天又要开始了。我又要像一头被穿上鼻环的牛，回到被人牵着鼻子走的生活中去。想到这里，我几乎想死。

原来神根本就不存在。

原来神没有实现我的心愿。

原来我珍惜的一切，上天会一个不落地将它们收回。

爸爸，妈妈，阿文，他们都不见了。静寂慢慢覆上心头，如同放学后的校舍、空荡荡的教室。我与阿文的回忆像梦一般，轻飘飘地浮在空中。

——就算不是恋童癖，只要活着，就会遇到一大把叫人难过的事。

果然如此，阿文。虽然我不是恋童癖，但我如今也非常难过。阿文因为我变成了坏人。对不起。对不起。如果我们以后能见面，我会跪下来向你道歉。如果你要我去死，我就去死。反正就算活着，也根本没有好事发生。

回家那天，姨母和姨父很关照我，温柔了许多。孝弘只是对我淡淡一笑，说了一句"欢迎回家"。而那一天的午夜，我房间的门把手又开始旋转。"吱呀——"好像恶魔拉小提琴的声音。

"你给我起来。"

黑暗中，孝弘压低了声音。

"被拐走的那段日子，别人没少对你动手动脚吧？"

光线暗淡，我看不清孝弘的脸。我的被子被一点点掀开。

那一天，我下定了决心。要么地球毁灭，要么我死，但其实还有第三种选择，杀死孝弘就可以了。仔细想想，我已经没什么好失去的了。就算被抓进监狱也无所谓，更何况，就连进监狱都比待在这个家里强。

我将姨父的酒瓶攥在手中,坐起来,铆足了劲,瞄准孝弘砸下去。钝重的声音和一声惨叫响起。隔壁房间的门开了,传来姨父姨母朝这里跑来的脚步声。我的房门开了,灯"啪"的一声亮起来,照出我和孝弘的身影。孝弘头上流着血,我手里拿着凶器,衣着凌乱地坐在床上。

"这是怎么回事?发生什么了?怎么会这样?"

姨母张皇失措,一会儿看看我,一会儿看看孝弘。

"他每天晚上都到我房间来,以前也是。"

愤怒已经冲破了极限,我的声音反而冷静下来。

姨母猝然发出尖厉的呼吸声,姨父不自觉地微微张开了嘴。

"假的,我什么都没做!"

孝弘边哭边控诉。但逃避已是徒劳,他就在我的房间里,这是不可推翻的事实。"你这小子……"姨父伸手揪住孝弘的睡衣衣领。"住手,他已经受伤了!"姨母插到他们两人之间。孝弘没出息地抽噎着。

姨父开车带孝弘去医院看急诊,姨母也跟着去了。剩下我一个人,一身轻松,我很快便睡着了。后来听姨母说,我打着呼噜,身体摆成"大"字形,睡得香甜无比,叫人根本无法相信刚刚发生过那样的事。

就这样,在回来的第一天,我就彻底成了一个麻烦的人。

我被送进了儿童福利机构,理由是我不明原因地突然用酒瓶砸了孝弘的脑袋。许多大人问过我原因,但我到底还是说不出来,想吐,止不住地发抖。护士顺着我的背,我的目光和她身后的姨母的目光交会。姨母看起来松了口气,我没说出孝弘的名字,这令她安心不少。

我憎恨自己的软弱。我跟姨母和孝弘一样,竟连将发生的事情完完整整地说出口都做不到。医生见我只是默默擦泪,便诊断是之前的事导致我情绪不稳,才做出如此举动。

离开这个家的时候,姨母和姨父目光游移,根本不看我的脸,孝弘待在自己的房间不出来。令别人痛苦的人,自己却忍受不了一点痛苦。

我双手拿着装有换洗衣服的书包,还背着出事前被我放在长椅上的学生书包。

大概从今往后,我要一直带着这些东西向前走吧。

懂得了那份无处可逃的沉重,我的童年就宣告结束了。

第三章
一

她的话 II

"辛苦啦——"傍晚,来打工的大学生开朗地走过来和我打招呼。他们上了一整天课,却还是精神焕发。"先走了。"我回应了一句,离开大堂,路过厨房,一面和员工们相互问候,一面往更衣室走。

"家内小姐,这个星期天能不能来帮个忙,哪怕只是午饭时间也好。"

店长问起来,我便推说星期天有事。店长明知我不会在排班上让步,还是每次都来问。排班是每个家庭餐厅店长的心头大患。他为难地走了,表情中甚至透出些可怜。

更衣室里热热闹闹的,都是同一班来上工的女人。在同一家商场里工作,时间久了,就算店铺不同,也会渐渐熟悉彼此。大家正在商量是否要一起去那家新开的红茶店看看。我默默地换衣服。

"家内小姐要不要去?"

平光女士问我。我们在同一家店工作,我在大堂,她在厨房。

"不好意思,今天不太方便。"

"是吗?那下次再说吧。"

像拒绝调班一样,我拒绝了她的邀请。虽每每如此,但她依然一再地邀请我。人们都夸平光女士会照顾人,对她评价很好。一直拒绝她的邀请,令我有些为难。

今天从早上开始就下着小雨,我撑开折叠伞,往车站走去。湿润的空气裹在皮肤上,黏糊糊的。时间来到六月的末尾。我在离家最近的车站下了电车,顺道去一趟超市。

番茄大减价,一箱只要四百日元。好久没用新鲜的番茄做浓菜汤了,我有些跃跃欲试,但想到亮君不喜欢番茄,还是作罢。说起来,在亮君之前和我交往的那个人不光不喜欢番茄,只要是酸的东西他好像都不爱吃。

我抬头望着灰蒙蒙的天空,开始思考今晚的菜单。

高中毕业后,我离开福利机构,到一家经营机械部件的公司做职员。在福利机构度过的九年和在姨母家不同,充斥着另一种危险的气息。住在同一个屋檐下的孩子从小学一年级到高中三年级不等,个个都有自己的特殊情况。他们平时普普通通的,一旦发生什么,爆发力也不容小觑。很多孩子生气的时候,都会做出类似我用酒瓶砸孝弘那样的危险举动。大人们看不到的地方也有欺凌发生,我的日子过得加倍小心,尽量不让自己成为被欺凌的对象。

只要高中毕业，就能离开福利机构了。刚离开那里的时候，我一度很踏实，但每个月到手的薪水只有十三万日元，只要生一场病，生活立刻就会捉襟见肘，这让人惴惴不安。正当我思考晚上或休息日是否也要去打工时，当时的男朋友主动提出一起住的建议。

那个男人是我刚上高中时，在打工的地方认识的。说实话，能有人一起分担生活支出，我的确松了一口气。同时，又有一个单纯的疑问浮上心头：

我对他的喜欢有强烈到想要一起生活的地步吗？

见我犹豫着没有回答，前男友也许误会了什么，用力地说：

"不用担心，由我来保护更纱。"

前男友知道我是曾经震动全日本的"家内更纱诱拐案"的受害者，这成了他有时对我温柔泛滥的根本原因。

我和他在一起生活了四年多后分手，然后开始和亮君交往，同居后，我辞去了公司的工作。亮君是我之前供职的公司的客户，我不想让他因为我而被人指指点点。

但即使我守口如瓶，我的名字也不会放过我。散布在网上的信息仿佛一直揪着我的衣领，从小学到初高中，再到我打工的地方，甚至在就职的公司，我是"家内更纱诱拐案"受害者的消息必定会传开。

——被拐走的那段日子，别人没少对你动手动脚吧？

孝弘的那句话，恰到好处地表现了所谓世间的真面目。

原来恶意也会朝受害者袭来。第一次发现这个事实时，我惊呆了。人们大大咧咧地走来，以疼爱或关怀等善意的形式，将"被伤害了的可怜女孩"的印章盖遍我全身。每个人都觉得自己是善良的。

我确实被伤害了，但伤害我的不是阿文。孝弘没有受到一丁点惩罚，优哉游哉地读完大学，然后工作，现在大概依然顶着一副好人的脸孔在生活吧。我和姨母家连一张明信片都没相互寄过，我们只是血脉相连的陌生人。

比起这些，我更想向世人倾诉：

——那时阿文没做过任何奇怪的事。

——他是个非常善良温柔的人。

但越是倾诉，我就越是悲哀。我仿佛被迫参加了一场胜负已定的游戏，唯一能做的就是无动于衷。怜悯和善意，我都微笑着安静地接受，再任它们流走。不知什么时候开始，我成了人们口中的"懂事的人"。

回到家，我将食材塞进冰箱，坐在沙发上休息。屋里没开灯。外面下着雨，我在昏暗的房间里闭起眼睛，让下班后轻如羽毛的心情沉静下来。从鞋子中解放的双脚慢慢放松，我感到血液渐渐流遍全身。

起居室、厨房和卧室都十分宽敞。和亮君一起住的这座公寓虽然老旧，却经过全面改装，十分舒适。我和亮君都没兴趣布置房间，因此装潢乏善可陈，但是正因如此，屋里十分宁静。

——阿文的房间也是这样，没有任何多余的东西。

阿文本人也是。他每天准确而熟练地演绎教科书般的行为，做那些正确生活所必须做的事。我的出现，恐怕没少搅乱阿文的生活，从在火腿蛋上挤番茄酱，到教他怎样度过慵懒的休息日。那时的我是怎么做到那么旁若无人的呢？我皱起眉，阻止自己再没完没了地回忆下去。

休息片刻，我开始准备晚饭。茄子再不吃掉就要坏了，于是我把它煮了，做成甜辣口味。刚出锅的茄子很烫，我将它放在一旁凉着，之后再放些生姜。主菜是照烧鸡，外面卷上焯好的白菜，配上用芝麻酱拌的胡萝卜豌豆和小松菜味噌汤。

亮君的老家是山梨的农户，家人每月两次用快递送来蔬菜，遇上天气不好、菜价高涨的时候能帮不少忙。亮君的奶奶总会在里面夹一张便笺："最近好吗，注意身体，不要感冒——"

门铃响了，我应声走向门口，透过鱼眼门镜确认外面的人是亮君后才打开门。"我回来了。""你回来啦。"我们在同一时刻交换了问候。

"唉——都湿透了。雨倒是不大，可湿气重啊！"

"今天太闷了。"

"我先去冲个澡哈。"

对话的时候，我在厨房，他在卧室。少顷，余光看到亮君只穿着T恤和一条短裤，直直地走进浴室。我一面听着喷头的水声，一面急匆匆地收拾餐桌。

"今天也是大份蔬菜套餐呀。"

亮君湿着头发坐到餐桌前。我们面对面坐着,说完"我开动啦"便合起双手。我将照烧鸡和白菜尽数夹到他碗里,看它们渐渐在亮君口中消失。

"嗯,好吃。"

亮君爽朗地笑了。吃饭的时候不设防,是亮君的优点。

其实,我做的饭大概不是特别好吃。我很小就和父母分开,后来又在福利机构中生活,做饭净是参照书里写的方法。品相是有了,却没有家的味道。菜的风味多半不鲜明,东西南北哪儿的味道都有,幸好有产地直送的蔬菜弥补这个短板。

"第一次在亮君家吃到蔬菜的时候,发现和超市里的菜味道不一样,我吓了一跳呢。"

"那是当然,我家种的菜是纯天然的。"亮君似乎颇为自豪,但话刚说完,脸色立刻阴沉下来,"不过,也不知道能坚持到什么时候。"

"发生什么了?"

"最近奶奶身体好像不太好。"

"是吗?"

"上年纪的人身体多少会有点小毛病,但她现在好像连下到田里都不太行了。前几天老爸打电话来,要我最近回去和她见见面。"

"那这个星期天回去吧?"

"嗯。不过啊，我正不知道怎么办呢。"

见他吞吞吐吐的样子有些奇怪，我不由得困惑起来：亮君的老家坐电车单程不到两小时便可抵达，这个距离就算当日来回也是够的。更何况，他是个很黏奶奶的人。

我听说亮君的父母离婚早，他是由奶奶抚养长大的。老一辈人重男轻女，亮君又是独生子，一定很受重视。他每每带了钥匙，却要我去门口给他开门，还觉得这样理所应当。

"工作太忙了？"

"那倒没有，老爸叫我带上你一起去。"

"我？"

"是老爸要求我的啦。他说我们都住在一起两年了，再这样吊儿郎当的，你的父母也是会担心的。他还说奶奶的身子骨也难保一直硬朗，叫我赶快和你结婚，踏实过日子，最好让她抱上曾孙，好让老人家安心。"

"真让人头疼——"亮君连声叹息着，将筷子伸向芝麻酱拌菜。从父母的角度来说，这应该算是个中肯而传统的意见了。但曾孙什么的，也太突然了吧？我听了也很迷茫。

"所以我才不知如何是好。我还没跟老爸和奶奶详细说你以前的事呢。当然我知道，这些迟早是要说的。丝毫不跟他们提起更纱的过去就结婚，我也觉得会坏了我们家的规矩。剩下的只是时机的问题吧。"

我眨了眨眼。亮君要说的话我明白。和我组成家庭，意味着要不由分说地将他爸爸和奶奶卷进我的过去。比起婚后从别人的闲话里得知我的过去,还不如先说清楚的好。

"我想他们肯定会很吃惊的。不过老爸和奶奶不是那么肤浅的人,不会因为这个就反对我们结婚。只要仔细向他们说明,他们就会原谅的。所以更纱不用担心。"

"……担心。"

我喃喃地重复着他的话。如果我和亮君确定要结婚,肯定会有这类担忧。但至今为止,我们一次也没商量过结婚的事。

"那我就告诉家里,这个星期天我们过去。"

"啊,这个星期天我有排班。"

我下意识地撒了谎。

"欸?"亮君皱起眉头,"咱们不是约好了两个人要在一天休息吗?"

"不好意思。是店长拜托我去的,说是打工的人实在太少。"

我放低姿态道歉。亮君叹了口气,脸上的表情还是很不自然。

"现在也真是的,哪里都人手不足啊。不过更纱也不用这么拼的。我的工资就足够咱们生活了,如果你能悠闲地料理家务,也算帮上我的忙啦。"

"但如果今后有个什么万一,还是我也有一份工作比较好吧。"

"你所谓的工作,不就是普通的打工吗?"

亮君的苦笑激起了我轻微的反叛。

"更纱太懂事了,才会被人欺负。不行的时候,就该直截了当地说不行嘛。不过是个打工的，却净往自己身上揽责任，也太蠢了吧？"

"大概是吧。"我一面回应，一面希望亮君能换一种说法。不过，从我们认识的时候开始，他就是一个纯粹的人，无论面对好事还是坏事，反应都很直接……

我与亮君是在以前的公司认识的。高中毕业后就职的那家公司有点像个大家庭，酒会办得很频繁，有时连客户也会来参加。

"家内小姐可真是很不容易呀。我也有女儿，很难不和您共情。"

一次年末的酒会上，客户方的课长喝得酩酊大醉，忽然说了这么一句，全场都安静下来。这位课长平时很和气，来公司拜访的时候，总会带上精致的点心作为伴手礼。

"女儿竟被恋童癖监禁了两个多月，如果是我，我一定会杀了那个犯人！"

我沉默着，避开他的目光。这时，和课长一起来参加酒会的部下亮君忽然来了一句："课长，陪我去个厕所！"他不由分说地将课长从坐席间拉走。两人消失后，大家喊着"喝酒喝酒"，热热闹闹地转换了宴席间的气氛，谁也不提刚刚发生的事情。

我回绝了之后的卡拉OK，在去车站的路上，亮君叫住了我。

"家内小姐，你要回去了吗？"

"我不擅长卡拉OK，不好意思去。"

"我也是。你坐电车吗？"

"是的。"

"那我们一起去车站吧。"

我们极为自然地并肩走在一起。

"刚才很难受吧。"

正当我犹豫要不要为刚才的事向他道谢时,亮君主动挑起了话头,语气坦然。

"我们课长平时是个挺普通的好人,可是一喝酒就不行啦。"

"没关系的,我已经习惯了。"

"这也能习惯的吗?"

受他神经大条的莽撞提问影响,我也干脆大大咧咧地回答:

"什么事情都一样,习惯了就轻松了。"

"唔,原来是这样啊。"

亮君又大而化之地接下来,我隐约觉得有些不自然。他是客户方的销售,我们以前寒暄过几次,但那个晚上是我们第一次亲密地交谈。

正是在那个时候,同居的恋人向我提出分手,对方的理由是想谈一场普通的恋爱。明明是他一直像对待一个受过伤害的小女孩一样待我,时常要将我置于他的保护之下,现在他却说自己为此感到疲累。我觉得他蛮不讲理,但命令别人看我时完全不顾忌过去那起案件,大约也是一种奢望。

况且和他在一起,我可以安定、安心地生活——无论出了什么事,他总会帮我。一方面渴望得到庇护,另一方面又想被平等看待，我的确是有些贪心了。我对恋人的感情中，总是混着爱情以外的情愫，那些东西令我沉默。

在礼貌性的闲聊中，我告诉亮君自己正在找房子，他说他认识一个在房地产公司上班的人，问我需不需要他介绍。后来，我在保证人之类的问题上也请他帮了忙……这些老套的情节渐渐缩短了我和亮君的距离。

——结婚啊。

泡在浴缸中，我仰望着雾气弥漫的天花板，感叹事情的进展好快。虽说如今流行晚婚，年轻人对结婚都不"感冒"，但早婚的人还是早早就结了。二十四岁结婚也没有特别不妥。

问题在于，我真的想和亮君结婚吗？

晚饭后我收拾盘碗的时候，亮君在起居室看电视。尽管两个人都要上班，可七成家务都是我做的。相应地，生活费的七成由亮君来出。灯泡由他换，纱窗坏了是他修，进了虫子也是他来处理，买东西的时候他会帮忙拿沉的袋子。姑且不讨论女性主义那一套，我和亮君的生活并未失衡。但一点点小事就会使天平不停地摇摆。

"只要仔细向他们说明，他们就会原谅的。所以更纱不用担心。"

亮君这样说的时候，我在心里画了个问号。

我，到底，需要他们原谅什么？

我犯了什么罪，需要被人原谅？

亮君只是单纯地鼓励我，我却因此介怀。

"父母""曾孙"之类的词也是如此。在摇摆的天平上，这些词语撼动了我勉力维持的精细平衡的生活。眼前浮现出晃晃悠悠的平衡小人，我叹了口气。被恋人求婚的女人（尽管严格地说我还不算是），不是应该更开心些吗？

"更纱。"

洗完澡吹头发的时候，亮君走了过来，在我濡湿的头发上亲吻。我发觉气氛暧昧，便关掉吹风机，由他牵着走向卧室。

"结婚的事，你是不是生气了？"

"生气？"

我只是觉得疑惑。尚未征得同意，恋人就把结婚当作板上钉钉的事情拿出来说，换了别的女人会是什么反应呢？是我想得太多吗？我喜欢亮君，但另一方面，希望他提前确认我的意愿是一种奢望吗？难道我要做的，仅仅是笑着接受他塞到我手中的爱意？

"可能是我说得太突然，吓到你了。不过我已经想了很久。"

黑暗中，我的睡衣纽扣被他逐个解开。这样的时候，我总会产生条件反射般的厌恶。这不是亮君的问题，是我一直如此。因此，我强行压抑着这种感觉。

"更纱什么都不用担心，我会打理好一切的。"

我知道。前任和亮君说的话很像。我是开心的，我们在一起生活，遇到实际问题的时候，他们都会保护我。无依无靠的我确实对此感激不尽，可是——

"亮君，你在可怜我吗？"

他的动作停止了。

"我觉得，自己没有你想象的那么可怜啊。"

片刻的沉默。

"嗯，那就好。要幸福啊。"

亮君的手指温柔地梳着我的头发，像在安慰着什么。

他没听懂我想说的话。

这种时候偏要说这些，我也有我的不对吧。

我闭上眼，换了一个姿势，准备熬过即将开始的一场烦闷。

我对性事没有兴趣，这话我不曾对人讲过。每每随着性事推进，洗澡后温热的身体就会逐渐冷却。和亮君交往之前也是如此。无论我将耳朵堵得多严，也挡不住午夜里门把手转动的声音。

结束后，亮君夸张地喘着粗气，仰躺在我身旁。我还没穿好睡衣，他就已经睡着，发出沉沉的鼻息。听着他满足而安心至极的鼻息，我总是感到焦躁。一起经历过同一场性事的我们，为何感觉会有如此大的反差呢？

"啊，亮君。"我小声问道，"如果晚饭吃冰激凌，你觉得怎么样？"

"……嗯？冰激凌怎么会用来当晚饭啊。"

亮君嫌吵似的转了个身，背对着我。

"也对哦。"我说完,静悄悄地下床,往起居室走去。

如果他回答"吃冰激凌也不坏",也许下个星期天我就会去山梨,向亮君的家人不厌其烦地讲清楚我的过去,低头求他们同意我们的婚事,今后多多关照。而此时,这幅未来的图景已化作泡沫消失。

——阿文,如果是你的话,会怎么做呢?

我在心中发问。我一直都是如此,什么事都要问一问他。阿文,出了这么一件事,你怎么想?阿文,我是个怪人吗?阿文啊,阿文啊。我知道不可能听到回应,如今仅剩下这个向他发问的习惯,像镇静剂一般。

以前我经常梦到阿文,梦到自己睡在阿文房间的窗边,抬头便能看到摇动的窗帘和蓝天。他那里为什么那样舒服呢?在福利机构让人不安的高低床上,一向睡眠不好的我梦想着再次回到他那里安睡,就这样度过了十几岁的时光。

读初中和高中时,我曾偷偷告诉最亲密的朋友真相。

——他是个温柔的人呢。

——他像教科书一般,一切都规规矩矩的。

——他很瘦,手长脚长,像一朵白色的马蹄莲。

朋友们无一例外都流露出困惑的神情,于是后悔向我袭来——早知如此就不该说这些。这到底还是不正常的吧。是自我保护的本能,给大脑和心中的记忆上了色吧。我渐渐连自己都无法相信了,忘了从什么时候起,我开始偷偷观察其他的记忆承载体。

我坐在沙发上,打开笔记本电脑,在浏览器的搜索栏中输入"家内更纱""诱拐案",与案件相关的报道便源源不断地跳出来。

毕竟是小学四年级女童失踪案,鉴于对个人隐私的保护,起初的报道仅限于当地的地方新闻。但当媒体知道带走女童的是一个十九岁的大学生时,舆论立刻沸腾,全国范围的特别节目开始连日争相报道。

由于担心影响我的身心健康,大人们不让我看一切相关报道。案件发生几年后,我才通过网上的新闻了解到这些。

犯罪者让受害女童观看暴力的、不符合伦理道德的电影,给受害女童购买容易勾起性冲动的、设计得楚楚可怜的服装。就连休息日在家点比萨这样极为寻常的事,都和无节制的恋童生活联系起来。我惊呆了。

《真实罗曼史》是我要求看的电影。衣服是我在购物网站上选好的,阿文只是帮我完成了网购的流程。只要小女孩穿上楚楚可怜的衣服,就会勾起男人的欲望吗?我整个人混乱了。

长大后,如今的我倒不觉得阿文是完完全全清白的。

他曾直勾勾地看着在沙发上沉睡的我,那双眼睛像两个漆黑的洞口。他假装帮我擦番茄酱,指尖故意擦过我的唇边。难道没有欲望藏在这些行为中吗?回望从前,幼小的我大概跨过了一座相当危险的桥。

即使如此,阿文始终不曾对我有过厌烦。他将床让给我,自己睡在隔壁的房间。无论截取记忆中的哪个画面，他都是理性的。是我大大咧咧地住进他的家，而最终，失去一切的却是阿文。

我也知道这是天真烂漫的借口。就算我央求阿文要留在他家，他也不该答应。更何况，他不该先向我搭话。这话说得一点不错，叫人无法反驳。我垂着头，眼睛盯着自己的双脚嘟囔道："但是。"

——让我回姨母家，还不如让我去死。

——阿文家很安全，待着很舒服。

可谁也不听我说话。我是案件最直接的当事人，却被封闭在厚厚的玻璃罩子——名为"幼小的孩子"的、应被大人全力守护的玻璃罩子里。

不幸中的万幸是阿文本人也还未成年，因此媒体并未披露他的真实姓名和照片。可是，网络世界连这些底线的规则也不通用。闲得没事干的人有的是，即使没有报酬也愿意下功夫，把和自己毫无关联的案件或人物查得一清二楚。阿文的姓名和基本信息很快就被锁定，网上甚至还有他的老家和家庭成员的信息。他的父亲开公司，母亲是职业主妇，热心教育，还有一个在名牌大学读书的哥哥。从文字信息来看，这是一个十分普通的家庭。

但这些信息和我的记忆拼接后，另一幅家庭画像浮现在眼前："育儿书""家规手册"——小时候，我听到这些名词只是点点头，感叹竟然还有这种东西。整理得异常干净的屋子。阿文如教科书般的生活，和人们心中对独居男大学生的印象相去甚远。甚至还有一些我怎么也想不明白的地方。

——阿文也会睡懒觉呀。

我还记得那时阿文怯生生的反应。不过是睡个懒觉而已。

事情已经过去十五年了，可只要点几下鼠标，全世界的人都能轻而易举地邂逅十九岁的阿文和九岁的我。不光照片，还有视频。

"阿文——阿文——"

被警官抱在怀里、伸着手大哭的我和被警官拽着胳膊的阿文，清清楚楚地出现在画面中。

没人知道这段视频是怎样传开的。暑假里和家人一起去动物园的游客很多，可能其中有人录了视频吧，这幕逮捕剧偶然混入其中。我想上传视频的人没有特别的恶意，也许只是觉得那是一个珍贵的瞬间，就将它传到网上了。

现如今，没有什么是珍贵的了。就算想看血腥的画面，在网上搜一搜，也能轻松地看到。即使面向的是未成年用户，也没有什么特殊措施。为了满足好人的好奇心，就是再悲惨的故事也会被消费得骨头都不剩。

那时的我，无论多难都应该甩开阿文的手。

就算是用推的，也应该让阿文逃走。

但那时的我不过是个孩子。

是独自一人就什么也办不到的、弱小而愚蠢的孩子。

我以为松开阿文的手，他就会像爸爸和妈妈一样消失，于是输给了自己的软弱,紧紧抓着他的手不放。我丝毫没有想过,这会让阿文陷入怎样的泥沼。事到如今,我仍时常想起那个瞬间。如果时间能够倒回,那时我一定会放开阿文的手。

视频下面有许多评论。诱拐女童的精神异常的大学生和可怜的被害女童,世人用相同的素材,捏造出两个与我和阿文完全不同的人,认为那才是我们真正的模样。

那个在画质粗糙的视频中哭喊的小女孩,她到底是谁呢?是我,又不是我。那么,和亮君一起在这个家里生活的我,就是真正的我了吗?

我的视线从发光的屏幕上移开,环视没开灯的起居室。

有时,我觉得自己的确是个可怜的孩子,像之前的恋人和亮君以为的那样,是个有着悲惨的过去、人人待我小心谨慎的伤痕累累的孩子。接受这个设定,享受人们的保护会比较轻松吗?我只要低下头向人们道谢,接受大家的怜悯就好了吗?

——阿文,我是个什么样的小孩?

我已经分不清怎样才是真正的我了。

我还是不懂晚饭时为什么不能吃冰激凌。

这一生都不会懂。

——阿文,你现在过得怎么样?

"更纱,给我拿一下衬衫和裤子。"

"好——"听到亮君在盥洗室的呼喊,我放下手里正在做的早饭,朝卧室走去,从衣橱里拿出套着洗衣店袋子的衬衫,配好两套袜子、裤子和手帕。

"衬衫要白色的那件,还有那件浅蓝色条纹的——"

"好——"我再次回应。我拿出来的正是这两件,并且配好了和衬衫固定搭配的领带。手机、笔记本电脑的电池,还有闷热天用得上的除臭剂,我将这些出差必备的东西往他的包里塞。

"给你带什么礼物回来好?"

亮君在门口边穿鞋边问。从今天开始,他要去关西出差三天。

"你是因为公事去的,礼物就算啦。"

"那我看什么合适就买回来啦。"

"谢谢。路上小心哦。"

"有事就发消息。"

亮君拍了两下我的头顶便走了。

大门关上后,我用力伸了个懒腰,回到厨房,有些为难地看着餐桌。亮君的盘子已经空了,而我的还没动过,火腿蛋放凉后凝固下来。每次亮君出差的时候,我都要帮他打包行李,没时间吃饭,这是常事。

好吧,我从冰箱里拿出番茄酱。虽然忙乱,送走亮君之后我反而比平时更有空闲。那就从容地吃一顿早饭吧。我在火腿蛋上把番茄酱挤成一圈圈的旋涡形状,然后发现自己心不在焉的。

我喜欢亮君。虽然我对结婚有些犹豫,但那只是担心伴随婚姻而来的许多东西搅乱我们现在的生活平衡,相对来说,我更喜欢现在这样一起生活的日子。尽管如此,亮君出差的时候,我还是觉得松了口气。

从厨房向起居室望去。今天也下雨,起居室沉浸在灰蓝混杂的色彩中。好安静。我不喜欢梅雨天,却喜欢待在屋子里看雨。

下班回来的时候买束花吧,白色的绣球就好。亮君曾对我买花的行为表示不解,不明白为什么要花钱买这东西。他老家的院子里,好像种了成堆的绣球花。

那一天,我没有买到白色的绣球花。

一上班,我便被告知今晚有小时工的送别会。听说除了我们店,还有几个其他店的人也会参加。"我之前不就说了嘛——"平光干事有些为难地笑着说道。她就是这样一个热心肠的人,尽管每次邀请我去茶会或唱卡拉 OK 都会遭拒绝,她还是每次都来问我,万事都考虑得十分周全,但也确实有点惹人烦。

最后她们决定让上白班的人先回家,六点半在店里集合。家庭主妇们慌兮兮地回去了,说要做好晚饭再出来。赶上亮君出差可真好——我一面这样想着,一面在街上闲逛。好久没有这样打发时间了。

我漫不经心地在新开的杂货店转了转,光是看,什么也不买。屋子里放的东西太多会让我不安。愉悦的情绪只需享受片刻,然后任其在空气中消散就够了,几天便枯萎的鲜花就很好。花店门前摆着蓝色、白色和黄绿色的绣球花。现在买下来还要拿一路,我只好作罢,真有些遗憾。

接着,我去咖啡店看了会儿书,坐下来便有店员端上水和湿毛巾。我喜欢非自助式的咖啡店。里面的座位上坐着一个穿西装的男人,抱着胳膊、张着嘴呼呼大睡。亮君偶尔也会像他一样逃班吧。

大家约好在一家创意和食店见面,我坐在最边上。参加送别会的人到齐之前,大家有一搭没一搭地聊着天气的好坏和洗的衣服总是干不了、今年夏天看样子也会很热之类的话题。

"说起来,终于能和家内小姐一起喝酒啦。"

平光不经意间向我搭话。"还真是的,今天可真难得——"大家说。

"家内小姐得照顾男朋友啦。"

平光这样一说,大家都吃了一惊。

"家内小姐有男朋友吗?"

"好意外呀。我还以为你不擅长面对男性呢。"

有其他店铺的人说了这样的话,空气中飘荡起一抹诡异的气氛。我从未和这人亲昵地交谈过,却给她留下了这样的印象。那女人面露难色,尴尬的局面马上就要出现了。正在这时,和式点心店一位上了年纪的女人大笑道:"你在胡说八道些什么呀!把人家小姑娘说得跟我们这些大妈似的,多让人家为难呀!"

大家仿佛松了一口气,因为这句意料之外的话笑起来。我一面装作毫不介意,一面暗中回忆自己之前有没有和平光说过如此私人的事。

"平光,你还和家内小姐聊过她男朋友的事啊?"

有人说出了我想问的问题。

"没有,是我凑巧听到了家内小姐和店长在排班的时候说的话。她说自己和别人一起住,所以星期天不能上班。如果是和父母住的话,应该不会这么小心,我想那就是有男朋友啦。

"每个月的第二个和第三个星期六和星期天都绝不排班,平时也不加班,我猜两个人一定很恩爱吧!对不对呀?"平光说着,对上我的目光。

"家内小姐的男朋友,是把女生看得很紧的类型吗?"

平光开玩笑似的打趣道。"年轻真好啊——"大家附和着起哄。我保持着嘴角的上扬,心想自己果然不擅长和平光相处。这家伙竟然只凭一丁点信息就将别人的生活状况猜得八九不离十,而且在一群人面前讲出来也不觉得有什么不妥。送别会还没开始,我就已经累了,不住地想着回家后要好好泡个澡。

"对了,这附近有一家不错的咖啡厅呢。"

快散场的时候,平光说。

"晚上八点才开门的咖啡厅,是不是很少见?"

"欸,好奇怪啊——"大家点头。"一会儿去他家看看,醒个酒吧。"和平光关系好的人表示赞同,家庭主妇们则称家里还有小孩子要照顾,遗憾不能同行。我自然也混在回家的人之中。

可是临出门的时候,平光却挽住我的胳膊:"好不容易出来一趟,就陪我们到最后吧!"个人空间突然被人侵犯,我浑身一激灵,下意识地点了头。平光的手很快就放开了,我暗暗叹了口气——难得一个属于自己的夜晚,就这样没了。

一行人沿着热闹的车站走了一会儿,忽然走进一条安静的小巷。咖啡厅在一栋背街的建筑二层,简单的招牌"calico"挂在不抬头就看不到的地方。一层可能也有租户,但垂着卷帘门,不知道是做什么的。

沿着老旧的台阶走上去,眼前是一扇木质大门,没有挂门牌,甚至看不出店是否开着。乍看上去,像那种难以沟通的店家。

平光推开门,店里光线暗淡,只开了几盏灯勉强照亮。白色的墙油漆斑驳,地板是有年头的焦黄色。卡座之间的空当较大,吧台对着墙面。我们坐在了卡座区。

"那个人是老板。还挺有派头的吧?"

平光的视线停留在进门左手边岛式厨房的方向。

"那是打工的吧?"

"看着像个大学生。"

"我看顶多二十五岁,反正不是做老板的年纪。"

大家兴致勃勃地猜测着。虽然他们压低了声音,但在安静的店里,一群喝醉的人还是和普通人不同。我低着头,一心只想赶快回家。

男人从厨房举着托盘走过来。

"欢迎光临。"

那一瞬间，我感到浑身僵硬。

他的声音甜美而冷冽，好像磨砂玻璃一样。

我连一根指头都动弹不得，只感觉身体里的脉搏咯噔咯噔地剧烈跳动。我慢慢抬起头，眼前的男人身材瘦削，正弯着修长的身子，将水和湿毛巾放在桌上，长长的刘海遮住了细框眼镜。

"老板有推荐的吗？"

平光的语气明显是想多跟他套套近乎。

"对口味有要求的客人请看菜单，选一款自己感兴趣的。"

冷淡至极的回答直截了当地告知客人这家店无意打造热闹的交流环境。平光碰了一鼻子灰。大家慌忙拿起菜单，各自点好饮品后，男人利落地走回吧台。

"一点笑的模样都没有呢。"

"抱歉，有点扫兴哈。我们喝一杯就走好了。"

平光吐了吐舌头，试图缓和气氛。

我强忍着心中的悸动，偷偷往吧台看去。

——阿文。

——阿文。

——阿文。

店内光线昏暗，再加上刘海和眼镜的关系，我看不清他的脸。但我不可能认错。十五年过去了，阿文已经三十四岁，但乍看上去给人感觉竟然毫无变化，身子骨单薄到让旁人担心他体内是否真的有五脏六腑。他手长脚长，明明只是泡一杯咖啡，双手却仿佛在舞蹈。

"家内小姐。"

我回过神来,发现大家都惊讶地望着我。

"你怎么了?我们叫你呢。"

"……啊,不好意思。"

我若无其事地将视线从吧台移开。

"这老板不错吧?"

平光把脸凑过来,低声说道。

"原来家内小姐喜欢那种类型的呀。"

她那副忍俊不禁的样子,像是与我共享了什么秘密,让人不快。

"性格清淡、身材高挑的——所谓的'盐系'?"

"不过看上去不太靠得住。我更喜欢 man 一点的。"

"那种男人现在不受欢迎啦,大家都喜欢不那么性感的,中性风格的。"

大家窃窃私语的时候,咖啡端上来了。

我没有加入她们的对话,静静地抿了一口阿文做的咖啡。

味道纯正至极,苦与甜沿着准确的路线攀上味蕾。

——啊,是阿文。

我调动全部的感官,细细感受阿文的味道。

那天晚上,我竟不知道自己是怎样回的家。

"你愿意留下来加班？谢谢。安西说七点能过来，好像是孩子受伤了。她们是单亲家庭，真不容易啊。"

店长话说到一半，手机响了，好像是总公司打过来的。"那就拜托你了——"他一连对我鞠了好几个躬，闪身进了员工间。虽说是店长，他却总是对谁都卑躬屈膝，所以大家才更加心安理得地随意休假。

"今天要加班，大概到九点结束。"

"饭我回去之后做。"

我给亮君发了消息，没等他回复就急着把手机扔到柜子里上了锁。最近我的确经常加班，也习惯了借此扯谎。

阿文的店是纯粹的咖啡厅，不提供酒精饮料，只卖咖啡，却从晚上八点才开门，第二天清早五点关张，营业时间几乎和酒吧一样。下午四点下班的话，我也无处打发咖啡厅开门前的时间。

"家内小姐——对不起，我来晚了。"

七点过了半小时，安西才来。她二十五六岁，是单亲妈妈，有一个八岁的女儿。安西白天好像在运输公司做小时工，负责整理工作。她一头长发染成明亮的浅黄色，用金属发卡别在一起，发根处露出些黑色。

"没关系，也没有很忙。"

她的迟到对我来说反而是件好事。现在下班，刚好赶上咖啡厅八点开店——我嘴角上扬，微微一笑。

"哇哦——"安西嘟囔道，"头一次见你笑。"

我有些疑惑。我自认平时一直是面带笑容的。

"尽管你总是强颜欢笑。"

安西说我经常一脸淡定。她似乎没有任何恶意。

"不光我一个人这样觉得,大家大概都有这样的感觉吧。"

"是吗?"

"是吧!"

安西有些莫名其妙地笑了。与此同时,有客人进店,于是我鞠了个躬:"那我就先走了。""下次我请你喝茶赔罪吧。"安西说。我只是点了点头。

我一面在更衣室换衣服一面想——原来自己那点心思已经被大家看穿了啊。不过也无所谓,只要不盼着对方喜欢上自己,人际关系方面就几乎不会有什么烦心事。

我在离餐厅两站远的车站下车。咖啡厅远离聒噪的车站,在一栋老建筑的二层。我抬头望了望那小小的招牌"calico"。每次走到这里,我总会停下脚步。真的要进去吗?进去合适吗?可我每次都像在被海潮牵引着似的迈开双脚。

推开木门,我在能看见厨房的卡座坐下。

"欢迎光临。"

阿文将湿毛巾和水端到桌上。

"您要点什么?"

"要一号。"

阿文轻轻点头,走回厨房。饮品有三种混合咖啡,一号,二号,三号。小食只有坚果和甜甜圈两种。菜单简约至极,倒像是阿文的风格。

半个月前第一次来的时候,我根本顾不上看菜单。

尽管今天晚上是第四次来,我依然没有常客的感觉。阿文不会对哪个客人格外亲切。他对谁都千篇一律,即使是面对再熟悉不过的老主顾,他的态度恐怕也不会有什么不同。

阿文长长的刘海盖在眼镜框上,在灯光昏黄的店里,我看不清他的脸。岛式厨房像一个孤零零的小岛,和客人的座位分开。吧台又对着墙。他竭力避免和顾客交流。

不知道这是他一贯的作风,还是因为不想被人问起过去才这样做。

如果是后者——只要一想到这种可能,极度的紧张便向我袭来。

和阿文重逢的那个夜晚,我浑身的血液都沸腾了。但几天过去,我又冷静下来。

也许阿文的人生原本就有瑕疵,但将其破坏殆尽的人是我。闹到警官那里之后,不正是因为我莽撞的言行,才让阿文罪加一等了吗?我不懂法律,但我说的话对他的刑期应该是有影响的。

之前如此细心地照顾我,结果刚被捕就遭到我的背叛,得知这些,阿文该作何感想呢?无论从哪方面考虑,我对他来说都不是什么愉快的回忆吧,所以我最好也不要到他的店里去。既然明白这些,就不要再来了。我一次次这样告诫自己,却还是一次次走进店里。理性对我的实际行动不起丝毫作用,时间在紧张与不安中过去。

——阿文,你还记得我吗?

今晚我和往常一样,竭力地吞咽着这个呼之欲出的疑问。

那天晚上,我一眼就认出了阿文。而他是否认出了我呢?

"欢迎光临。""您要点什么?""让您久等了。""多谢惠顾。"

这便是阿文对我说的全部。他究竟是否认出了我,又是怎么想的,我一无所知。但实际上,他认出了我却假装不认识的可能性最大,这是最让我绝望的。

——我记得你,但不想和你扯上关系。

如果他怨恨我毁了他的一生,我真的能承受吗?所以,如果他真的已经忘了,那也很好。那样的话,我还能到这里来,还可以佯装什么事都没有发生。但在内心深处,我却竭力渴望这个人和我有关,无论是怎样的关系都好。我安静地坐着,心里像风雨大作般乱。

包里的手机振了振,是亮君发来了消息。但照理说我应该还在上班,不能回复。一杯咖啡无声无息地放在我眼前。

"让您久等了。"

我低下头掩饰。尽管阿文压根不会看客人一眼,我根本不必特意遮掩。

我望着他走回厨房的背影。精致的白衬衫,修身的卡其布长裤,脚上是一双褐色的莫卡辛鞋——连穿的衣服都没有变。毫无装饰的店里，只摆了一盆瘦弱的白蜡。总不会还是当年那一株吧。

——它的枝干很快也会变粗，长出许多叶子，变成一棵大白蜡树呀。

——是吗？

——是的。没有哪个孩子不会长大嘛。

我曾仗着童言无忌，对他说过那么残酷的话。

我想起当时阿文绝望的模样，想起他那如漆黑的洞口般缺乏神采的双眼。如今的我已经能够理解，当时的他因为自己的性癖吃了多少苦头。疼爱的时间越久，少女的成长就越彻底，最后长成一个成熟的女人。无论爱得多深，到头来都会失去，而且是短短的几年里便会失去。爱或失去都身不由己，这便是最大的惩罚。

我假装看书，眼睛一眨也不眨地偷偷盯着阿文，久久凝望和初遇时一点没变的他。时间仿佛一点点倒回，两人一起生活的日子浮现在眼前。我不停咀嚼着橡胶般的索然无味的过去。

我喝了两杯咖啡，九点一过便从店里离开。推开木门时，他只留下一句"感谢惠顾"。走出大楼，声音和色彩蜂拥而来，我不由得在原地站了一会儿，再次感叹阿文营造了一个多么宁静的空间，并向自己宣告：苦痛而幸福的时间已经结束。走了一会儿便是热闹的大街，听着商家揽客的声音，我逐渐回到现实，开始为接下来的事做打算。我先是读了亮君发来的消息。

"最近你经常加班啊。下班后打给我吧。"

第一条消息是四个小时前发的。我告诉他要加班后，他马上回了这一条。

"要不我做点东西吃吧？"

第二条是六点钟刚过的时候发的。

"跟他们喝酒去了，不用做我的饭了。"

读完第三条，我松了口气。说了谎还得回到和亮君一起住的房间，终归是有心理负担的。我在附近的便利店买了啤酒和意大利面沙拉，站在公寓楼下，却看到正对走廊的那扇小窗里漏出灯光。

"不是和大家去喝酒了吗？"

我匆忙进家，亮君坐在起居室的沙发上。

"没聚成，只好在家喝闷酒。"

亮君举起啤酒罐。膨化零食的袋子已经被打开了。

"晚饭吃了吗？"

"买了便当。也给你买了点，在那边。"

餐桌上放着一个便利店的袋子。

"不过，我想喝点味噌汤呀。"

"我马上做。豆腐的怎么样？"

我放下包，先把水烧上。

"啤酒？"

亮君的声音就在身后响起，我吓了一跳，转过身。他正检查我拎回来的那个袋子。"麦芽的啊，你喝的居然比我的还贵。"他笑了笑。

"对不起。我看罐子可爱就买了。"

我后悔找了这个奇怪的借口。即使比亮君喝的啤酒贵,也没什么好道歉的。我不过是为骗他自己要加班感到内疚而已。

为什么我要说谎呢?既然只是喝了杯咖啡,直说就好了,用不着提起过去的事。还是说,我应当把一切都和他说明白?跟他说:"那家店的老板是曾经诱拐我的男人,但我不认为那是诱拐。"是不是应该和亮君好好谈一谈?和亮君一起回老家的日程一再搁置,也许与我在这件事上与他产生的隔阂有关。

——还是算了吧,想想以前听你讲过真心话的朋友们都是什么表情。

另一个自己喃喃自语。

——他会不会理解你说的话,其实你很清楚答案吧?

每次自问,承载着我和亮君的天平都向着不安定的一方倾斜。

"今天,爸爸又打电话来了,问我们什么时候回去。我说工作太忙,搪塞过去了。但奶奶好像一直想见见更纱呢。"

"是哦……嗯,关于这件事——"

我手里拿着豆腐,边切边说。

"哦,喝了酒就不用加汤料了,只加点葱吧。"

我刚刚才特意问过你——话到嘴边,又被我咽进肚里。我将切好的豆腐装在容器里收好,拿出葱,用刀细细切着,终于下定决心开口:

"回老家前,我有话想对你说。"

"什么？"

"关于我以前的那件事——"

心跳因紧张而加快。另一个自己在大喊住口。可若是将这件事放在一旁，就去考虑结婚这种人生大事，我根本做不到。

"那件事你不用担心啦，前阵子我跟父母说过了。"

我转过身，目光对上亮君含着笑意的双眼。

"我说你有过那么悲惨的遭遇，脸上却看不到悲伤，是个内心强大的女孩。还说比起工作你更重视家庭，会好好守护我们的家。我这样一说，爸爸就理解啦。"

"理解了？"

我并不觉得安心，心头反而涌起一丝逆反。"那么悲惨的遭遇"是怎样的遭遇呢？那件事虽然让人难过，却和世人想象的不同。比起工作，我真的更重视家庭吗？我真的会好好守护自己的家吗？这样的我，是真的我吗？

"我可没遭遇过你想象中的那些事。"

我不由得开口反驳。我不想把话题扯远，只好以此为突破口。

"是我自己跟去他家的。那个被当成犯人的大学生，待我非常温柔。他没对我做任何不正常的事，在他家比在当时照顾我的姨母家里舒服多了。真正对我做出过分行为的人……"

亮君脸上露出疑惑的神情。

"对我做出过分行为的人，其实是——"

"更纱。"

亮君叫着我的名字,打断了我。他用力将我抱住。

"我明白。你当时很害怕吧。"

他抚着我的后背,试图缓解我的情绪。

"我明白的。更纱没有被侵犯,犯人心眼还不坏。"

亮君不住地点头应和。

他的每一次应和,都像是在天平的另一端加了一颗小石子,让天平的倾斜越发明显。

从来都是如此,没有人听得懂我的话。透过名为同情的多余的滤镜,我只是单纯地笑笑,也会有人担心"她是不是在勉强自己";仅仅是低下头,也会让人以为"她可能想到了以前的痛苦经历",而被人小心翼翼地对待。读初中和高中时,朋友听完我的秘密也是一样。她们和亮君一样,一定都很善良。

大多数人心目中都有一个"弱小而顺从的受害者"的形象,而我一直被归为这类人群,是人们口中的"可怜人"。相应地,我一直很受大家的照顾。这个世界并不冷漠,相反,它充斥着无处宣泄的同情,快要让我窒息。

亮君沉稳地问我:

"这周日,我们能去山梨吗?"

面对他满是怜悯的笑容,我说了句"抱歉"。

"有个打工的小孩辞职了,排班特别混乱。"

既然语言不通,我只好用其他方法贯彻我的意志。现在的我不想去山梨。我背对着亮君,煮没有汤料的味噌汤。

我拜托店长尽量给我安排周末的班,他开心得几乎要喊万岁了。

"家内小姐,你没事吧?"

平光在更衣室问我。

"怎么突然要上周末的班,和男朋友之间发生什么了吗?"

"不,什么都没发生。"

有那么一瞬间,平光露出了遗憾的表情。

"如果有什么烦心事,我随时愿意陪你聊聊。"

"我先走啦——"她说着走出更衣室。

我调整到周六日上班,平日休息。和亮君错开了上班时间,去山梨的事又迟迟没有进展,惹得他悒悒不乐,我则佯装不知。

亮君上班后,我收拾好屋子,午饭后决定小憩一会儿。躺在沙发上闭上眼,独处的宁静让人心情舒畅,我像被拽入梦乡一般,沉沉入眠。

醒来时,天光依然明亮。很久没有一个人度过休息日了,想到可以随意做想做的事,我脑海中忽然浮现出一个想去的地方。灵机一动的想法逐渐膨胀,我穿上连衣裙,裹了件羊毛开衫便走出门去。

在电车终点站下车,我朝巷子里的"calico"走去。那栋老楼站在午后的日光里,之前一直拉着卷帘门的一层是一家古玩店,和茂密生长的爬山虎相辅相成,整栋建筑的复古情调油然而生。空气中飘散着轻松的气氛,和我认识的阿文格格不入。

阿文像教科书一般，过着被"必要"和"正确"埋没的生活。早餐是火腿蛋和吐司，沙拉是生菜、黄瓜和西红柿。而我在这本"教科书"里画了许多涂鸦——在火腿蛋上挤番茄酱，享受睡懒觉、点外卖的休息日。

仿佛被什么吸引了一般，我走进古玩店。这好像是一家专门卖玻璃制品的店，摆着不少有年头的巴卡拉玻璃杯。其中一只吸引了我，它和父亲生前喜欢用的杯子是同一款式的。

"那是红酒杯哦。"

店主对我说。也许是因为我盯着它看了太长时间吧。他穿一件柔软的夹克，系着简易领带，是个高雅的老头。

"红酒杯？"

我目不转睛地看着那只杯子。说到红酒杯，人们往往会想起圆弧形状的高脚杯，可眼前这只明明是厚平底杯。

"我父亲以前用它喝威士忌。"

店主点头，说自己曾用它喝凉的清酒。

"好怀念啊。搬家的时候，要是拿上它就好了。"

去姨母家的时候，我只带了有限的衣服和随身物品。

和爸爸妈妈一起生活的时候，我中意许多东西。那时的我享受着收集心爱物品的幸福感，从没想过有一天要和它们说再见。去福利机构的时候，行李又轻了许多，离开和恋人一起生活的屋子时，随身物品进一步减少。有了这些失去的经历，现在的我只会对喜欢的东西多看几眼。如果就算把它们收集起来，最后也会四散而去,那干脆就不要入手。不拥有就不至于丢弃,这样反而轻松。

凝望着玻璃杯,我失去的东西一件件出现在记忆中:喜欢的布娃娃,喜欢的空瓶子,喜欢的贝壳,爸爸、妈妈和我三个人一起用爱构筑的家。家里还有几件东西被称为"珍品"。

用大猫眼石做的耳环,是爸爸在跳蚤市场淘来送给妈妈的;银色蜻蜓图案的袖扣,是妈妈在一家闭店甩卖的珠宝店和店主一再讨价,买来送给爸爸的。我们住在老的市营公寓,每样东西都不是花大价钱买来的,但爸爸妈妈看中的东西都漂亮极了。

那只有年头的巴卡拉玻璃杯也是其中之一。爸爸用它喝威士忌的时候,总是惬意地说杯子正合他手的大小。想到那许许多多的爱从幼小的我手中无可奈何地溜走,怀念和失去的悔意令我咬紧了嘴唇。

"等我一下哦。"

店主忽然将玻璃杯拿走,片刻后拿着一只纸袋回来,将它递到我手上。纸袋里装着一个盒子,大概是刚刚的玻璃杯。

"不好意思,我身上没带钱。"

"这是我的一点心意。这家店没多久就要关了,就当是最后的纪念。"

老人微笑着,身上隐约传来药气。我们一家三口最后一次看《真实罗曼史》的时候,从背后抱着我的爸爸身上也有同样的味道。

"谢谢。我收下了。"

店主摆摆手和我说再见,我回了一句再见,走了出去。

熟悉的爱意坠着我的手,那分量让人心情舒畅。

梅雨刚刚过去的午后,我无所事事地走在光灿灿的大街上,沿途看到两家便利店和一家大型超市,还有白天开店、夜晚关店的普通咖啡厅,有着复古装潢的饭馆,花店,再往前走竟然有一座很大的森林公园。这一带的居住环境还不错。

公园深处吹来凉爽的风,像是在填补树与树之间的空白。学生模样的年轻人,翘班出来放风的上班族,老人,狗,推着婴儿车的母亲,还有看起来不属于这些人群的人。我坐在长椅上,混在这许许多多的人之中。

一群小学生追追跑跑地从我眼前经过,孩子们都背着印有同一家补习班字样的书包。我和阿文住在一起的时候,大概和他们同样年纪。那时的我已经有了自我意识,也能够清楚地表达,只是心智还是不够成熟,叫人无可奈何。

阿文到现在还是无法爱上成年女性吗?听说恋童是天生的,不受意念控制。即使能用理性抑制冲动,爱意却无法消除。单凭努力无法克服,只有等待自然的心绪转变。

无论如何,我希望阿文得到幸福。我这个帮凶曾将他推向无可挽回的痛苦深渊,如今却希望他能幸福,真是够讽刺的。但这的确是我真诚的盼望。我全心全意地祈求如今的他幸福平安。

可同时,我又无比希望他没有忘记我。在阿文的回忆里,我恐怕是令他不愉快的存在，尽管如此，我仍然不希望自己从他的心中消失。明知这无比艰难，我还是不停地在心里向他发问：

——阿文，你还记得我吗？

眼前是一片水池，水面折射出午后的阳光。人的气息、笑声随风吹来，树叶在头顶摇动。四周喧嚣不已，却让人觉得安静。

回家后，我洗了澡，用化妆品时仔细凝望镜中的自己。这十五年来，我的脸到底有多少变化呢？变化大到让阿文看到也认不出来吗？可我还是长发，妆也是比较清淡的那种……

想到这里，尽管头上还裹着毛巾，我还是忍不住走到餐桌前，打开笔记本电脑，在搜索栏中敲下"家内更纱"几个字。

一大串新闻出现在屏幕上，但照片都打了马赛克。我点开一个看过很多次的网页，这里面所有案件的罪犯和被害人的照片都有。我点开"家内更纱诱拐案"的页面，出现了九岁那年电视台用的照片，没有打码，是姨母当年提供的，希望观众提供关于我的消息。照片是八岁那年在海边拍的，我晒得黝黑，傻乎乎地摆出滑稽的姿势。真不知道姨母为什么偏要选这么一张照片——我还记得自己当时向阿文抱怨过。

这照片和现在的我根本没的可比，于是我又打开视频。那是被警官抱在怀里大哭不止，拼命伸手想够到阿文的我。第一次看的时候我相当受冲击，但每当心神不定的时候，我都会不自觉地点开它，仿佛想从中确认什么。十五年来，我反复看过这视频无数次，早已经麻木了。原来人是这样的生物，无论多大的痛苦总能习惯。

无论是晒得黝黑、姿势傻乎乎的我，还是大哭不止的我，形象都和正常的我相去甚远，无法和我现在的样貌比较。我们每天都能看到自己的脸，但又有多少人能就自己的样貌给出准确的判断呢？我点开阿文的照片。

除了有低清晰度的视频截图，还有他高中的相册。照片中的阿文笔直地看向前方，那端正的面容确实是他，我却觉得好像不是他。眼睛没被遮住的十九岁的他，和我记忆中的阿文有一些不同。

事情发生十五年后，此刻的我隔着网络，与照片中的阿文面对面相望。事情发生第十年的时候，我和最初遇见的阿文变得一样大，有种不太一样的感觉。从那之后每过一年，都只有我在长大，离照片中的阿文越来越远。当时看上去十分成熟的他，如今竟比我小五岁，这简直令人难以置信。

我关掉照片，目光移向文本那一栏。一旦有人添加信息，页面就会更新，所以这阵子我频繁浏览这个网站。无论多么零碎的信息，只要是和阿文相关的，我都想看。那种心情，就好像想要抓住救命稻草一般。

案件发生后，网站频繁更新过一段时间，后来更新频率慢慢平缓下来，沉寂了许多年，其间只更新过一次，是简简单单的一句，说犯人好像已经离开了少年刑务所。网站很少持续更新少年犯的信息,关于我的消息后来也只更新过一次。

"案件发生后,受害女童被 K 市的福利机构收留,该市与其姨母所在城市相隔两个县。高中毕业后,女童直接在 K 市工作,如今似乎平安无事地生活着。"

关于我的消息只有这一条。可这一条却令我绝望——信息准确无误,还在末尾稳妥地用了"似乎"一词。某个我不认识的人,在我看不到的地方观察着我。他将信息发到网上,上网的人能够随意浏览。这种恐怖让人坐立难安。既然自己总处于被监视的状态下,我只得保护好自己,不说多余的话,也不向谁敞开心扉。

我在搜索引擎中输入"calico""咖啡厅"。店家好像没设官方网站,我搜出来的都是餐饮点评网站的信息。虽然店面不显眼,点评却比我预料中的多:"一家安静的店,让人放松""像个隐世之所"等,评价都很不错。与众不同的营业时间也是其特色之一,店家似乎想打造一种"是知己自然会懂"的氛围,主要目标群体是真正喜欢咖啡的人。

顺着评论一条条往下看,似乎没有客人发现阿文是十五年前的幼女诱拐犯,我松了口气,关上点评网站。

我的意识在记忆之海中模模糊糊地漂流了片刻。如今只要点点鼠标,就能见到那时的阿文。但映入眼帘的其实也不是真实的我和阿文。真实的我们只存在于我靠不住的大脑里,而且一定按照我的心意改写过。

我从不停变换形状的记忆的波纹中掬起一捧水。我打开充过会员的视频网站,输入"真实罗曼史"。没抱什么希望,可视频立刻出现在眼前,怀旧的气息扑面而来。点击播放,烘托氛围的长镜头铺展开,克拉伦斯穿着土里土气的衣服,画外音是阿拉巴马的独白。

"事到如今,一切都像一场遥远的梦。

"但那都是事实。

"是改变我一生的爱恋。"

自那以后,我没再看过这部电影。从前的我们睡了懒觉,点了比萨外卖,油沾得手上、脸上、遥控器上都是,无所事事地、慵懒地度过了一整天。我缩在被子里哭的时候,阿文的手隔着被单抚摩我的头。事到如今,我依然——

"你在干吗?"

光线突然变得明亮,我吓了一跳,像猫似的蜷在椅子上。穿着西装的亮君站在我面前。平时他都是按门铃叫我去开门的。

"厨房的小窗里没开灯,我以为你不在家呢。干吗要在一团黑的屋子里用电脑?我才被你吓到了好不好。"

"就看看电影。"

"看得那么入迷,很吓人欸。"

我全无自觉。看看表,已经过了七点,看来我完全没注意到时间的流逝。亮君一脸惊讶地望着我。

"像个海螺似的。"

"欸？"

他指了指我的头，我慌忙解下拧成麻花的浴巾。一整把头发落下来，已是半干。头发一直卷着没有处理，变得乱糟糟的。

"刚洗完澡，头发都不吹干就看电影？晚饭也没做。"

"是我不好，我现在就去准备。"

"算啦，出去吃点什么得了。"

亮君看着我乱蓬蓬的头发，又笑着说干脆点个比萨吧。太好了，他没生气。打电话点餐的时候，亮君去卧室换了衣服。正想着至少也得做个沙拉时，他从卧室出来，从冰箱里拿出罐装啤酒。

"你看的是什么电影？"

"《真实罗曼史》。"

他不置可否地笑笑：

"女人还真是喜欢爱情片啊。"

"这部电影好像也很受男人欢迎哦。"

"是男人喜欢的爱情片吗——"亮君说着，打开我放在桌上的笔记本电脑。由于之前正在查阿文的事，我不禁心里一凉，只见屏幕里的还是刚才合上电脑时的电影画面，我又松了口气。亮君点了播放键。

"嗯？怎么回事，这是黑帮片吗？"

电影正放到饰演黑帮老大的克里斯托弗·沃肯和饰演退休警官的丹尼斯·霍珀对峙的一幕。静默的紧张过后，有枪声响起。

"够刺激的啊。"

"编剧是塔伦蒂诺[1]嘛。"

"欸——"亮君看得入了迷。我还担心他从半截开始看会看不懂剧情,他却没怎么吐槽。亮君一边吃比萨和沙拉,一边专注地看电影。塔伦蒂诺真是帮了我好大一个忙。

"对了——"亮君嚼着比萨,欲言又止地嘟囔着,忽然说,"嗯?这是怎么了?"

"怎么?"

我一面看电影一面回答。黑帮男人来找阿拉巴马,要她说清楚逃跑时随身携带的药究竟在哪儿,这之后的情节中渐渐掺入了疯狂的暴力。

"放在架子上的杯子——"

我呆住了,他问的是白天我在古玩店收下的那只巴卡拉老玻璃杯。本想等亮君回来后告诉他的,我却忘了。但玻璃杯就放在他身后的架子上,想必他刚才一直都很好奇。问话的时候,他正在看电影,神情泰然。

"白天我出门买东西来着。"

"你平时很少会去杂货店啊。"

"不是杂货,是食器啦。"

"为什么只买一只?"

"欸?"

---

[1] 指昆汀·塔伦蒂诺,艺术风格偏向血腥、暴力。

"两个人过日子,要买也该买一对吧?"

亮君边看电影,边用一贯的语气讲话。画面中,阿拉巴马正被人狠狠殴打。面对力量占据绝对优势的黑帮男人的施暴,阿拉巴马满脸是血地笑着对他比起中指——"Fuck you"(英文粗口)——这女孩子真酷,现在我也想和她做出一样的事来看看。要是我告诉亮君有话直说,不知道他会是什么表情。

"那是一只有故事的杯子,我爸爸生前用过同一款。"

我说了实话,亮君将目光转过来。

"你爸爸?"

"嗯。老式巴卡拉酒杯,他喜欢用它喝加冰的威士忌。"

亮君的表情缓和下来。

"这样啊,那确实会想买下来的。"

"抱歉哦。"

"好啦,不必为这种事道歉。"

亮君目光中满是怜悯地看了看我,说了句"我也喝点威士忌吧",便又转过头去看电影了。电影正演到阿拉巴马被人用杯子砸脸的情节。人们用凶器彼此殴打,用喷雾罐点火。阿拉巴马骑在浑身是火的男人身上,用霰弹枪将其杀死。如此血腥的画面,亮君却笑呵呵地看得很开心。啊,我终于明白了。

电影从一半开始看也无所谓。

亮君从一开始就没打算真的看什么电影。

无论什么时候来到"calico",那里都像深海一般,安静得仿佛能听见回声。

一位客人在面朝墙壁的吧台座位读书,不时摆弄一下手机。卡座区的一对年轻男女各自戴着耳机,闭着眼。明明两个人是一起来的,却各自沉浸在自己的世界里。在这片海域里的都是不合群的鱼。

我坐在平时常坐的卡座位置上,读刚买来的新书,从这里能看见厨房。书是我喜欢的作者的新书,但我的意识总是不自觉地往阿文那边跑。

书包里,裹在夏季披肩里的手机正在振动。咖啡厅太安静,不用柔软的布料裹着手机,振动声就会很明显。这已经是不知第几通电话了,亮君明知道我此时在工作,看不了手机,还是发来无关紧要的消息。

最近,亮君待我非常温柔,回家路上会买冰激凌或稍微贵一些的啤酒回来送给我。前不久他还帮我打扫了浴室,这是我们同居以来的第一次。提东西、换灯泡之类的事,亮君平时会主动帮着做,但做饭、打扫卫生等洗洗刷刷的家务则不会帮忙。他就像一个被奶奶百般呵护着长大、等待继承家业的小男孩。

对此,我不曾有过不满,现在也没有不满。只是——门开了,有客人走进来。我下意识地扫了一眼进来的人,却忽然浑身僵硬。穿着一身西装的亮君正打量着店里。他找到我,十分自然地扬起手。

"……怎么是你？"

他站在我对面，看着仰头呆望着他的我，长出了一口气，坐了下来。

"我去你店里啦。偶尔也想看看你工作时的样子，那里的工服蛮可爱的。"

然后呢？他怎么找到这里的？我仍然呆若木鸡。

"结果在车站看见你了，我觉得很奇怪：不是应该在工作吗，这是怎么了？"

觉得奇怪，就跟踪我？我想这样问他，但先说谎的人是我。到底应该先为被跟踪而发火，还是先为自己的谎言而道歉呢？

"你下车的站点不是回家的那一站，我想，这有点不妙啊……"

亮君笑了，但他的眼睛没笑。看样子我应该先为说谎的事道歉。

"对不起。"

"你道什么歉啊，不就是去了个咖啡厅吗？"

说得没错。可他如果真这么想，又为何要笑着向我施加压力呢。

仔细想想，我走进"calico"已经二十分钟了。在此期间，亮君做了什么？为什么没立刻跟着进来？难道是想确认我有没有和谁约好在这里见面？话在嘴里越积越多，我紧紧咬住后槽牙。哪怕一句话从嘴中漏出来，都会演变为争吵。

"欢迎光临。"

阿文默默走来，将水和湿毛巾放在桌上。

"请问您点什么？"

"有什么推荐的？"

亮君问的不是阿文，而是我。

"每个人爱喝的不一样。"

"更纱喝的是什么？"

"一号。"

"那我也要一样的。"

亮君望着阿文说，仅仅如此便让我冷汗涔涔。直到阿文走回厨房，我整个人都像死了一般。亮君当着阿文的面叫了我的名字，可阿文一点反应也没有。也许他认不出我的长相，但我实在难以想象他连名字也会忘记。

"这家店真特别啊。"

亮君颇感新鲜地打量着店里。

"晚上八点开到早上五点。一般来说咖啡厅都是开在白天的吧。"

亮君拿着菜单，上面只列了三种咖啡和两种简餐，下方的小字写着营业时间。坐在吧台的客人悄悄回头看了我们一眼。看来亮君和平光一样，也和这家店格格不入。

"今天的排班变了？"

亮君开口问道。这是意料中的问题，我却因此动摇。

"排班突然改了，所以提前下班了吧。"

他不等我回答，便给出了标准答案。

"嗯，对。"

他真的这样认为吗？我边点头边想，心里一团乱麻。

"下个休息日，一起去买东西吧。"

"买什么？"

"咖啡豆，还有滤杯和底壶。"

"家里有呀。"

"买更好一点的。你不是爱喝咖啡吗？这家店感觉蛮专业的，只卖三种咖啡，恐怕店家对口味很有自信吧。不过我都不知道，更纱还有探咖啡店的爱好。"

亮君掏出手机，打开专门卖咖啡用具的网站，边看边自言自语般地嘟囔道："像实验器材一样，挺酷的啊。我今后也研究研究吧……"

亮君喝完咖啡，我们立刻从店里离开。我要付钱，他却问我为什么。平时出去吃饭，都是亮君付账，他说让女人掏钱不像话。于是我在稍微远一些的地方，盯着阿文结账。

阿文不看客人的脸。虽说他平时也是如此，今晚，我却终于看清了他的心——

看来他是假装不认识我。

这是最让我害怕的答案。阿文连我叫什么都知道了，对我们两位客人的态度却没有一丝一毫的变化——我不认识你——这是再明白不过的拒绝，比他告诉我别来这家店的杀伤力还要强上百倍。在阿文的人生中，我已经被清除了，就连被厌恶、憎恶的资格都没有。沿着昏暗的楼梯向下走，每走一级，我都感到灵魂在脱壳。

"肚子饿了欸——"

"到家就给你做饭。"

亮君听了我没精打采的回答，便说在外面吃好了，然后走进车站前面的一家拉面店，点了饺子和啤酒。不知道为什么，他好像心情非常好，一直和我聊跟咖啡有关的话题。我强打着濒临支离破碎的精神，附和着他的话。

回到家，我立刻将洗澡水烧上。今晚想泡个澡。坐在浴缸沿上，看着里面的水缓缓上升的时候，厨房忽然传来一声脆响。我过去一看，咖啡底壶碎在亮君脚边。他正面无表情地盯着那碎片。

我站在一旁没有说话，接着，亮君抬起头来：

"想泡杯咖啡来着，抱歉，手滑了。"

他的笑容仿佛戴着面具，一阵寒意爬上我的脊背。

"所以啊，我嘛，也希望你不要误会，这种行为在当下也可能是性骚扰的一种，但我觉得还是让你知道这件事为好。"

店长的开场白没完没了。我刚一上班，就被他苦着一张脸叫到了员工室。不好的预感在我心中不停地膨胀，真想拜托他给个痛快话了事。

"要开除我？"

于是，我说出自己想象中最糟糕的结果。

"怎么会？！你可是我们的中流砥柱，把你辞退可怎么行。"

"那是什么事？"

"唉，家内……我一直以为你和男朋友处得很好呢……"

我的表情一下子严肃起来。这根本没有误会的可能，完全就是性骚扰。

"啊呀，不是你想的那样，昨天晚上，有个男人给店里打来电话，自称是家内小姐的未婚夫，要我们说出你的排班情况。当然，他还要我们对你保密。"

我一时无言以对。

"我当然没告诉他。谁知道他到底是不是你的未婚夫，现在这世道，什么都说不好。"

"不好意思，给您添麻烦了。"

我慌忙向店长低下头。

"没什么。不过，那个人……真是你男朋友吗？"

我放在膝盖上的手一下子握得紧紧的。

"我想，你说的应该是他。"

片刻沉默后，店长叹了口气，说了句"是吗"。后面的话也接不下去，只是"是吗""是吗"地重复着。我想，换成是我，大概也不知道该说什么好。

"我会和他好好谈的，不会再让他给店里添麻烦了。"

"嗯，不过我只是担心你——"

敲门声响起,然后传来小时工的声音:"到开店时间啦!"

"啊,那就聊到这儿吧。你别太勉强哦。"

店长出门后,我也跟着走到大堂。

"不好意思啊安西,开店前的准备都让你一个人做了。"

"没事没事,之前你还替了我的班呢。"

安西在给饮料机补充材料,我则将玻璃杯放好。

"和挨家挨户地送货相比,这点事不算什么。那份工作我真是受够了。"

安西是单身妈妈,不久前一直在做两份工。

"还有连夜帮人搬家的活,也太熬人了。而且如果被抓到还很危险。"

"连夜帮人搬家?"

"有些人因为各种各样的原因要连夜逃跑,有一种职业的人专门帮这些人搬家。"

"还有这样的职业啊。"

"朋友的男朋友做这个,我看薪水高,就让人家雇我上班。因为我做不了经理之类的活,所以干不长久。我家是单亲家庭,一个人要干两个人的活,很不容易。对了家内,你跟男朋友还好吗?"

"欸?"

"店长刚才和你说的,就是那件事吧。我听说他打电话来确认你的排班了。你男朋友也太纠缠不休了吧。当时我正好在员工室休息,店长接电话的时候我就在旁边。他好像自称是你的未婚夫,真的吗?你们要结婚?"

"还说不好呢……"

我含含糊糊地回答。以前我没和安西一起上过班,所以没什么交流。如果她和平光是一类人就糟了。

"但对方好像志在必得呢。被爱的感觉真好啊。"

我不由得看了安西一眼。

"好吗?"

"虽然有点黏人,但那也是爱的一种形态吧。像我们这样的人,最后不还是会依靠老公吗,所以还是能被对方疼、能结婚的好。你之前不是也有一些难过的经历吗?啊,抱歉,我是听了大家的风言风语,后来在网上查到的。"

我整个人都惊呆了,连不开心的时间都没有。

"我嘛,是赶上了一对命苦的父母,孩提时代过得像在地狱一般。于是连高中都没上,十八岁就奉子成婚,离家出走了。真是痛快多了。离婚后我跟父母也一直没有往来,能靠得上的人也就是实质意义上的男朋友什么的。

"虽然有朋友,但还是不想给朋友添太多麻烦——"安西一面说,一面用力擦拭放饮料机的台子。

"家内的男朋友今年多大?"

"二十九。"

"做什么工作?"

"机床销售。"

"有编制吗?"

"嗯。"

"长子?"

"独生子。"

"老家条件殷实吗?"

"务农。"

"哇——也太棒了吧!"

"是吗?"

"是啊!老家有土地,本人也有正经工作。家内啊,可千万别错过这个男朋友哦!就算他有点死缠烂打,但这也证明他很爱你啊。结婚之后,再好的男人也会越来越糟。在男人眼里,女人也是一样。婚姻就是这么一回事。但财富的价值是不会变的。"

安西好像越说越生气。

"对没有亲戚的、需要依靠的人来说,男朋友就是必需品,不只需要和他恋爱,还要靠他才能过上正常的生活。搬家、住院,在需要的时候他能做担保人。一般来说,朋友是不会帮你在文件上签字盖章的吧。就算真的帮你签了,也指望不上。"

安西头头是道地轻松说出这些现实的内容,我也深有同感,不住地点头。

"真羡慕你啊。我有孩子,想结婚就难了。带着个拖油瓶,果然还是会让男人退缩啊。家内一身轻松,多好呀,可千万别让现在的男朋友跑了。"

安西说完，将用完的清洁布塞进吧台底下的垃圾箱。

六点结束工作后，我去了"calico"。傍晚的繁华街区正准备迎接夜晚的来临，穿过街区，安闲寂静的角落跃入眼帘。大楼一层的古玩店不到五点就拉下了卷帘门。不知是店家一贯如此，还是已经停业了。那位高雅的、身上飘着药香的老板现在怎么样了呢？

我在便利店买了三明治和茶，走进附近的森林公园，坐在一条能眺望池塘的长椅上，呆呆地望着湖面的天鹅船。一个上小学的男孩子走过来，坐在我旁边的长椅上，手里拿着书包。他像下午那些上班族一样，懒洋洋地靠在椅背上打瞌睡，醒来后依旧保持着同样的姿势发呆，不一会儿又沉入睡眠。他的睫毛长得像个洋娃娃。我暗暗希望男孩能多睡会儿，哪怕就一秒钟。

夏天的黄昏缓缓流逝，我在这里度过了八点前的时间。男孩第三次醒来后慌忙看了眼时间，然后像只兔子似的跳起来跑远了。宁静的时光总是短暂的。我也站起来，走向"calico"。

走上昏暗的楼梯，推开木质大门。阿文的店门重若千钧，他已将我连同过去的记忆全部抹消了。这扇门不会为我而开，我却还把这里当作自己的小憩之处，真是可悲。简直像一条狗，反复被遗弃却还是要找回家来。

一个自称是专业临床心理医生的人，在年幼的我喊着阿文的名字、用力朝他伸手的那个视频下面写了洋洋洒洒的一大段话：这是一种非常危险的行为，受害者以为自己对犯罪者的情感是爱情，以为自己爱着恐惧的对象，渴望通过身份的替换实现自我保护。这是一种本能的自我保护，受害女童内心的伤口很深，为其成长考虑，有必要采取适当的治疗措施……

看到这条评论，我一方面为此人的信口开河大为光火，另一方面又感到不安。竟然会有根本不认识我的人擅自分析我的内心，推测我的心理状况，以至于我这个真正的当事人都对自己产生了怀疑，渐渐迷失了自我。时间越走越远，慢慢地，谁也听不懂我的话了。我一直以为，能理解它们的也许只剩阿文一人。

——是我不正常吗？

——对的是大家，错的是我吗？

我没有强大到能与世界为敌，能坚定地认为即使如此对的人还是我。我不够聪明，所以才会纠缠案件的另一位当事人阿文。我想问他：我没错吧？我一直在心里对他发问，对这个已经将我忘记的人发问。

九点刚过，亮君便发来消息，说我没回家却一声不吭，让他十分担心。之前在"calico"的时候，我都当作没看到，但今天我选择了回复。

"你一直不回来，我好担心。你在哪儿呢？"

"要是在'calico'，我现在就去接你？"

"回来的路上我们找个地方吃饭吧。"

我简短地回复了上面这三条:"听说你给店里打电话,打听我的排班?"

他很快便回复:"因为我很担心。"

"担心什么?"

"更纱最近不对劲。"

"哪里不对劲?"

"一下子变得很努力地工作,要么就一个人在咖啡厅待着。"

"这就不对劲了?"

亮君的回复隔了一小段时间:"你变了。之前你不会顶嘴的。"

"顶嘴"——我在心里重复着这个词,想起刚才的小男孩,想起他撑得鼓鼓囊囊的小书包和疲倦、天真的睡脸。看起来他便不会顶嘴。

"我还是去接你吧。你在'calico'吧?我们好好谈谈。"

"正要走呢。"

"那我等你回来,路上小心。"

我喝完咖啡,离开"calico",径自走进街对面那栋楼里的酒吧,坐在能望见"calico"的窗边,给亮君发了消息:

"今晚我不回家。"

约莫三十分钟后,我看到亮君奔跑而来的身影。他跑进"calico"那栋大楼,没多久又跑了出来,四下张望后,踢了旁边的自动贩卖机一脚,吓了我一大跳。接着,亮君又快步朝车站的方向走去。看到这些,我更加不想回去了。

酒吧开到凌晨三点，打烊后，我便站在路上，抬头望着"calico"。我的行为没有意义，但即使没有意义也不要紧，我只是想待在这里。吃不到点心的小孩会看着点心哭，已是大人的我和小孩一样，却不能哭，只得傻傻地站在那里。

五点刚过，"calico"微弱的灯光熄灭，阿文走出来。他不是独身一人，旁边还有个女的，看样子比我大一些。短发与下巴相齐，是没有染过的素黑，给人的感觉很知性。女人一面说着什么，一面利索地挽起阿文的胳膊。

"那个——"

回过神时，我已经从路边走到他们身旁搭了话。他们两个回过头，我立刻后悔了——我到底干了些什么啊。女人惊讶地望着我。

"你还记得我吗？"

我的目光死死盯住阿文，向他发问。

阿文隔了几秒钟才回答，那几秒钟对我而言极为漫长。

"你最近经常来我店里吧。"

他的语气波澜不惊，表情中连我最担心的憎恶也没有。女人则是一副戏谑的神情，不爽和同情完美地调和于其中。过去一定也有不少客人对阿文有过非分之想吧。阿文朝我微微颔首，然后带上女人一起离开。

两人在街角转弯，我迷迷糊糊地跟在他们后面，看着他们走进离"calico"不远的一栋公寓。公寓是自动锁，阿文掏出钥匙，想必这里是他的家。

从街上向公寓楼上看去,三层靠右的位置亮了灯。可能那里是阿文的房间,也许两个人住在一起。那女人是阿文的恋人吗?但她是个成年女子。根据网上的信息,阿文没有姐姐。那也可能是亲戚,或者朋友。想来想去,我长出一口气,不再去想这些。

——如果他们是恋人,那是最好的。

——如果她是阿文的恋人,阿文就不用那么辛苦了。

——阿文就能做他自己,不用再被人指指点点了。

要是阿文能爱上成年女人就太好了。我一直希望他幸福,所以现在打从心里感到踏实。可我的孤单无处遁形。九岁的我和十九岁的阿文,那两个无路可走于是紧紧牵着彼此的人已经不见了。我再一次对自己说:那是一个童话,已经结束的童话。

回忆有人分享,才能念念不忘。从今往后,我将一个人怀抱着那两个月的回忆走下去。越幸福的回忆就越是沉重,我一个人能扛得住吗?多希望自己能轻飘飘地说一句"太重了,丢掉算了"就干脆地放手啊。

"往事只因沉重就成了罪过。

"——这样我就不能轻轻松松的了呀。"

妈妈说完这些,便干脆地放开了我的手。如今的她,一定还是两手空空、轻轻松松地走在路上吧。我却做不到这一点。我非常羡慕妈妈。小时候,我就梦想着赶快长大,和爸爸那样的人结婚,过上妈妈那样快乐的生活。这个梦想曾经近在咫尺,如今却仿佛遥不可及。

　　我的目光从阿文的房间游离开,逃到更高的地方。夏天的清晨来得早,东边的天空燃起火焰般的蔷薇色。白色的月亮仍然浅浅淡淡地挂在属于夜晚的那部分天空中。

　　我觉得它像我一样,仿佛马上就要消失了。

　　然而月亮一直留在那里,连着我脑袋和脖子之间的那层皮也终究没断。

　　我在网吧睡了一会儿,直接到店里上班。在更衣室遇见平光,她说我脸色好差,于是我在泛着油又干涩的脸上打了腮红。

　　到了休息时间,我打开手机,收到十多条消息。我连查看它们的心思都没有,很快便关上了手机。我和亮君之间的天平,已经无法再保持哪怕一瞬的平衡。

　　——真好啊,被人爱着。

　　我想起安西的话。我是被亮君爱着的吗?我也爱着他吗?睡眠的缺失让我整个人蒙蒙的,我却还在琢磨着今晚该不该回去做晚饭。这种时候居然还在为晚饭的事操心,我可真是愚蠢。

　　四点前的时间格外漫长。跟着其他店铺的钟点工们一起下班,木然地走出员工出口的时候,我忽然怔住了:亮君在门口站着。

　　"更纱,辛苦了。"

　　"你怎么来了?没上班吗?"

　　"跟客户的碰面提前结束了,我就直接下班了。"

平光等人从我和亮君的旁边经过。

"家内小姐,辛苦了。"

平光她们都望着亮君,没有看我。亮君笑着朝她们点头,她们也礼貌地回以微笑。她们之前说好要一起去咖啡厅喝东西,这下我和亮君肯定成了众人的谈资。想到这里,我疲倦的身体似乎更加沉重了。

回公寓的路上,亮君一言不发。他打开门,我刚要跟着进去,就被他抓住了手腕。接着他用力拉扯了一下,我摔倒在大门口,胳膊肘狠狠地磕在地上,痛得发麻,连声音也发不出。我蜷在地上发抖,耳边传来门被上锁的清脆声响,震得我耳朵嗡鸣。

"昨天一整个晚上,你去哪儿了?"

亮君在摔倒的我旁边蹲下来。

"为什么不回我消息?"

他的问话声音平稳,更让人毛骨悚然。

"更纱,你最近不对劲啊。"

我怯生生地看着他。

"你喜欢上其他男人了?"

我摇摇头。

"'calico'的老板?"

我再次摇头。我喜欢阿文。看到他和那个女人在一起的时候,我仿佛失去了什么重要的东西,可我对他没有爱恋或爱慕之类的感情,硬要比喻的话,用"圣域"来形容他在我心里的位置,也许是最恰当的。

我想站起来，却被他按住了肩膀。

"……放开我。"

"好好回答我，就放开你。"

痛楚和闷热令汗水涔涔而出。湿漉漉的脸颊跟地板紧紧地贴在一起。

"用不着这样，我也会好好回答的。"

"放开你，说不定你就又跑了。"

"别胡闹了！"

我拼命使力想要站起来，亮君却更用力地按住我。呼吸变得困难，两个人的喘息声充斥走廊，空气的密度逐渐增大。意识就要飘远的时候，亮君的手机响了。明亮的旋律和气氛格格不入。

亮君一动不动。电话断了，没多久又打过来。他按着我的肩膀，单手从衬衫口袋里掏出手机。

"抱歉，一会儿再给你打。"

从他潦草的答话，可以推断出打来电话的多半是他的父亲或奶奶。他本打算直接挂断，却忽然变了表情，抓住我肩膀的手也移开了。

"那现在怎么样了？嗯，好，我马上回去。"

挂掉电话，亮君目光游移，好像不知该如何是好。

"……怎么了？"

我慢慢爬起来，亮君哭丧着脸望着我。

"奶奶病倒了,说是被救护车拉走的。"

"那你赶紧收拾一下回家吧。"

可亮君仍然在我身边蹲着不动。

"先站起来再说——"这时,亮君又抓住了我的手。

"跟我一起回去吧。"

"欸?"

"奶奶之前就说过想见见你的。"

"可是——"

"求你了。你不跟我一起,我就不回去。"

真希望他在这种时候不要再说这么孩子气的话。可眼前的亮君确实像个孩子,一脸的无依无靠,倒是抓着我手腕的力气越来越大。

"……好吧。我去准备换洗衣服什么的,准备我们两个人的份。"

尽管如此,他还是不愿放手,我只好伸手轻轻摸了摸他的头发,像哄孩子一样,温柔地告诉他不要怕。亮君手上的力气一点点放松。直到他完全松开我的手,我一直抚摸着他的头。

我们在甲府站下车,打车赶往医院。大楼对面是清凉的群山,空气中却包裹着盆地特有的高密度的闷热。一切仿佛都在喉咙里打了结。

赶到的时候,奶奶的情况已经稳定下来。尽管如此,亮君的父亲好像依然觉得老人家这次很难熬过去。

"抱歉,还忙着就把你叫过来。"他父亲说着,在奶奶睡着的床边朝我弯下身子,"这么突然,也很对不住更纱。听说是你一直在照顾小亮。"

"您别这么说,我才是受照顾的那个。"

我鞠躬回礼,对话到此为止。亮君的父亲朴实而不善言辞,我不知该如何接下话头。如果和亮君相处得和睦,我肯定还能多说些什么,但如今什么也说不出来。亮君一直盯着奶奶那张面无血色的睡脸。

"不好意思,我是中濑的家人。"

敲门声响起的同时,一位上了年纪、神色慌张的女人和一个年轻的女孩子走了进来。亮君告诉我,这两位是他的姑妈和表妹小泉。对方似乎之前就听说过我,姑妈微笑着说道:"真是一位可爱的姑娘。"她和亮君的父亲相反,擅长交际,三言两语间就问到了我们准备什么时候办婚礼,实在令我为难。

"婚礼得在奶奶活着的时候办才行呀。奶奶现在最好避免长距离的出行,我们这边去年建了一栋新旅馆,评价很不错呢。"

"不过,把公司的领导叫到这边来也不好吧。"

"不用在乎那么多吧,反正今后亮君也要回来继承田地。"

我看向亮君,姑妈说的这些我之前从没听他说过。

"这些事你们之前没说过啊。"亮君一时语塞,最后是他父亲说了句"以后的事以后再说",结束了这个话题。

直到探视时间用尽,大家都陪在奶奶身边。离开医院后,大家又一起到一家创意料理店吃饭。位置已经事先订好,姑妈的丈夫也来了,不知不觉竟有了谈婚事的氛围。姑妈为我倒上啤酒。

"哎呀,我一直都很担心小亮,听哥哥说起来的时候,心想他这是找了个了不得的人啊!现在见了面,我可算放心了。是位矜持又坚强的姑娘呢,之前的苦没白吃。她肯定能理解小亮做得不好的地方,好好包容他。"

姑妈大概有些醉了,说话时带了些当地方言的腔调。我垂着眼睛,只管含糊地点头,心里不是滋味极了。

缺乏睡眠又要喝酒,酒精畅快地在我体内冲撞。席间我去了一次厕所,看到镜中的自己,不由得惊呆了:妆从昨天起就一直没卸,现在花得厉害,脸色也很差。哪会有女人顶着这样一张脸去谈自己的婚事呢?

"呵"——我忍不住笑出声来。"呵、呵、呵",一声接着一声。明明一点也不好笑,喉咙口涌上来的声音却像是笑声。这毫无意义的声音持续着,门忽然被打开了。

我笑着转过身,把小泉吓了一跳。

"……你还好吗?"

"嗯,没事。不好意思。"

我向她道歉,笑声却不知为何一再地向上翻涌。小泉担忧地看了我一会儿,将手撑在背后,身子靠在洗手池上,表情突然变得很严肃。

"更纱,你那里是怎么弄的?"

小泉盯着我从半袖针织衫中露出来的胳膊。胳膊上有一块青紫的斑痕,是摔在地上的时候磕的。我的笑声戛然而止。

"是亮君打的?"

她问的语气太过平静,我甚至没抓住否定的时机。

"我爸妈和舅舅他们都猜那是亮君弄的,但他们什么都不说。不过舅舅倒也没什么资格说他。"

"这是什么意思?"

"我把话说在前面,免得你误会——我挺喜欢亮君的,毕竟他是我表哥。但我绝不会让他做我男朋友。会家暴的男人太不是东西了。"

"家暴?"

"对,家庭暴力。"

小泉从包里取出带颜色的唇膏,潦草地涂在嘴上。

"亮君的前女友跟他吵架,最后被抬到医院去了。"

两个人吵架时女方从公寓里往外跑,从台阶上摔下来撞到了头。虽然摔倒是意外,但女方身上有被殴打的痕迹,因此闹到了警察局。

"当时舅舅也去了警官那儿,形势很不乐观来着。不过亮君也有自己的理由,女方好像出轨了。吵架的起因很常见,但因此就对女朋友拳打脚踢,这就不寻常了吧?所以还是亮君不对。再有阴影,也不能这样。"

"阴影？"

"更纱知道亮君的父母离婚了吧？"

我用手盖住胳膊上的斑痕，点点头。

"知道他们为什么离婚吗？"

我摇头。

"因为舅舅的家庭暴力。好像也没有多严重，但舅妈跑去找之前的恋人了。后来听说外遇的对象是在城市里开咖啡厅的，舅妈当年是村子里少有的美人，大家都说舅妈不适合做农村的媳妇呢。"

咖啡厅——我不由得更用力地抓住自己的胳膊。

"更纱以前也经历过不少的事吧。亮君的前女友不像你这样特殊，但好像也是在复杂的家庭关系下成长起来的。亮君每次都选这样的女孩交往。也许是觉得这样的人不会像自己的妈妈一样，抛下他离开吧。"

"'这样的人'是哪样的？"

"出事的时候，没有其他地方可去的人。"

"……哦。"

"亮君小时候可黏妈妈了。"

小泉的语气有了些变化。

"有个漂亮的妈妈让他很自豪，所以他妈妈出轨后离家出走，他应该是受了很大的伤害。后来奶奶一直对他说他妈妈的坏话，同时又把他捧在手心里养大，这一切的一切搅在一起，他就成了现在这个样子。"

听说小泉读高中的时候，亮君还骂过她校服的裙子太短，说如果自己有女朋友，绝不会允许对方这样穿。"也许是受他妈妈那件事的影响，他对女性的忠贞要求得有些过分。"小泉扭着脸说。

"他明知道自己的妈妈为什么离家出走，怎么还跟他爸爸干出同样的事呢？"

"人真是复杂的动物啊。"小泉叹息道。

"我本来不该多嘴，可家里人好像全在瞒着你，这种感觉太糟糕了。如果你觉得我多管闲事了，我向你道歉。"

"没关系，谢谢你。"

我向小泉道谢后，她苦笑着，走到里面的单间去了。

那天晚上，我住在亮君的老家。他的老家独门独栋，出租车要在夜晚街灯稀疏的田间路上开二十分钟才能到。石墙圈起一片宽敞的地皮，车子和农耕机随意停在里面。一切装潢都显得从容不迫，进门的架子上摆着中式风格的龙形木雕和干花，还摆着手工编织的毛线娃娃，似乎完全不在乎装饰品位。

"更纱今天晚上也累了吧？好好休息啊。小亮，好好照顾人家。"

亮君的父亲将我带到客人用的房间后便扎进自己的卧室，再也没出来。

"被子盖这条应该就行了。"

亮君为我从壁橱里拿出被子。尽管我们来得突然，被子却松松软软的。听说老家的一切都是亮君的奶奶在打理。

"欸，不好使了。"

他手中拿着空调遥控器，皱起眉头。看来是遥控器坏了。

"没事。打开窗户，拉好纱窗睡就行了。"

"那你等一下。"

亮君走出屋子，不一会儿，手里拿着蚊香罐和一只圆盘回来。他打开罐子，我好奇地歪着头看。罐子里五颜六色的。

"这个是菠萝味道的，这个是桃子味的，这个是葡萄味的。"

"我小时候用的是绿色的。"

"和爸爸妈妈一起住的时候？"

"对。阳台上的鸟笼里住着小鸟，帮我们叼着蚊香。"

"是训练过的？"

亮君瞪大了眼，逗得我直笑。

"不不不。不是真的鸟，是用陶做的。"

"什么嘛，吓我一跳。"

我们笑了一会儿才意识到，已经很久没有这样一起笑了。亮君垂着眼睛，挑出一片粉红色的蚊香。

"用陶做的小鸟，更纱的爸妈很有品位嘛。"

"邻居们都说他们不接地气，不过我很喜欢他们这样。"

亮君笑得弯起眼睛。那笑容让人安心，看不出一丝烦躁。

"用哪个？"他问我。

我把每种蚊香的味道都闻了一遍,挑了葡萄的。我以为那是最接近水果香味的味道,可是点上火,飘出来的却全是人工香精的气味。但想一想,这再正常不过了。我呛了一口烟,咳嗽起来。亮君观察着我的神色,担心我不舒服。

"小时候,我也经常被水果的香味呛到。"

夜风吹进屋子,亮君的目光追着随风飘拂的烟。

"从我家这里再往后面走一点,是一片果园。好多农家在那儿种水果,小泉家也种了葡萄。当时我妈说,水果成熟的味道呛得慌,她闻不得那个味。"

"果子成熟的时候,散发的味道很惊人吧。"

"嗯。不过我妈可能不是闻不得那种味道,而是受不了我们这里的生活。照顾那些作物,成熟后收割,然后出货。农忙的时候连休息的工夫也没有,回到家就累得只想睡觉。一本书、一部电影都看不了,每天都是这样的生活。"

这是我第一次听亮君说起他的母亲。

"看她年轻时候的照片,她是那种有着男孩子气的女生。会扎在男人堆里,在咖啡厅抽烟什么的。喜欢的音乐是爵士乐,喜欢的电影是戛纳系的,衣服和邻居家的阿姨相比要干净许多。小时候,我可为她自豪了,她跟我爸正相反。"

亮君一边说,一边挪了挪盘子,好让蚊香的烟不飘到我这边。

"我爸高中毕业就继承了田地,要说有什么爱好,就是下将棋跟晚上喝点小酒。连我一个孩子都觉得很神奇:这两个人为什么会结婚呢？他们也经常吵架。我妈伶牙俐齿，我爸不善言辞，永远吵不赢她，最后忍无可忍就对她动手了。"

"动手之后，更是被骂得狗血淋头。"亮君的笑容里写满了怀念。

这听上去似乎跟小泉和我说的完全不同。到底哪个是真的呢？

不过，所谓的真相大概是不存在的，只是每件事情都有不同的解读罢了。小泉有小泉的看法，亮君有亮君的看法。我也是一样，我认识的阿文和其他人认识的他完全不同，我的看法在这两者之间摇摆不定。亮君也和我一样吧。

这也是我第一次感到自己和亮君心意相通。

"做了好多对不住你的事，抱歉。"他向我道歉，"我不会再那样了。"

"那样是？"我想听他亲自说得细致一些。

"给你工作的店里打电话，对你施暴之类的。"他低着头，又说了一次对不起。

"嗯。"我应了一声。

沉默持续着，然后亮君握住了我的手。

"我一定会让你幸福的。"

温热的风吹进来，人工制造出的葡萄香充满了整个房间。不知道为什么，我好像也被这气味呛到了。那虚假的味道不是葡萄香，却只能说它是葡萄香。爱情也许也是如此。这世上所谓的

"真爱"有多少是真的呢？大部分都是和真爱相似却不尽相同的感情吧。大家都隐约有所察觉，但谁也不会因为那不是真爱就弃如敝屣。真爱才不会如此轻易地降临于世，于是每个人都认定自己拥有的是爱，并决心为其献出自己的一生。也许这就是婚姻的真相。

亮君回二层自己的房间睡了，睡不着的我一直望着蚊香的烟。

我会让你幸福的——亮君这样说。

可是，我却不知道自己会因为什么而幸福。总是有各种各样的麻烦事往我身上扑，我一直护着自己的心，不让它受到纷扰。时间久了，我的棱角已渐渐被磨平。我究竟会为了什么受伤，为了什么欢愉，为了什么悲痛，又为了什么愤怒呢？

尽管我对此一无所知，却还是不得不向前走。

我呆坐在被子上，看着悠悠升起的熏烟，决定不再去"calico"了。到今天为止，我一直追寻着阿文的身影。可那是个梦，梦已经结束了。

"家内小姐，你现在过得很甜蜜吧？"

午饭时间刚过，工作日午后的店里十分清闲。我正整理备用品打发时间，安西在身旁意味深长地笑着问我。

"怎么突然问这个？"我迎上她的目光。

"看你周末不排班了，而且整个人色气满满。"

"真好啊，"她见我歪了歪头，接着说，"你有一股'我有喜欢的人啦'的气场呢。之前男朋友还来接你下班，平光她们都炸开锅了，说他还蛮帅的，不知道你为什么总是一副高高在上的样子。"

安西说自己很讨厌平光她们。她似乎打心眼里羡慕那些有老公撑着整个家，能每天边喝茶边讲别人闲话的女人，听来真是个实诚的人。

"所以说不定很快我也会讨厌起有人疼的、幸福的家内小姐哦。"

虽然是句玩笑话，我却猜不透她的话里有几分真意。

四点钟下班后，安西和我一样不参加平光等人的茶会，一起往车站走去。安西说她回家后要给女儿做晚饭，八点还要到附近的酒吧干到十二点半。

"晚上一个人打工挺可怜的，不过薪水拿得多，也不会那么累。"

"做妈妈的，不把自己搞得那么累是最好的。"

我说完这句话，发现安西用一种看奇妙生物的眼神看着我。

"家内小姐真是个怪人。一般人都会说孩子太可怜了，叫我别做这种酒水生意欸。"

"我家也有一段时间，是妈妈独自照顾我的。"

"是吗？"安西立刻表示有兴趣听。

"不过她后来就找了男朋友，离家出走了。"

遭到父母遗弃的孩子的人生，往往会向无法预知的方向拼命扭曲。为了防止大的悲剧发生，我认为让母亲过得轻松些是最好的选择。

"家内小姐恨自己的妈妈吗？"

我想了想，摇头说道：

"我对她没有恨。但那时就是觉得很孤单，很想见她。"

小时候的自己能像现在这样想就已经很好了。那时我心里只有孤单和想念，无法把这些情绪归纳成有意义的思考。所以还不算太糟，如果那时的我懂得把孤单、悲伤和凄惨用完整的语言表达出来，建起一道城墙，恐怕就会把自己关在里面，再也不出来了。

尽管如此，这也不代表我如今消化了一切。那时的孤单和愤怒静静地留在我心中，像一头不会说话的动物，蜷着身子安眠。

"你从小时候和妈妈分开之后，就再也没见过她吗？"

"嗯，一点联系都没有。"

妈妈是极其抵触沉重事物的人，换言之，她也许是个软弱的人。即便如此，但凡看到我被诱拐的报道，她就一定会立刻想办法和我取得联系，所以我推测她应该是去国外了。但这也有可能只是我的一厢情愿。

和安西道别后，我在超市买了些东西回家。稍事休息后做了晚餐，然后就等着亮君回来。我的生活回到了再次见到阿文之前。

到山梨的第二天，亮君的奶奶恢复了意识，我们聊了一阵子。她对我说第一次见面就在医院真是抱歉，下次会在家做好吃的等着我来。她还给我讲了亮君小时候的事。这些话基本等于给我跟他定下了这桩婚事，未来若没有大的变故绝不会再出什么差错。

我把该准备的都准备好，打开笔记本电脑。不去"calico"之后，我每天都会搜索阿文的消息，尽管搜到的都是十五年来换汤不换药的新闻。而我明知如此，还是像吃安神药一样习惯性地搜索。

——你有一股"我有喜欢的人啦"的气场呢。

没想到安西的眼力这么好。我虽然不曾把阿文当作异性看待，可如果要问我的心被谁夺走了，那答案无疑是阿文。这和搜索他的消息一样，都是毫无意义的事。可现在让我活得有滋味的，正是这些毫无意义的事。如果没有这些，恐怕我就会像被剪断了线的人偶，咔嗒咔嗒地弯折了身子，灵魂四分五裂。

我在触摸板上滑动的指尖忽然停住了。一个我常浏览的网罗知名犯罪案件的网站上，"家内更纱诱拐案"的链接旁边打上了更新的标记。我点开报道。

更新是昨天晚上发布的，发了"calico"所在的那栋大楼的外观和阿文做咖啡的照片。似乎是偷拍，几乎看不到阿文的脸，但清晰地映出了阿文特有的细长身形。

我咽了一口唾沫，想伸手够冰茶却没把握好距离，指尖碰倒了玻璃杯。金色的液体在桌面流淌，滴到地板上。得赶快擦掉才行——我心里这么想着，可除了死死盯着屏幕，我什么都做不到。

我为自己亲手搜出来的新消息而感到恐惧。依然有人对十五年前的案子念念不忘，持续跟踪到现在。没想到除了我，还有其他人会这样做。阿文已经开始了新生活，却仍有人要打破这份平静。

为什么？

案件早已结束。实际上没有任何人是受害者。阿文偿还了他原本无须偿还的罪行，如今有了成年的恋人，已不再是恋童癖了。我想起那位黑发齐下巴的女人，她像是那种很清楚自己想要什么的人。阿文如今生活安稳，尽管我已无法再参与其中，这一事实仍然让我十分安心。

好像有什么东西从肚子里开始往上翻腾，我隐忍着，不让自己把歪倒的玻璃杯和笔记本电脑一起掀到地上。阿文的人生已被破坏殆尽，眼下的幸福想必是他好不容易才拥有的，我决不允许有人对它们造成威胁。无论那个人是谁。

第二天，我结束了工作，朝"calico"走去。一层的古玩店和"calico"都关着。我躲在对面的路边。拍下照片就证明那人来过这里。既然来过，就有可能再来。

我打算找到那人，求他不要再干这种傻事。可对方如果是那种会听劝的人，也许根本就不会干出这样的事。这究竟是谁干的？他的目的是什么？十五年过去了，我不相信有哪个与案件完全无关的人仅凭个人兴趣就会做出这样的事。

等到六点，没有可疑人物出现，我便朝阿文的公寓走去。拍照片的人不可能没有跟踪阿文，说不定已经锁定了他的房间位置。想着想着，我开始小跑，跑到公寓门口的时候，已经上气不接下气了。

额头挂着汗珠的我，抬头望着阿文的公寓。白色的建筑显得滑溜溜的。三层一角的阳台上晾着白衬衫，是阿文在店里穿的那件。

阿文很会洗衣服，知道将颜色重的衣服分开洗，还会熨我的棉质连衣裙。尽管那时邋遢的我总是随便往下一躺，连衣裙穿不了多久就又皱巴巴的，他仍不介意，一次次为我熨烫。阿文是那种只要下定决心就会去做的人，不管自己会不会白费功夫。黄昏中，他的白衬衫在风中摇摆。

我环视四周，没看到可疑人物。但那人既然跟踪阿文，一定是想拍下他更清楚的照片。那么最好的时机就是他出门上班的时候。在那之前，我决定一直守着。我在路边站了一会儿，对面走来一位熟悉的女人。当我意识到她是阿文的女友时，一切已经晚了。现在，我们四目相对。

"你是上次那位……"她皱起眉头，"你打算干什么？先是在店门口打游击，现在竟然还跑到阿南的家门口来了？"

与我对峙的她看起来十分老练。

"阿南？"

"追在人家屁股后面，却连对方的名字都不知道吗？"

这下我傻眼了。阿南指的貌似是阿文。我听说有的罪犯会改掉自己的名字，阿文也这样做了吗？那他现在叫佐伯南，还是佐伯南文？

"你知道自己干的是跟踪狂才干的事吗？"

我怔住了。自己明明是想找出那个跟踪阿文的人。要把跟踪狂抓住，就得先掌握对方的行踪。我忽然意识到，既然现在跟踪狂行踪不明，我自然也可能被当作跟踪狂。

恍然大悟却又百口莫辩的我只好一言不发地待在原地。她见此情景，无可奈何地摇了摇头：

"下次再让我看见，我就报警了。"

她直勾勾地打量着我。从下巴那里向内扣得整整齐齐的头发在夏天的风中摇摆，像明晃晃的刀刃。她是个强势而干练的人。

我接受了她的忠告。她说得没错，我是个危险人物。问题不在于我葫芦里卖的是什么药，而在于我干的确实是跟踪狂才干的事。长大后的我曾为年幼时自己的愚蠢而叹息，但我现在仍然愚蠢得像个小孩子。

那之后我没再靠近过阿文，也不再从网上搜索他的消息。既然决定了就不能反悔，我必须拥有这份坚强和聪慧，不能再胡闹了。

"到了不能见面的份上，反而会更想见对方。真是不可思议。"

安西一面摆弄吸管一面嘟囔出这句话，令我浑身发凉。这一天，她说下班后想和我聊一聊，于是我们去了一家咖啡厅。

"现在我正和一个人交往。"

直到她说出这句话,我才明白刚刚她指的不是我。

"对方算是有妻子的人,但两人关系不好,正在分居。虽然不算是和别人抢丈夫,但从形式上看,这还是一段不伦之恋。所以到现在为止,我一直努力不让自己陷得太深。"

她的开场白很直接,我点头听着。

"但想到不能陷得太深的时候,往往已经陷得很深了吧?"

这简直像是为我设计好的答案。

"我想是这样的。"

安西见我认真地点头,似乎得到了鼓励,继续说下去。

她认为最好不要在一个拖家带口的人身上投入太多感情,而对方似乎也和她想的一样,尽可能地把持着自己。对男人来说,和单亲妈妈结婚时还必须慎重,要想清楚自己是否已经做好准备,去抚养一个和自己没有血缘关系的孩子。

"你们双方都有各自的考量。"

"嗯。所以反而更加你侬我侬了。"

"你侬我侬?"

"总之就是更起劲了。"

"什么更起劲了?"

我一再追问,安西很无奈。她说那就是一种情绪上的东西。

"家内小姐不会这么迟钝吧?"

"我不觉得自己迟钝啊。"

"我可是觉得了。你有在好好恋爱吗?"

"恋爱？"

"你和男朋友挺恩爱的吧？"

我不知该怎么回答。从山梨回来后，我和亮君的生活很安稳。但在死寂的水面之下，其实一直有暗流涌动，让人不得不屏气凝神，仿佛稍有不慎，便会掀起惊涛骇浪。

"幸福的人大多是迟钝的吧。"

安西轻描淡写地结束了这个话题。我喜欢她这样大大咧咧的性格，她不把时间花在细枝末节上，只顾愉快地推开一扇扇门。

"话说，我想让梨花去你家里住两天，行吗？"

话题跳得太快，听得我很是纳闷。

"我想和男朋友去旅行嘛。"

哦，原来找我是为了这个，我心下了然。

"她八岁了，有些事情可以自己来做了，应该不会让你太费心。"

安西双手合十，朝我拜了拜。

"我倒是不介意，但要问一下一起住的人的意见。"

当晚我和亮君商量这件事，没想到他一下子便答应下来。亮君虽然是个笑容可掬的销售员，私下却十分重视自己的隐私空间。和他住了这么久，他从来没带朋友回过家。在这一点上我和他是一致的，也因此一直觉得轻松。

"不就住两天吗？偶尔有一两次也没什么。"

"谢谢，那我就告诉安西了。"

"周末好像天气不错，我们找个小孩子喜欢去的地方吧。"

亮君心情大好地打开笔记本电脑。

周末，安西的男朋友开车把梨花送到我家。我和亮君一起到公寓楼下接应，看着安西和梨花下了车。

"早上好——初次见面，我是安西佳菜子。今天给二位添麻烦了，实在不好意思。谢谢你们的帮助。"

"我是中濑。更纱总是受你照顾，我才应该说谢谢呢。"

"梨花过来，打个招呼。这是更纱和亮君哦。"

安西抓着梨花的肩膀，把她推到前面来。

"你们好，我是安西梨花。"

梨花是个惹人怜爱的孩子。头发微微打卷，可能是睡觉时压到了。大大的眼睛像洋娃娃一样。她穿着绘有爱心图案的黑色T恤，下身是红格裙，凉鞋上带着闪闪发光的亮片。我弯下身和她对视，说了句"请多关照"。

"我给她带着游戏机呢，不用管她，她也能自己玩的。"接着，安西又小声在我耳边说，"你男朋友不错嘛，看起来本本分分的，适合当老公！"

"再见啦梨花，要乖乖的哦——"安西说完，坐进车里。车的后视镜上挂着五颜六色的羽毛护身符和夏威夷风的装饰花等物品。驾驶座位上的男人隔着安西朝我轻轻颔首。那人一头金色短发，蓄着胡子，戴着太阳镜。

"那我就出发啦。回头给你带特产——"

安西朝我挥手,我也冲她挥手,车子消失在街角。"我们回家吧。"亮君轻松地说。

"打搅啦。哇,房间好漂亮啊!"

我们打扫了卫生,但屋子并未特意为此装饰。尽管如此,梨花还是新奇地绕着餐厅和后面的起居室走了一圈,一面兴奋地打转,一面开心地说:"地上什么都没有!"

"梨花家的地上放了什么呢?"亮君问。

"嗯,妈妈不爱打扫卫生。地上堆着衣服、卷发器、杂志什么的。桌上也堆得满当当的,做作业的时候,得把桌上的东西堆到一边才行。这里就很宽敞呀。"梨花指指只放了一个电视遥控器的桌子。

"梨花,你吃早饭了吗?肚子饿不饿?"

"不饿,早上吃了汉堡。"

梨花在沙发上坐下,掏出包里的东西——衣服、洗漱用具、游戏机。我在厨房为她准备喝的和吃的时,亮君走到我旁边。

"是个不怯场的孩子呢,应该容易带,太好了。"

"嗯,我还是第一次照顾小孩,刚才挺紧张的。"

"一会儿就适应了。不过你那个朋友,看男人的眼光好像不太好啊。"亮君低声说,"为了享受二人世界就把小孩送到这儿来了,男友竟然在车里戴着太阳镜跟我们打招呼。这算怎么回事嘛!虽说不是自己的小孩,也太不懂礼貌了吧。哎,懂礼貌的人也不会干出这种事来,居然在和老婆分居的时候交女朋友。多大的人了,还在改造的旅行车里挂那么多花里胡哨的玩意。"

那男人确实也没给我留下什么好印象。

"你最好别和那个女的走得太近。"

"她挺爽快的,是个好相处的人呢。"

午饭做了掺着鳕鱼子的粉色迷你饭团和中华冷面,面里简简单单地放了黄瓜、鸡丝和鸡蛋丝,上面摆了几片番茄。梨花却睁大了眼睛,说太好看了,还兴奋地问我粉色的饭团是怎么做的。

"你家里不吃这些吗?"亮君问。

"妈妈做饭太糟糕了。"她回答,"妈妈白天和晚上都要工作,忙得很。但她会帮我把头发梳得美美的,前段时间还给我涂了橘色的指甲油。我可喜欢妈妈啦。"

"给小学生涂指甲油?"亮君惊呆了,"那她不上班的时候,会带你出去玩吗?"

我给亮君使眼色,示意他不要再问个没完了。梨花摇头说妈妈不上班的时候都很累,接着低头吃面,似乎想避开这种尴尬。

"梨花,吃完饭我们去动物园吧?"

听了亮君的话,梨花立刻抬起头来。

"我最喜欢动物了!熊猫!"

"不知道那家动物园有没有熊猫哦。"

亮君查了市内动物园的情况,很遗憾没有熊猫。他告诉梨花后,梨花又说自己也喜欢火烈鸟和企鹅。

"谢谢叔叔！"

亮君瞪着眼睛惊呼道：

"不许叫叔叔！不叫我'亮君'就不带你去了！"

"呃——对不起。亮君！亮君！亮君！"

"好——"亮君比了一个"OK"的手势。梨花开始狼吞虎咽地吃冷面。

两人处得很融洽，我的心绪却不停地翻涌。

十五年前的那一天以后，我再也没去过动物园。

周末的动物园人山人海。梨花说自己喜欢火烈鸟和企鹅，真正到了动物园后，则表现得对所有动物都兴趣满满，每看一种都要花很多时间。

我的目光在园内缓缓游移。到处都是全家一起来的游客、欢声笑语的孩子们，潮湿闷热的空气中飘荡着动物的气味，头顶白晃晃的太阳晒得人晕眩，盛夏的天空一派湛蓝。

一切都和那天很像。最后一刻，阿文用力拽着我的手，即使他明知自己会被抓走，知道自己往后的人生会变得一塌糊涂。

那时，阿文究竟在想些什么呢？

"发呆容易被人群冲散哦。"亮君回头抓住我的手，"我好像带了两个小孩出来似的。"

他看看我，又看看整个身子趴在羊驼区围栏上的梨花。梨花指着剃了毛的羊驼，高声对我们说："这哪儿是羊驼啊！"原来，动物园为了给羊驼祛暑，把它们的毛都剃了，只留下脑袋上毛茸茸的一团。

"嗯,的确不像羊驼呢。"

"看着好恶心呀,像其他行星上的生物。"

我不禁笑起来,亮君也笑了。这段时光比之前担心的要平静许多,尽管还有点犹疑,我还是慢慢让自己的心回到现实之中。

这里没有九岁的我,也没有十九岁的阿文。

和我在一起的,是亮君和梨花。

这里是二十四岁的我的世界,今后我还要在这里生活下去。

"更纱,听说那边有狮子。"

亮君伸了个懒腰,说了句"走吧"便拉住我的手。梨花也喊道:"有狮子哦——"我笑了笑,亮君自己也像个孩子似的,却还要说我。

我们玩到闭园,到车站前面一家新开的中国餐馆吃了晚饭。

"好棒——桌子会转欸!"

梨花第一次见到会转的圆桌,开心地把饭菜转个不停。她吃了菜品很多的"饮茶套餐",还吃了亮君的那份杏仁豆腐,"咯咯"地笑个没完。

"亮君,我吃得太撑,走不动啦。"

刚出店门,梨花就拽住了亮君的手。亮君对梨花百依百顺,说着"遵命,公主大人"便将她抱起来。凉爽的晚风从日落后的街道吹过,我好久没有过这样一个愉快的夜晚了。

"对了,我想买本杂志,要去趟书店。"亮君突然想到了什么,

"更纱先回去放洗澡水吧。今天走了好多路,我想泡个澡。"

"好。梨花,我们先回去吧?"

我朝梨花伸出手,亮君却说没关系,他可以带着梨花一起去。

"这孩子已经走不动了,更纱又抱不了她。"

"但抱着她去书店很累吧?八岁的孩子了。"

梨花听我这样说,赌气地把脸扎进亮君的脖子:"我又不是小猪!"

"她不沉,没事的。而且我也想提前练习一把。"

"练习什么?"

"结婚之后,我很快也要做爸爸的嘛。"他说着,摇晃起梨花的小身体,"闺女啊——"梨花开心地大笑。

我目送亮君和梨花去书店的背影,然后回到公寓,坐在浴缸沿上,呆呆地望着洗澡水一点点填满浴缸。

——那也就是说,有一天,我也会当妈妈吧。

婚后马上要孩子,这话我之前没听亮君说过。亮君今后说不定要回山梨的老家继承田地,这件事我以前也不知道。就连结婚本身,都来得很唐突。

重要的事,亮君总是一个人决定。

这倒也没什么。说得夸张些,只要亮君和我的关系稳定,我一定愿意跟着他走到天涯海角。即使那里寸草不生,我也甘愿默默耕耘。只要我们的关系坚不可摧。

"真是太谢谢你啦。梨花说她那几天特别开心。"

工作结束后,安西请我喝茶。

"她说你做饭很好吃,还抱怨我,说和妈妈做的完全不一样。"安西撇着嘴,端起柚子茶来,"你们还带她去动物园了,后来梨花从学校的图书馆借回来的书都是和动物有关的。不过她说,剃了毛的羊驼很恶心。"

"我也觉得那个不好看。像大头针似的,浑身上下只有脑袋毛茸茸的。"

"剃的时候应该考虑一下平衡。说起来,咖啡厅她也是第一次去,挺高兴的。

"哈哈,让你们陪着她玩到那么晚,不好意思。"

那天晚上,亮君和梨花迟迟没有回来。听说去完书店后,亮君又带梨花去了咖啡厅,我不禁对亮君说出了平时该是他对我说的话:"不能带着孩子在外面待到那么晚呀!"亮君不住地说着抱歉,心情极好地去泡澡了。梨花已困得迷迷糊糊的,我赶忙在起居室铺了一床被子,让她睡下了。

"不用放在心上,她在自己家也经常很晚才睡。"

"而且啊——"安西坐直了身子。她和男朋友的第一次旅行似乎非常愉快,一会儿告诉我旅馆的饭很好吃,一会儿又说温泉泡得很舒服。我听她嘟囔着还想再去一次,心想过不了多久怕是又要将孩子托付给我。不过托付给我也无妨,我还算擅长和小孩子相处,梨花和我很合得来,亮君也很享受。

回家路上，我在超市买了鲟鱼，又去花店买了蓝星花。前几天一直在做小孩子爱吃的菜，今天晚上想吃点清淡的。回到公寓，我将水蓝色的小花在一只小花瓶中凑成圆滚滚的一捧，放在沙发桌上。

在安静的屋子里闭目养神时，之前一直被我视而不见的情绪涌上心头。被阿文的恋人盯上之后，我就不再搜索关于他的消息了，可有人将偷拍的照片发到网上的事仍然让我放心不下。阿文的安危正受到威胁，这是不变的事实。想到这里，我再也控制不住自己。就看一会儿——我一边给自己找借口，一边又一次打开那个网站。

刹那之间，我心跳如敲鼓。网站又更新了，有新的照片上传了。是"calico"店里的照片，还有正在做咖啡的阿文，五官比上次拍得更清晰，只是还没清晰到能让人断定他就是十五年前那起诱拐案的犯人。而我的目光锁定在另一张照片上。

那是一个小女孩坐在沙发上的照片，只拍了腰以下的部分，两条细木棍似的腿从裙子底下伸出来，收在桌子下方。这是一双孩子的腿。照片中光线昏暗，但仍能看出孩子脚边有什么东西投出一束微弱的反光，像是亮片。

——梨花？

梨花的凉鞋上贴着亮片。

她怎么可能出现在"calico"呢？

但那天晚上，亮君晚饭后带梨花去了咖啡厅。

我出神地望着那张照片。盖住小小膝头的裙子显得质地柔软。是梨花穿的那条格子裙吗？看得太认真，以至于我的头都疼了。

我不知不觉身子前倾，捂住了脸。那是梨花吗？亮君带梨花去了"calico"？上传照片的人是亮君吗？

如果真是这样，那就意味着亮君知道"calico"的店主是佐伯文。

他在诱拐幼女案的罪犯开的店里，拍小孩的照片。

种种巧合使我无法不产生不祥的联想，鸡皮疙瘩起了一身。

我抬起头，看遍了这张照片的边边角角，只为找到证据，证明照片中的孩子不是梨花。这也是能令我相信亮君的证据。拜托，让我找到证据吧。可我什么也没找到，亮君在我心中的轮廓急剧模糊起来。

门铃的响声让我清醒过来。墙上时钟的时间已经过了七点半。时间怎么过得这么快？响个不停的门铃刺得太阳穴火辣辣地疼，我根本站不起来。接着我听到钥匙开门的声音，身穿西装的亮君回来了。

"……怎么又这样了？"

亮君疲惫地喃喃着，打开厨房的灯。光线照到起居室来，我眯起眼。逆着光，我看不清他的表情。

"你今天是怎么了？又看电影了吗？"

我不知该如何回答，而他已走到我身边，看向放在桌上的笔记本电脑。屏幕上是偷拍的"calico"的照片。

"这是什么?"

听到他这样问,我慢吞吞地抬头问他:"这张照片,是你上传的吗?"

亮君一脸疑惑。

"你认识阿文?"

他依然保持着疑惑的神态,居高临下地望着我。

"这不是梨花的凉鞋吗?你带梨花去了阿文的店?"

我问亮君,可是他一言不发。

"喂,亮君,回答我。你是不是认识——"

撞击突然袭来,视野翻转,等意识到发生了什么时,我已经倒在了沙发上。左半边脸火辣辣的,灼热的面积还在逐渐扩大,这感觉很快便转为疼痛。我低着头,有液体滴滴答答地从脸上淌下来。是鼻血。黑色的血点打湿了沙发布套。

"'阿文'是什么东西啊!"

亮君的声音里好像带着笑,其实是因为愤怒而走了样。

"阿文、阿文、阿文的,你们到底是什么关系?"

他抓住我的头发,将我从沙发扔到地上。整张桌子连带着翻倒,笔记本电脑和刚插好的蓝星花也被甩到了地上。花瓶中漏出来的水流动着,打湿了我摊在地上的头发和我木讷的脸颊。

"那个男的不是诱拐你的变态恋童癖吗?!"

肚子被踢中,我发出一声呻吟。腰、大腿,一处接一处地疼痛。我能做的,只有像青虫一样蜷缩着,双手护住整个脑袋。

亮君还在自顾自地说着："为什么啊？你和那个男人都不对劲。你也和妈妈一样吗？"他说得断断续续的，渐渐只剩下激烈的喘息。

暴力停止了，我惶惶不安地睁开眼。

眼前的亮君蹲在地上，好像是在哭。

我动弹不得，只是看着他，不带一丝情绪。承受了超越限度的痛楚后，我的心好像被漂白了一样，喜怒哀乐都不复存在。大概这样最轻松。我熟悉这种无力感，仿佛自己成了一只任人践踏的虫子。很久以前，深夜中旋转的门把手给我的内心带来的恐惧就是那样。

"……更纱。"

亮君抬起头，四肢并用地接近我。沉重、痛苦，每样情绪都让我无法出声，我已分不清眼前这个人是谁。

他的手伸进我半袖衬衫的下摆，游走到我吊带背心的里面，直接接触我的皮肤。我浑身直起鸡皮疙瘩，终于用沙哑的声音说出一句"住手"。

"为什么？"

这句问话令我浮想联翩。为什么？为什么？这是我的身体，我的身体只属于我自己。我有权利拒绝，有权利叫人别碰我。

"我不喜欢。"

"为什么不喜欢？"

我绝望了。拒绝别人除了"不喜欢"，还需要其他理由吗？难道我还要做更多说明，恳求对方仔细聆听？

亮君的表情像个受伤的孩子。

我的表情一定也和他一样。

我们就这样无可挽回地错失了彼此。

他的行为仍然在继续，无视我的心意。门把手吱呀呀地旋转，不和谐的音符像没调弦的小提琴声，填满我的耳膜。我像那时候一样，浑身僵硬地静待时间过去。但我感受到，自己体内那头沉睡了很久的、残暴而凶猛的动物已经苏醒，正在慢慢抬起头来。

——如果我回了家，孝弘能不能去死啊？

——或者有陨石从天上掉下来，把地球砸碎才好呢。

此刻，那股曾将我整个人撕成碎片的愤怒清楚明白地在我脑海中重现，逐渐填满身上的每一处地方。我的指尖抽动了一下，接着是手指悄悄地伸开。

我的手在湿漉漉的地板上爬行，摸到水漏了、花也散得七零八落的花瓶。我抓住花瓶，毫不犹豫地朝着覆在我身上的亮君的脑袋敲下去。花瓶裂了，碎片四溅，还有几片打在我脸上。我从亮君身下爬出来，一溜烟跑向门口。

蹬上凉鞋往楼下跑的路上，我一个踉跄，一下子踩空了三级台阶。脑海中掠过亮君的前女友和他吵架后被送到医院的事。"好像是跑出公寓的时候从楼上滚下来，摔到了头——"小泉的声音又在耳边响起。如今我充分理解了亮君前女友当时的处境，连同她体会过的恐惧、愤怒和屈辱。

手里拿着快要断掉的凉鞋，我奔跑在夜晚的住宅区里。看到我的路人都惊呆了，想必我的样子很是夸张。嘴唇破了，嘴里渗着血的味道。我边跑边不停地回头，看样子亮君没有追过来。

　　我松了口气，但还是很害怕，于是跑啊跑，跑啊跑，却不知该跑去哪里。这样的时候，大家都会跑到关系亲近的人家里吧，父母、恋人、朋友家，而我哪一样都没有。钱包也没带在身上。再也跑不动了，我停下脚步，痛苦一股脑地袭来，汗水打湿了衬衫。今晚该怎么办呢？我喘着粗气，望着夜晚的街道。

　　瘦到不盈一握的月亮，今晚依然摇摇欲坠地挂在夜空。我大口呼吸，慢腾腾地整理凌乱的衣衫，将衬衫里面蹿得老高的吊带内衣拽下来，把衬衫平整地塞进裙子里。然后穿上凉鞋，摇摇晃晃地往前走。

　　避开人多的大路，沿着铁路走了一个多小时，令人怀念的景象出现在我眼前。老旧的建筑和"calico"的招牌。但我这副样子可没法进店。

　　身上也没有钱，于是我在对面的路上抬头看着"calico"。因为店内只保留最基本的照明，所以"calico"的每一扇窗户都很昏暗。就像夜晚的街道更显明亮一样，我喜欢这昏暗的光，喜欢这片静悄悄的、如置身海底一般的空间。

　　月亮在天空中慢慢地移动。由于一直站着不动，脚变得僵硬，渐渐没有了感觉。我觉得自己就像一根木棒。即使如此，我还是不想去其他地方。尽管不被接受，我仍觉得自己就该待在这里。

窗子里出现了一道剪影,一道又瘦又长的剪影。啊,是阿文。有客人走了,他在擦桌子。剪影的动作停了下来。暗淡的光线下,我模模糊糊地感觉到,我和他的目光好像撞在了一起。阿文的剪影消失在窗口,没过多久,如假包换的他本人从大楼的楼梯上走下来,慢慢向我走近。

"你怎么了?"

我没想到事情会变成这样,不由得仓皇失措。

"我……没带钱包。"

"我问的不是这个。"

"嗯?"我反问回去,立刻明白他指的是我这副狼狈相,"没事,没有看上去那么严重。"

不知道为什么,我硬是逞强地挤出了笑脸。阿文微微张开嘴,也许是吃惊到无话可说,也许是觉得没什么好说的,又或者是混杂了两种情绪,有些愤怒。

"已经够严重了。"说完,阿文问我,"要来我店里吗?"

我想起第一次和他讲话的那一天。那天下着雨,阿文穿着深蓝色的莫卡辛鞋,将伞撑在我的头顶。

——要来我家吗?

他的声音甜蜜而冷冽,像半透明的冰糖,有如温凉的雨水,温柔地在我的头顶降下。十五年后的今晚,我和那天一样,轻易被这声音融化。

"要。"

我默不作声地跟在阿文身后,朝大楼走去。阿文打开"calico"的大门。一切都是那么不真实。我一直以为这扇门不会为我而开。我像终于踏上祖国大地的归国士兵,安心到几乎要哭出来。

"把脸稍微处理一下。"

我接过他递来的毛巾,进了厕所,一看镜子,不禁"啊"地大叫一声。风干的鼻血粘在脸上,嘴角是一团青紫,掀起衬衫和裙子,下面也是同样的青紫。意识到这些的同时,疼痛袭遍全身。

我将干涸的血迹洗净,看上去多少正常了些。走出厕所,客人们正陆续离店。阿文隔着柜台,将闭店的木牌递给我:

"把它挂在门外。"

"可还不到十点呢。"

"挂好后把门锁上。"

阿文说完便转身走到柜台后面,丝毫不顾我说了什么。我照他说的,在门外挂好闭店的木牌,给店门上锁。阿文端着托盘走出来,托盘上放了毛巾和冰块。

"总之,先紧急处理一下。"

他让我坐在沙发上,蹲在我面前,展开湿毛巾包住冰块递给我。

"给。"

"谢谢。"我接过来按在嘴角。

阿文斜着一只细口水壶,给我擦伤的脚浇凉水。水渗到伤口里，我痛得扭歪了脸。

"我自己来吧。"

尽管我这样说，阿文还是默默地为我清洗每一处小伤口，然后用干爽的毛巾擦干我的整只脚。我不禁想起和他住在一起的那两个多月。

"所以，到底发生了什么？"

他一面收拾毛巾和水壶，一面问我。我想了想，回答他"许多许多"。我没有把事情解释清楚的自信，也不想告诉他事发的导火索。

"只要活着，总会有许多事发生啊。"

他神色平淡地退后，坐在对面的沙发上。

"对了，我听谷女士说，你之前在我公寓附近转悠过。"

"谷女士？"

"上次和我一起从店里出来的那个女人。"

"……女朋友？"

他不置可否。果然是这样，我在心里暗暗说道。原来阿文称呼自己的女朋友也这么客气，真像是他能做出来的事。而这并没有让我产生类似嫉妒的情绪，我再次认识到，自己对阿文的感情虽说带着执念，却不是恋慕。

"你们住在一起吗？"

"不。谷女士跟我说你来过，但我从没看到过你。"

"因为她对我说，下次再被她看到她就会报警。"

"哦,所以你就——"

"她叫你'阿南'啊。"

阿文的目光抬了起来。

"你改名字了吗?南文?佐伯南?"

"哪个都一样吧。"

"我觉得不好。'南文'[1]里有三个'mi'嘛。"

阿文神色一动,似乎听我说完他才意识到这一点。

"很遗憾,是有三个'mi'的'南文'呢。不过户口上的名字还是没改。"

"既然起假名字,好歹起个有气势的嘛,白鸟、武者小路什么的。"

"太显眼了不好啊。"

"啊,对哦。"

阿文望着恍然大悟的我,脸上的表情难以形容。

"更纱还是老样子。"

他的嘴角微微上扬。啊,是了,阿文是这样笑的。熟悉的感觉令我几近哽咽,与此同时,我突然意识到:阿文刚才叫我更纱?

"你不假装不认识我了?"

他听了我的问话,眼波缓缓流动,视线中仿佛空无一物。

---

[1] 日语中,"南文"读作"minamifumi"。

"我之前觉得,你还是不和我扯上关系的好。可你现在这副样子出现在我面前……"

原来他是不忍心看我这样下去。

"对不起,我这就回去。谢谢你的帮忙。"

"你有地方可回?"

没有。但我没有留在这里的资格。

"有就好。"

我摇摇头。

"阿文,你恨我对吧?"

他的目光微动,像是根本没想到我会这样问。

"为什么会这样想?"

这样问,意味着他并不这么觉得,阿文不恨我。明白了这一点,从前压抑的情感铺天盖地般涌来,我一下子踏实了许多,心里十分明亮。

"因为我……"

我的喉咙火辣辣的。

"我……"

我忍不住发出一声短促的悲鸣。

"更纱。"

阿文叫着我的名字。只是几个简简单单的音节,便让我的眼泪决了堤。

"那件事之后,我在警局说错了话——"

泪水夺眶而出。

"因为我说的那些，不，因为我没说出来的那些，大概让你非常为难。我当时，无论如何也说不出孝弘对我做过什么。阿文的罪过因为我加重了。"

"这是没有办法的事。没人能把那些事轻松地说出来。"

我摇头："我曾经想过，如果还能遇见你，必须跪下来向你赔罪。如果你说要我去死，我就去死，反正活下去也没什么好事发生。"

我颤抖着声音，努力说下去，但仍不能表达情绪的万分之一。我像个被责骂的小孩，一面抽噎，一面紧抓着裙子。眼前的一切歪斜而模糊，对面的阿文则是一脸困惑。

"活下去也没什么好事发生——这一点，我倒是有同感。"

这是阿文说话的语气。我忽然有一种神奇的熟悉感——他真的是阿文，我现在和阿文在一起，在和阿文说话。他就是这样的人，不会叫我别提"去死"之类的愚蠢的事。

——就算不是恋童癖，只要活着，就会遇到一大把叫人难过的事。

阿文可以在九岁的孩子面前，大大方方地说出这样的话。

"当时你为什么不逃？"

这是我一直想问的问题。

"在动物园，警官赶来的时候，我有叫你快跑，但你握住了我的手。是觉得我可怜才这样做吗？还是因为我也回握了你的手，所以你没能逃走？你应该知道，如果被抓住会很麻烦吧？"

那时的我，觉得阿文是个成熟的大人了。

但那时的他也不过十九岁。

恐怕对那时的他来说，我光是留在他家里，就已经成了能将他压垮的负担了吧。

十九岁的大学生，不可能一直让一个九岁的小女孩待在自己身边，迟早有一天会被人发现的。休息日两个人无所事事地点了比萨外卖来吃的时候，在被窝里懒洋洋地翻滚的时候，舔着代替晚饭的冰激凌的时候，阿文在顽皮的我身旁，一定慢慢被逼到无路可退。而我对这些一无所知，只顾着向他撒娇。

"……对不起。"

"更纱没必要道歉，我只是做了自己想做的事。"

"但以前和现在，都是你在帮我。"

——要来我家吗？

最痛苦的时候，阿文的这句话有如甘露，无数次温柔地将我打湿。现在的我依然这样觉得。雨滴沁入干燥到硬邦邦的棉布里，逐渐还原出棉布的柔软质地。我逐渐被还原成原本的模样。

"给你来杯咖啡吗？"

"谢谢。"

"冰的会让你感觉好一点吧？"

"热的吧。没有看上去那么疼。"

"疼哭了我可不管哦。"

于是我又哭了起来。和刚才情绪激动的哭不同，这次的眼泪是生理上的疼痛导致的。我感恩万分地喝下阿文递过来的咖啡。

"还是老样子啊。"

"什么？"

"更纱你啊。虽然第一次看到你的时候，我觉得你和大多数客人一样普普通通。"

我有些受伤。但阿文对我的印象正是我花了十五年时间打造出来的——无论别人说什么都不反驳，无论善意和恶意都假笑着接过，从不说多余的话，自我封闭，就像一个摆设。

"但实际上似乎一点也没变呢。"他凝视着我。

"以前的我，是什么样的？"

我想知道答案。一直以来，我连自己都不知道自己真实的样子。变成如今这副模样之前的我，到底是什么样的？现在只有阿文才知道这个问题的答案了。

"懒洋洋的，有点笨笨的。"

我眨眨眼。

"呃，等一下。不只这些吧？"

没想到这就是我想要的真相，这也太过分了吧！

"以前的你，非常自由。"

这个形象离如今的我过于遥远了。

"到一个陌生人家里，当天晚上就能呼呼大睡。第二天也不回去，狼吞虎咽地吃掉我准备的早饭，然后又呼呼大睡。在煎鸡蛋上挤番茄酱,看刺激的暴力电影,日子过得慵懒到令人有点扫兴。"

"让你扫兴了?"

十五年后得来的真相令我大受冲击。

"但马上就习惯了。"

阿文说,当时他以为自由是孩子的天性,可亲眼见到我这个和九岁时的他完全不同的生物之后,他渐渐被我影响了。

"我才知道,真的有'近朱者赤'这回事。"

"哦,小时候朋友的父母也说过类似的话,说更纱家很奇怪,不让自己家的孩子和我玩。于是我们就不再是朋友了。"

"真巧,我妈以前也经常这样说我的朋友。"

"让人烦恼的巧合。"

我做了个鬼脸。阿文口中的我以前的样子,和我被唤醒的记忆完全吻合。我生性游手好闲,还有股傻乎乎的奔放,是个会让朋友的父母皱眉头的小孩。我原本很认真地想知道自己真实的样子,现在又一下子卸了力气。

"阿文,你戴眼镜是为了好看?"

"嗯。"

"摘下来。"

"干吗?"

"别管那么多,摘下来。"

我好像找回了孩提时代自由而慵懒的性格。阿文一脸无奈地摘下眼镜。没错,以前我说要做什么的时候,他经常是这个表情。

"前面的头发撩起来。"

"干吗?"

"别管那么多,撩起来。"

"真是任性啊。"

阿文将刘海分到两边。他的手指又细又长。我熟悉的那张脸出现在眼前。

"阿文……真是一点没变,实在是很惊人呢。"

同等程度的怀念和惊讶涌上心头。

"我没有变化?"

"嗯。完全没变,还是那么年轻。"

他露出没精打采的笑容。男人都不喜欢被人说长得太嫩。

"阿文和我相反,内心的变化可是不小。"

"是吗?"

"变得能爱上成年女人了。"

恋童癖和九岁的女孩——这曾将我们牵缠在一起的条件,如今阿文和我都已不再符合。同时,我们之间又有了产生新关系的可能。

"现在的话,就算我和阿文谈恋爱,也没有人能说什么了吧。"

阿文明显露出了嫌恶的表情。

"放心,我只是讨论这种可能,本身并不想和阿文恋爱。"

他放松下来,这个人真是好懂。不过以前我就不是阿文的菜,这一点到现在应该也不会有什么变化。想到这里，我就有种异样的感觉。

"而且，我唯独不想和阿文睡觉。"

他一下子呆住了，一个理性的人能有这样的反应，很是难得。

我自己也很吃惊。我平时总会反复思量再开口，有时想来想去干脆就什么也不说，相对而言后一种情况更多些，旁人都觉得我是个寡言的人。可到了阿文面前，我的舌头和嘴仿佛都失去了防备。我为这样的自己而感到吃惊。

"拜托，说话前能不能稍微过一下脑子？"

"对不起，平时我不是这样的。"

是因为不过半天工夫，喜怒哀乐等各种情绪悉数达到了情绪的最高点吗？还是因为镇痛剂起了作用？大脑轻飘飘的，仿佛彻底坏掉了。我脱掉凉鞋，光脚上了座面宽敞的沙发，抱起双腿。

"还是一样没规矩呢。"

"什么叫'还是'啊。"

两个人都笑了。阿文也脱了鞋，把一只脚放上沙发，下巴放在竖起来的膝盖上。他看着我，就像我们懒洋洋地度过的那两个多月一样。

"可以接着刚才的话往下聊吗？"

阿文的脸上明明写着不行，我却想聊下去。挨了打的脸热辣辣地肿着，望着面前的阿文，愤怒和安心在我心中占据了同等的分量。

"只要有了恋爱关系,某种程度来说,多多少少都要做那种事吧。"

阿文的眉头皱得更紧,却还是沉默地听我诉说。

"我,不喜欢,那个。"

语句一字一顿,像粘在喉咙口的盐粒般滚落。

在恋人的触碰下,身体和心仍旧冰冷、僵硬。每次思考这其中的原因,得出的答案都会将我的心击碎,不知不觉间,我放弃了思考。

"这样的我,觉得自己是一个残次品。"

我一直觉得,心中冰冷而坚硬的部分也许意味着我无法和任何人结合。我的一部分坏掉了,再怎么努力也无法修补。我只好接受这无可挽回的事实,却无法摆脱被排除于人事之外的悲伤。这是我第一次向人说起这种矛盾与孤独。

阿文定定地看着我。

"对不起。突然和你说这些,让你很困扰吧。"

"不,我能理解。"

分明是我主动倾诉的,得到对方肯定的时候,我竟感到一丝愠怒。

"你真的理解?"

"我也是被世界排挤的那类人。"

啊,的确如此。阿文也一直挣扎于异于常人的痛苦中,甚至因此扭曲了整个人生。我们相对无言。

"刚才说的这些,和你脸上的伤有关系吗?"

"嗯。不过还有不少其他原因。"

事实就像线串的珠链。单独摘出一颗珠子,是没办法看清整个项链的,同样,也抓不住事情的开头和结尾。

"是那个男人干的吧?"他的语气里全是不屑,"第一次是来这里接你。第二次是来这里找你,把坐在吧台上的客人挨个瞧了一遍,知道你不在这儿,一句话也没说就走了。后来又遮着脸来过几次,上一回带了一个小女孩来,用手机拍了好几张照片,不知道用它们做什么了。可能传到什么网站上去了吧。"

阿文若无其事地说起来,我才知道他对这些情况一清二楚。他知道自己好不容易得来的安稳生活又要变得岌岌可危,也知道自己没办法与威胁抗衡。

"你不害怕吗?"

我问了个糟糕的问题,说不定会被他指责:这不都是因为你吗?

"害怕,但是没有办法。"

阿文抱着腿,抬头看着天花板。啊,的确如此。这世界上有太多无可奈何的事情,为那些没道理的事愤慨,无非是消耗自身罢了。所以只能一再地冲淡情绪,让自己不去多想地过活。

我们呆呆地望着天花板,外面传来了敲门声。朝门边望去,门上了锁,挂了闭店的牌子。但敲门声再次响起,恐惧在我的心底蒸腾。没过多久,忽然传来一声巨响。我吓得蜷起身子。

"更纱，给我出来。你在里面吧！"

果然是亮君。继而传来踢门的轰响。

"看来他挺健康的。"

阿文一脸厌倦。

我站起身："我回去了。"

"你出去的话，又要被打。"

"再这样下去，也会给其他店家添麻烦。"

说话之间，耳边仍不断传来怒吼的回声。

"这座大楼除了一层和我这里，没有其他租户。晚上只有我这一家开门，他爱在外面发飙就随他去吧，过一会儿就会冷静下来了。我再给你泡杯咖啡吧？"

他不等我回答，就进了厨房。阿文说得对，现在出去一定下场惨烈。我重新坐回沙发，将脸埋在腿上。

咖啡的浓香飘来。这次连咖啡壶也一起端了来，阿文在放好冰块的玻璃杯里倒了三分之一的咖啡，剩下的三分之二兑了牛奶和糖浆。

"太甜了吧。"

"没关系。"

"这哪里是咖啡，根本就是糖水嘛。"我接过玻璃杯，喝了一口，甜到舌头发麻。我歪着一张脸，在他的催促下又喝了一口。甘甜的电流从舌头传遍全身，神经仿佛慢慢被它麻痹了。

"更纱，你现在还会在晚饭时吃冰激凌吗？"

听到这个没来由的问题,我摇了摇头。

"怎么不吃了?"

"因为不是小孩子了。"

这是一个无趣的理由,但生活就是无趣的集合。

不知什么时候,怒吼声停止了。过了一会儿,外面传来"啪嗒"一声。没过多久,又是"啪嗒"一声。轻轻的敲门声之间,夹杂着喊我名字的声音。整句话断断续续,听不清楚,但我大概能猜到他在说什么。

——我绝对不会那样做了。

——我在好好反省。对不起,我们谈谈吧。

"啪嗒""啪嗒"。敲门声如雨滴般敲打着我的耳膜,我用手紧紧捂住耳朵。恳求和暴力不同,它从其他方向我施以攻击,看准了人的弱点——温柔与宽容,实在是有够狡猾的。我不停地告诉自己:我不是坏人,不是坏人。

"更纱。"

听到有人叫我的名字,我恍恍惚惚地抬起头。

"把它喝完。"

阿文看着玻璃杯。我慢吞吞地将掺有过量糖浆的咖啡一口气饮下,那甘甜令我晕眩。我再也忍不住浑身的倦怠,紧张的神经被迫松弛下来,一下子倒在沙发上。

"睡一会儿吧。"

如冰糖般甜美而冷冽的声音缓缓降下。啊,我好累。浑身上下都叫嚣着疼痛，头也痛，连指尖都觉得沉重。身上的每一寸都酸痛不堪，像要死了一般。我像一头受伤的野兽，终于回到了自己的巢穴，在阿文的注视下，陷入深深的睡眠。

大概一小时后，我醒了。疲倦和痛楚依然还在，但情绪有所好转。今晚的我过分激动了。浑身是血地出现，沉重地告白，然后死死地沉睡。回想起这一连串难堪的行为，我还是觉得十分羞耻。

阿文坐在我面前，抱着双腿凝视着我。长长的刘海之间，一双眼睛犹如两个漆黑的洞口在窥探着。我吃惊地发现，那双眼睛和十五年前一样，依然如空荡荡的洞穴一般。阿文已经不再恋童，已经有了成年女人做女朋友。他早该不孤独了，却为什么还和以前一样，有空虚到令人畏惧的眼神呢？

"……阿文？"

我听见一个微弱的声音，和我的呼喊重叠在一起，"啪嗒""啪嗒"。就像水龙头的水，间隔相同的时间便会出现，很是扰人心神。只要我不出来，亮君就不会回去，那令人不悦的声音就会一直持续。

"我必须回去。"

阿文的身体微微颤动了一下。

"我得回去，把许多事处理完。"

我得回家，把乱成一团的绳结一个个解开，或者干脆将它们斩断。虽然我和亮君都会受伤，但也没有其他办法了。

"不要紧吗？"

"嗯，这样下去肯定不行。"

阿文点点头，看样子是理解了我的话，目光不再空虚。我活动身子，站了起来，对他说了句谢谢。他递给我一张对折的一万日元的钞票。对哦，我身无分文便夺门而出。我本想拒绝他的好意，却又改变心意接了过来。

"谢谢，我一定会还回来的。"

这是还会和阿文再见的约定。

我打开门锁，外面传来一声意外的响动，有人坐在门口。我等他站起来，才将门打开。亮君一脸憔悴地站在我面前，眼白因充血而变得浑浊。

"……更纱。"

我默默地从亮君身旁走过，沿着台阶走下去。亮君跟在我身后。已经接近午夜了，我们朝车站的方向移动。

"更纱，我叫辆车吧。"

"还有电车呢。"

"你这副模样没法坐电车吧。"

我转过身，和亮君四目相对，就是为了告诉他：把我弄成这副模样的人是你。他撇着嘴，向我道歉，目光游移。

"我绝不再那样了。"

他之前也这样说过。那次空气中人造的葡萄香气在我脑海中复苏。这是赝品，和爱情极其相似，却不是爱情。亮君只是需要一个人来填补他的空虚。而今晚发生的事让我明白,我和他其实半斤八两。

"亮君,我只有一个请求。"

"我什么都听你的。"

"我太累了。回去以后,我想马上一个人睡。"

"没问题。你好好休息,我睡沙发。

"没有别的了吗?还有什么想法都说出来吧。"他讨好地问。

"明天我想去上班。"

"那就去啊。当然可以去了。"

这些想当然的事情,在我们之间已经不是理所应当的了。

"不过,你这样能接待客人吗?"

"可以的。"

"还是不要勉强的好。"

"你还是不让我去?"

"我只是担心你。"亮君不再说话。

我没有理会他,继续朝车站走去。在站台和车上,我都受到了万众瞩目的待遇。亮君很过意不去,我却若无其事。

"家内小姐,你的脸怎么了?"

我一进更衣室,平光就瞪圆了眼睛。一个晚上过去,我的样子比昨晚更加可怕。整张脸红肿着,左眼皮也肿得抬不起来。最夸张的是裂开的嘴角,晕开一团紫黑,怎么看都是被人打了。其他店里的人看我的目光也怯生生的。

"啊——真过分啊。被搞得这么夸张！"

只有安西笑着为我解围，让我舒了口气。

走进大堂，店长见了我也惊讶万分。他朝我招招手，让我去员工室一趟。我想他八成是想劝我回家，于是低着头坐在他面前。

"唔，打听这个可能会侵犯到你的个人隐私，不，说不定还有性骚扰的嫌疑。但我们毕竟是服务行业，作为店长，我还是要过问一下。"

"这样来上班果然还是不行吧？如果不能在大堂，我也可以去厨房干活。"

"哦，嗯，你说得对，那你就和平光交换着在厨房干吧。不过我叫你来不是为了这个，嗯，之前就想问你——"

"嗯。"我坐正了身子，告诉自己，无论他说我什么都不要惊慌。

"我们一直在招募正式员工呢。"

"……啊？"

"工资不是很高，但和打工不同，正式员工有保险，家内小姐在这里干了很长时间，工作态度也很好，我有信心向总公司推荐你。"店长小声嘟囔道。

"你们现在缺人吗？"

"哦，也没有……"听我这样一问，他连忙摆手，"我是觉得万一你遇上什么事，还是有稳定收入更方便，比如跟男朋友闹矛盾的时候，或者搬家的时候。如果是正式员工，审查也会比较轻松。"

店长依然避免与我对视，只是自顾自地说着："我这些想法很多余吧？让你为难了，不过家内小姐工作很认真啊……"以前，我心里一直瞧不起店长，他总是因为排班把自己搞得慌慌张张的，动不动就对员工低声下气。此时此刻，我内心的羞愧简直难以形容。

"谢谢您。"

我向他鞠了一躬，他连连推辞，不好意思地留下一句"就是这么回事"，便离开了员工室。我和平光交换着去厨房当班，默默地工作。

下班前，我约安西喝茶，她一副"你说什么我都会听"的样子，耸了耸肩膀。我们俩正准备走出更衣室，平光忽然对我说：

"家内小姐，如果不嫌弃的话，我随时愿意听你说说心里话。"

她的声音很小，我只朝她点了点头。

"那些人真的就只是听你说说，而且还是为了确认自己过得有多好。"

走出员工通道的时候，安西歪着脸伸了个懒腰。

"所以说，你的脸到底是怎么弄的？真够严重的。"

走进咖啡店，安西又开始盯着我看。

"你男朋友是那种发脾气时很可怕的人？"

我思索着该从哪里讲起。不可能把一切都告诉她，而且可能越说越乱。最后我决定从结论说起。

"我打算和他分手。"

"欸——你这是暴殄天物啊!"安西皱起眉头,"哎,不过家暴是不行的,不给他点颜色看看就治不好。"

"是吗?"

"和我离婚的前夫就是那样的嘛。"安西粗暴地搅着卡布奇诺,"平时挺温柔的,一发脾气就不得了了。我还怀着孕,他就对我又踢又打。我拼命护着肚子忍耐,心想自己选了这家伙可真是倒了大霉。"

"你忍了他很久吗?"

"我那时不想回家,赚的钱又不够一个人花。原本想在打工的地方转成正式员工,他却说我不用那么拼命,要我顾好家里,赚钱的事交给他就行。起初我还沾沾自喜,以为逮到了一个好男人,但现在想想,反倒是自己被他抓住了把柄:挣不到钱,想跑也跑不了。"

和亮君很像。

"喜欢动手的男人,动手之后马上就会反省对吧,他会可怜兮兮地向你道歉。但你可不能相信他。他们身上有个开关,只要碰到那里,就停不下来。开关按下去,一切就都完了,他们根本控制不了。这就是一种病。"

安西抬头望着虚空嘟囔道:"这种人真是烂透了。"

"要分手就分吧,可你一个人过得下去吗?"

"不知道，但我已经不想再和亮君继续下去了。"

"他同意和你分手吗？家暴男可会缠人了。"

"安西，你之前说认识连夜帮人搬家的，对吧？"

"嗯。是哦，你需要吗？"

我点头："不过在那之前，我要先和他好好告个别。"

安西听我这样一说，连忙阻止。

"一旦你提了分手，他又会崩溃，对你施暴，所以先要和他拉开距离。即使要谈，最好也约在咖啡店之类的旁边有人的地方。"

我轻轻颔首。多亏有一个经历过类似事情的人，不用我多说也能明白状况。和安西聊是正确的选择。

"既然已经想好了，就早点行动。你打算什么时候搬？"

"找到住处就搬。"

"我住的公寓挺便宜的，要帮你介绍吗？"

"谢谢。不过我有想住的地方了。"

"OK，那住处定好后告诉我吧。"

"不好意思，拜托你这么件麻烦事。"

"互相帮助嘛，我还会再请你帮忙照顾梨花的。"

她不落空地提出这么个交换条件，我反而轻松了不少。

和安西分开后，我乘电车到阿文住的那一站，走进路边看到的第一家房地产公司。

一个男人笑着说"欢迎光临"，起身看到我后神色一凛。啊，对了，我忘记自己现在鼻青脸肿了。

"我想在这一带找房子。"

男人答应着,正要跟我走出来,被一个上司模样的年长男人阻止,换了一个三十来岁的女人接待我。每天都有人出于各种理由来房地产公司找房子,想必他们对我的情况一目了然。

我的要求有两个:能立刻入住,租金尽可能便宜。对方向我展示资料,我选了几套准备去看的房子,负责人开车带我过去。

我现在和亮君住的是两室一厅,客厅相当宽敞,这次看的几套房子都无法和它相提并论,只能说是对得起它们的价格——采光不好,设施老旧,房间也狭小。但这就是我一个人租得起的房子。回店面的路上,车子拐进阿文住的那间公寓所在的路上。

"那间公寓——"我不禁喃喃自语。

"嗯?"手握方向盘的负责人询问我的意思。

"那栋白得像豆腐似的公寓,看上去不错嘛。"

"那栋比较新,外观又简约,很受年轻人的欢迎呢。"

"租金很贵吧?"

"相对要贵一些。"

负责人报出一个价格,比我的预算稍高。回到店里,我们讨论究竟要租哪一间房子,阿文住的公寓却一直在我脑海中挥之不去。

"刚才那栋白色的公寓,有空房间吗?"

"请稍等。"负责人用电脑开始搜索。她明知我只是询价,不会真的入住,还是耐心地回答我的问题。

"只有三层有一间空房。上个月刚好有人搬走。"

阿文的房间在三层的最右侧。

"三层的哪个房间?"

"302。从里面数的第二间,也就是这个。"

看到户型时,我惊讶地叫出了声。一套敞亮的一室一厅,很像我曾与阿文住过两个多月的那间屋子。"我想看看。"我脱口而出。

"房租比您的预算超出很多哦。"

"我知道,但请带我去看看。"

她又开车带我过去,将车停在紧挨着公寓后面的停车场。

我们坐电梯上到三层,她带我看的那套房间就在阿文的隔壁。推开房门,我被请进起居室,熟悉的感觉立刻将我包围。开放式厨房的墙上一尘不染,吧台将厨房与生活区隔开,寝室的氛围感、浴室的颜色都和阿文曾经住的那套房间很像。

"房间装修很重视清洁感,收纳功能也很强。"

"我就要这间了。"

"欸?"负责人转身看向我,"还是不要太冲动比较好吧。很多客人会因为装修看上一间屋子,但还是回去仔细想一想再决定为好。我不建议您抬高租金标准。"

"没关系。就要这间。"

负责人似乎还想说什么,但看我如此果决,只回答了一句"好的"。

回到店里，听店家讲完合同后，我在文件上签了字。之后只要等担保公司的审查通过，便可以入住。回去的路上，我在摇晃的电车里一点点找回冷静。

干了件蠢事——

我确实想过要和阿文住在同一条街上，但没想到会直接住到他的隔壁。这要是让谷女士知道了，说不定真会报警，预算也很吃紧，最关键的是我会被阿文迷住。理性告诉我不能这样，心里却笃定得很。不知怎的，我想起安西那句话：

"他们身上有个开关，只要碰到那里，就停不下来。"

只要开关按下去，一切就完了。我发现，我身上也有这个开关。一走进那间屋子，我身上的某个地方就发出一声脆响，接着我想：啊，这就是我的房间。安西说，这是一种病。谷女士说，我是跟踪狂。这两个人的话在耳边交织，我想起小时候的自己。

——有一天，我也会变成糟糕的人吗？

小时候的我听到同公寓的阿姨们背地里说妈妈"不接地气"，去问图书馆的姐姐那是什么意思，她的回答是"太我行我素的、糟糕的人"。当时，我似乎怀疑过：糟糕的爸爸和妈妈生出的我，是否有一天也会变成糟糕的人。

如此说来，阿文也曾说我是个懒洋洋的、笨笨的、自由的、任性的小孩。十五年后，真相来了。和阿文重逢后，我渐渐退化成了小孩。

几天的时间平稳地过去了。对于向我施暴和向犯罪网站投稿的事情，亮君只字不提，倒是开始帮忙做家务了。自打我们同居到现在，这还是头一遭。我也刻意不去惊扰他。暴风雨来临之前，我要尽可能地保存体力。

三天后，担保公司的审查通过，安西给搬家公司打了电话。很快，便有人联系我：

"喂——我们听佳菜说您这里需要搬家——听说您急着搬——我们什么时候开始呢——？"

这男人说话的语气很平，每句话的结尾刻意拉长，我不禁有点心慌，觉得他靠不住。

"我希望尽可能早一些。明天可以吗？"

"明天哦——您想白天搬——还是晚上搬——？"

"啊，白天。"

我只说自己想搬家，没想到对方会问是否要在晚上搬。真不愧是连夜给人搬家的。

"您的行李有多少呢——比如有多少大件家具——"

"家具就是桌子和椅子，剩下就是衣服和日用品。"

"好的好的——那明天应该就能搬——"

和男人悠哉的说话方式相反，他安排起工作来还是蛮利索的。

第二天早上，我像往常一样给亮君做好早饭，送他出门。自己也假装去上班，到车站前面的网吧打发了一段时间。前一天已经和店里请了假。

过了中午,我回到公寓。到了约定的时间,门铃准时响起。

"您好——我是配送员——到您家取件了——"

对讲电话里传来昨天电话中的那个男声。打开门,外面站着一个圆脸上架着一副眼镜的男人,和一个体格壮硕的年轻光头男子。两人都穿着快递员模样的工服,这样邻居不会起疑。

"那就开始搬您的东西了——"

两人带着一组折叠的塑料箱,走进房间。

"首先是随身用品——衣服装在这个箱子里——"

他们在组装好的塑料箱里放入一根杆子,麻利地将衣服挂在上面。纸箱里则塞入食器和日用品。

"这些怎么处理——还有这边架子上的东西——"

对方请我逐一确认哪些东西需要带走,哪些不需要。明知亮君还在上班,我还是内心忐忑,总觉得他会随时开门回来,急得如热锅上的蚂蚁,几乎大部分东西都选择丢下了。不过三十分钟,我的行李就已由假扮成快递员的搬家公司悉数装到卡车上。

"辛苦啦——您的行李就暂时由我们保管——"

"拜托了。"

我在门口送走搬家公司的人,返回起居室。带走的家具只有放在床边的小桌子和小椅子,那是我从以前的住处带过来的,原本就属于我。其他家具都是后来和亮君一起买的,我无意将它们带走。住了三年的屋子,带走这些之后几乎没有变化。

——这样也许挺伤人的。

如果被抛下的是我，我更希望对方将所有东西都带走。被那些充满回忆的物品绊住，我恐怕很难走出新的一步。亮君对我的身体施暴，我的行为却是在对他的心灵施暴。被母亲抛弃的伤口想必依然在他心里，我想象着那伤口脆生生地裂开、血肉模糊的样子。

我长长地吐了一口气，抬头望着天花板。明知已经没有挽回的余地才选择了分手，此时我的心却仍被罪恶感支配。我讨厌这样的自己。这算不上温柔，也算不上有担当。闭上眼，我想起妈妈坐进那辆深绿色的车的瞬间。有个男人在车里等她，我在阳台上朝她挥手，她头也不回。她抱定了被我怨恨也无所谓的决心。那是一场漂亮的告别。

"好啦——那就是这样啦——"

将行李从车里搬进新房间，只用了不到十五分钟。不过是几个硬纸箱和一张桌子、一把椅子。我表示自己来安顿这些行李，本来也没有多少东西，用"安顿"都有些夸张。

"非常感谢，真是帮了我大忙了。"

安西告诉我对方接受现金支付，我便拿出一个装好礼金的信封。

"哎呀——不敢当，我们好久没有接过这么轻松的活啦——"

他们的客户，都是出于各种原因想要神不知鬼不觉地变换住处的人。往往有人在搬家路上被发现，要和一些凶恶的人起纠纷，因此只能雇练格斗的年轻的"大块头"来工作。男人一面点着钞票，一面看看旁边的年轻人。年轻人好像是大学空手道社团的。

"我们绝不会透露您新住处的地址的——放心吧——"

我向他们鞠躬。"告辞了——"两人留下这句话便走了，没给我名片，也没自报姓名，说话吊儿郎当，干活却很利索。

回到起居室，我伫立在空荡荡的房间中央。这里空无一物，没有窗帘也没有电灯。我想着至少要先把这两样东西买回来，到头来又放弃了。

我躺倒在还没打扫过的地板上，今后这里就是我一个人的家了。

地板的冰凉沁入身体，不久，我的皮肤也变得冰凉。

一直以来，我都害怕自己会变得无依无靠，被孤零零地丢在这个世上。

"从今天开始，我真的无依无靠了。"

我喃喃着。元旦、盂兰盆节、圣诞节、生日、长假，都要一个人过。感冒发烧了，也不会有人为我买来粥或水果。不会有人抚着我的头发，问我难不难受。来了地震，我要独自逃命，可能会被孤零零地压死在瓦砾堆中，死了也没人想起来找我。或者还有一种更加悄无声息的结局：有一天查出自己得了病，被医生宣告没有多久可活，然后独自过完短暂的余生。

无依无靠，就是这么回事。

可我偏要把它说出来。

要让自己知道，它到底是怎么回事。

我一直害怕一个人生活，现在也是一样。

但我也获得了同等的自由。我的嘴角一松，"扑哧"笑了出来，开始在地上打滚。骨碌碌地滚到那一头，又骨碌碌地滚回来。衣服上满是灰尘。我笑个不停，任谁看了恐怕都会觉得我脑子有问题，可我无所顾忌。这里只有我自己，谁也看不到我，因为我是一个人。

这一波笑意退去后，我刺溜地爬到放包的地方，从包里取出存折。虽然名下的存款不多，但我没乱花过钱，就算一下子没了工作也能再撑半年。

万一得了半年都治不好的病——我也设想过这种情况，但那肯定是病得相当厉害，病成那样也什么都做不了。这样一想，我反而释怀了，干脆死马当活马医嘛。

拆开几个纸箱中的一个，富含弹性的缓冲材料里包着食器，我从里面拿出巴卡拉玻璃杯。这是我无论如何也想带走的。接着，我又从包里拿出一瓶便宜的威士忌，是过来的路上在便利店买的。

我在玻璃杯中倒入琥珀色的酒，任其安静地流入喉咙。猛烈的香气袭来，一股热流从喉咙口滑落，抵达胃部。胃渐渐热起来，这让我明确地感知到有脏器在那个位置。这是我第一次因为喝酒，感到自己真的活着。

——爸爸和妈妈也有过这种感觉吗？

以前的男朋友和亮君都不喜欢女人喝烈酒。虽然他们未曾明说,但我可以感受到沉默的压力。可我喜欢上了第一次喝的威士忌。爸爸妈妈也爱喝酒,这可能是遗传。灼热感慢慢从喉咙和胃部扩散到四肢,一股舒畅的倦意席卷全身,往事在记忆里逐渐苏醒。

爸爸喜欢的酒好像是麦卡伦[1],下次我要买来尝尝。刚才买威士忌的时候,应该顺道买一些冰激凌,今天的晚饭吃冰激凌才对。在阿文家的第一餐就是冰激凌,还是当时少有的外国高级货。

啊,今后不用再发愁怎么吃完订多了的蔬菜了,番茄类的菜也可以随便做了。买绣球花回来,也不会有人说我浪费钱了。现在绣球的季节已过,下次买一束白色的蝴蝶兰吧。我的思绪飘飘忽忽,一会儿想想这个,一会儿又想那个。

沉浸在酒精带来的快感中时,我听到右边房间的阳台窗户打开的声音。是阿文。我慢吞吞地爬到窗边,推开沉重的扫除窗。

我将脸伸出去,空气中飘来一阵清爽的香气。阿文在晾衣服。酒精带来的快感在此刻到达了巅峰。多么好闻的味道,这是自由的香气。我陶醉地嗅着那味道,直到阿文回了房间,我也关上窗,回了房。

我拿着装有威士忌的玻璃杯,靠在和右边的房间共用的那堵墙上。租金贵到底是有理由的,房子隔音好,不会受隔壁房间的打扰。我换了个姿势,将耳朵贴在墙上,闭上眼集中精神,听到

---

[1] 指"The Macallan",麦卡伦威士忌。

几不可闻的音乐声。

我舒了口气。阿文就在这堵墙对面。

音乐从贴着墙的那只耳朵流进我的身体，流遍四肢，然后在地板上蔓延开。但这些不会构成对我的束缚。旋律无穷尽地向四面八方延伸，脱离我的控制。

——迟早有一天，我也会成为糟糕的人吧？

耳边传来年幼时自己的疑问，我不知道这个问题的答案。长大后的我，从今往后要去向何方？我一面感到不安，一面享受着自由。

第二天，安西给顺利搬家的我提了许多建议。

她告诉我一个网站，上面的家具和其他商品都不按标价出售，能以便宜的价格买到。我上网一看，它卖的品类不只有家具，低价到高价的东西应有尽有，着实让人吃惊。"真有你的。"我对安西说。她却嫌弃地说道："都是吃苦的人，就你这么不食人间烟火。"

"家电也买二手的就行。哈哈，就是有时可能被骗。"

"在线下买也可能遇到这个问题。"

"你可真敢说啊。"安西笑了，"男朋友那边怎么样了？"

"昨天他打了几次电话。"

"你可不能接哦。"

"但我还是觉得，至少应该跟他谈一次。"

"让他赔偿你的损失吗？"

"那倒不是。"

"那你这是何苦呢？"她问，"反正他迟早也会去店里找你。"

"会吗？"

"他之前不也这么胡作非为过吗？不可能不去的。"

我只能默默祈祷安西的预言不要成真，想着总不会这几天就杀过来吧，然后在一整天平安无事地结束时舒了一口气。

临走时，我正式向店长提出转为正式员工的申请。

"嗯，那我跟总公司说一下。你什么时间方便面试？"

"希望尽早。"

"等伤好后再面试会不会好一点？"

他说得没错。我这样鼻青脸肿地去面试，很有可能影响面试官的判断。

"也对哦，那就这么办吧。"我拜托过店长后，走出员工室。

在更衣室换好衣服，我看了一眼手机。亮君打过来的电话数量多得惊人。还是应该和他讲清楚，但最好等他冷静一些再谈。可真的冷静下来了，似乎又没有特意去谈的必要了。

回家前我去了商场，买回一套床品。昨天本打算至少要去买一床被子的，但第一次喝纯威士忌的我，到底还是被撂倒了，呼呼大睡了一场。疲劳、安心和酒精的组合，是最佳的安眠药。幸亏是夏天，要是冬天我非冻僵不可。

我尽可能多地买了拿得下的清扫工具、洗发水等日用品，然后去商场的厕所换装。我给自己涂上鲜艳的红嘴唇，架上太阳镜，又将帽子压得低低的。这样就不会被人认出来了吧？明明是回自己的家，我却紧张兮兮的。

——下次再让我看见，我就报警了。

绝不能让谷女士和阿文认出我。

走进公寓时，我低着头，没有坐电梯，而是走了楼梯间。走到二层的平台时，听到楼上有人下来。我想过要不要折回去，但已经来不及了。反正换过装，不要紧的——我心一横，继续往上走。

低垂的视线中，出现一双男款勃肯鞋和挽起裤口的珍珠色外裤。望着那对漂亮的脚踝，我恍然大悟：啊，这是阿文的脚。

我的心怦怦直跳，但还是若无其事地与他擦肩而过。进了屋，我靠在大门上，伸手按着胸口：太好了，没被发现，才第一天就看到了阿文。同等的罪恶感和愉悦涌上心头。跟踪狂恐怕就是这种心理吧。

我将行李放在起居室，然后匆忙走上阳台。还没买阳台专用的拖鞋，于是我光着脚走了上去。盛夏里炙热的混凝土板烤得我脚底瑟缩，但我管不了这么多了。阿文出门了，现在是偷看他阳台的绝好时机。

我下定决心，手撑在栏杆上，探出身子，偷看隔壁的房间。玻璃反射着夕阳的光，我看不见屋里的样子，但能看到阳台。晾衣杆上空荡荡的。空调外机上放着一个塑料盒，里面放着晾衣架和衣夹，上面盖着盖子，以免被风吹日晒。一根阳台专用的扫帚立在墙边。阳台上纤尘不染。

——嗯，阿文就是这样。

阿文以前便是一切都收拾得整整齐齐的。回忆中的景象和旁边的阳台重叠在一起，我忽然觉得头晕目眩，赶忙把身子缩了回来。虽然是傍晚，但夏天的日头还是很毒辣。我想回房间喝口茶，这才意识到，自己没买喝的东西。

我本打算在回来的路上买点喝的，但忘得一干二净。无奈，我只得戴上帽子，再次出门，到超市买了饮料、三明治、沙拉和明天早上吃的饭团。浅绿色的卷心菜、噙着水珠的芦笋，水灵灵的蔬菜让我移不开眼，只想赶快买个冰箱。正值夏天，还可以做冰块。

走出超市，我朝与来时相反的方向走去。路上有一家花店，白色的乒乓菊和蓝星花小花束满载夏日风情，十分可爱。不过，吸引我目光的是店里的一束纯白的花。那是一种修长的白花，第一次见到阿文时，我就想起了这种花。我只买下一枝，告诉店家要带着花走一段路才能到家，请他们帮我在袋子里多放些水。

我提着食物和花，朝森林公园走去。夏天的绿意仿佛会发光，单是走在斑驳的树影下就足以令人心情爽朗。我坐在能看见池塘的长椅上，摘掉太阳镜，稍作休息。

望着泛光的水面，我喝下清苦的冰茶，满足地剥开三明治的塑料包装。那个打瞌睡的小学男生怎么还不来呢？吃完三明治，我倒是觉得自己十分疲劳。

闭上眼，耳朵和脖子之间有凉凉的风吹过。用不着准备晚饭，也不必非要在几点前回去。就算我一直待在这里，也不会有人发火。一切寂寞又美好。

直到我觉得有人坐在自己身边，才将眼睁开一道缝。

瞥见那人是阿文，我的嘴张开便回不去了。

"嘴里会进虫子的。"

听他这样说，我慌忙把嘴闭上。

"你好……真巧啊。你到这儿来做什么呢？"

我强装镇定，实际却满身破绽。

"我也想问你这个问题呢。"

"嗯？"

"刚才我们在公寓里碰到了吧？"

刘海后面的那双眼睛斜斜地望着我。我意识到，自己露馅了。

"你是怎么认出来的？我戴了帽子、太阳镜，还涂了口红。"

"你手腕的痣告诉我的。"

糟糕，我只想着遮住脸了。不过，也亏他认得出来。擦肩而过的时候，我确实想过：就像我只看脚踝就能认出阿文一样，如果他也能一下子认出我就好了，即使有一天，我变得像小手指甲盖一样大。

"真没想到昨天搬过来的是你，太意外了。"

"抱歉，我尽快搬走。"

快乐的时光只持续了一天。我耷拉着脑袋。

"没必要搬走吧。喜欢这里的话,住着就好了。"

"不会打扰到你吗?"

"你是打算来打扰我的吗?"

我急忙摇头。

"那不就得了。"他淡淡道。

我紧绷的肩膀顿时放松下来。

"我无论如何都想住在你的隔壁。"

"为什么?"

在你身边我才能安心、平静、满足——这些全都不假,我却没法将它们凑成完整的语言。这种说不清楚的感受让我牙痒痒。

"因为,我觉得我应该在这里。"

阿文眯起眼睛。

"你不开心?"

"没。"

"谢谢。"

"你不适合涂口红。"

我抬起手,粗暴地擦拭嘴唇。既然已经被阿文看穿,就不需要这东西了。嘴唇四周大概被我擦得红红的,但总比带着不适合我的妆强。我开心地喝着冰茶,望着浮在池塘里的天鹅船。

"怎么办呢,心情好成这样。"

这几天,我注意到了自己的变化。我一点也不迷茫,开始做自己想做的事情,甚至做得有点过头,连自己都有些困惑。

"感觉以前压抑着的东西,在一股一股地往外喷火。"

"我认识的你,从小就是想做什么便做什么呢。到我家的第二天,你已经把早饭吃得到处都是,脏盘子也不收就在沙发上呼呼大睡了。"

我哈哈大笑。不知有多少年没这样笑出声过了。

"和阿文在一起,我就特别开心。不久之前还不是这样呢。"

"那是哪样?"

我想起和亮君一起生活时的情景,不再回答。我可以轻松地说出那时的自己压抑,同样的,我也曾享受过那一段生活。如果回答,我就应当把一切都放在天平两端去衡量,不然就有失公允。可若是这么做了,就不是在讨论爱情,而是在进行审判。

"欸,我们是偶然在这里碰面的吗?"

我心下一动,问出这个问题。阿文则对我反应迟钝的样子一脸嫌弃。

"明明是你跟踪别人,到头来竟然想不到自己会被别人跟踪,真有意思。"

"大家都是这样吧。"

"但更纱尤其大大咧咧,尤其迟钝。和我擦肩而过之后,你从阳台上看我的屋子了吧?我在下面看着,心想你好大的胆子。"

"你偷看我?"

"是你先偷看的。"

他说得没错。我耸耸肩。

"趁我不在家，就光明正大地偷看，仿佛要向全世界宣布'他家就在这儿'。然后有点中暑，差点从楼上掉下来，赶紧把身子缩回去。接着到超市买吃的，买花。在公园吃三明治吃得那么香，活像在赞颂跟踪狂生活的美好。我真是佩服。"

"做自己想做的事时，心情就是会很好啊。"

说完，我便发现阿文用一种怪异的目光看着我，像是在说"这家伙还来劲了"。当然这只是我随意的联想，阿文是不会这么说话的。毕竟他对待跟踪狂都如此和善。

"昨天才搬过来，但完全不会迷路，这一点也很厉害。"

"那是因为之前曾经到你住的这条街上看过。我看了白天的'calico'和附近的店家，觉得这里的环境很好，你很讲究生活品质。"

"能这样坦然地讲述自己的犯罪经过，这一点我也很佩服。"

我心存愧疚，说了句"对不起"，又耸了耸肩。

"不过，我会小心不让谷女士看出来的。不能让喜欢的人没必要地为自己担心嘛，这一点我肯定会注意的。"

"谢谢，这样我就放心了。"

看着他点头时的侧脸，我理所当然地想到：阿文也是个男人啊。我心里没有恋爱层面的嫉妒，阿文现在是幸福的，这就是最让我开心的事。

"你喜欢谷女士的哪些地方呢？"

阿文略微沉吟:"我是在心理科认识她的。"

我没能接上话头。

"离开少年院后,我回到自己家,后来发生了很多事,又搬来这里。再后来去心理科看病的时候,偶然遇到她也去看病,我们就聊起天来。"

"不过我们这样是不行的。"他说。

"为什么不行?"

"两个状态不稳定的人交往,彼此的状态可能会更不稳定。"

"但是也有一些东西,是只有你们才能相互理解的吧?"

"嗯,她的那些烦心事,有一部分我有共鸣。"

原来他们是这样相遇的——我想起谷女士和她的与下巴齐平的短发。那副干净利落的样子,很难想象她会去看心理科。

"你和她是因为那件事走到一起的?"

"不。"阿文摇头。

"我没告诉过她那件事。遇见她的时候,我已经用了新名字,她不知道我是佐伯文。我想过要告诉她,但,终究还是说不出口。"

阿文低下头,伸开细长的双腿,脚踝和拳头显得很瘦弱。一个男人的骨架,竟会如此单薄。

"没关系。只要你们一直交往下去,迟早有一天——"

我只能想到这些轻飘飘的、不负责任的话。无论多深的痛苦,迟早会有人共同分担——这根本就是谎言。我的手里,每个人的手里，都有一只提包。我们不会将它交给任何人，而是选择亲自提着它走完一生。阿文的提包里装着那件往事，我的提包里也装着同一件事。虽然往事的细节略有不同，但都是我们不可能舍下的过往。

"我，还是老样子。"

阿文喃喃道。

"我和她，没办法结合。"

他凝视着泛光的水面，声音平淡得令人毛骨悚然，一双眼睛像两个昏暗的洞口般，一眨也不眨地盯着池水。不祥的预感在我心中一点点扩大。

"阿文……"

我的喉咙干得像要冒烟，话语哽塞在喉头。

"阿文还是不能爱成年的女人吗？"

他一言不发。每过去一秒，沉默都在增加肯定的可能性。我的视线忽然变得昏暗，是贫血所致。坐在长椅上，我感到手脚渐渐变得冰凉。

"我想，我应该和她分手。"

听见阿文这样说，我的手在膝盖上拼命地攥紧。我一直以为阿文是幸福的，这让我感到无与伦比的安心，可如今他只剩下绝望，这种无可救药的情绪该怎样安放呢？有几个小学生从我们眼前跑过，手里拿着上补习班的背包。

"孩子们放暑假还是要去补习班呢。"

"我以前也去过，暑假和寒假都去过。"

"要是我，我就翘课去玩。"

我想起自己和阿文一起度过的夏日周末，我们点好比萨外卖，一整天都泡在电影里。

"你哭什么？"

于是，我尽量压低了擤鼻涕的声音。

从刚才到现在，一直有大颗的泪水从我脸上滑落。我想立刻回到九岁的时候，变成阿文想要的样子，和他做一切他想做的事。

虽然我不喜欢这些，但只要是阿文想做的，我愿意开心地为他献上自己的全部。即使那不是爱、不是快乐，我依然愿意去做。因为让我开心的东西已经远离了肉体，只有阿文才能触碰。

我还是第一次体会到这样的心情，哭泣的同时不免有些惊讶。失去父母后，我就像坐在一条开了洞的小船上，每时每刻都在寻找东西堵住洞口。偶尔会遇上跟我一样坐在快要翻倒的小船上的人，却没有办法帮助他们。自身难保的我，第一次想对别人伸出援手。

可我已经不再是阿文想要的小女孩了。虽然以前我也不是他的菜，但多少还比现在强些，长大后的我一点忙也帮不上。我不禁流下眼泪，连鼻涕都淌下来了。

"谢谢你，更纱。"

阿文那甜美而冷冽的声音中听不出一丝一毫的苦涩，看来他已经放弃了太多。蝉在我们的头顶讴歌着短暂的生命。蝉都如此，何况人。

脸上的瘀青淡去，我又回到大堂工作。节假日的午餐时间店里总是人头攒动，有时还要排队。我忙着端菜，结账，收拾桌子，带下一位客人进场。

"三位的坂口先生——"

我的话音落下，一对带着小孩的年轻夫妇站了起来。带他们就座后，又有新客人进店。我喊着"欢迎光临"，但目光刚移到对方身上，便定住了。

"更纱。"

亮君笑着，亲切地向我打招呼。面对该带进餐区的客人和亮君，我一时间陷入迷茫。这时安西走过来，低声告诉我："不能理他。"

安西将亮君带到靠里的一张餐桌前面，我尽量不靠近那边，但帮客人续咖啡的时候，我还是被他叫住了。

"更纱，看你很精神，我就放心了。"

我默默地往杯中注入咖啡。

"你突然就搬走了，我很担心。现在你住在哪儿？安西小姐那里吗？"

他的语气平缓。

"我在工作呢。"

说完，我立刻走开。亮君吃完午饭，乖乖地走了。我松了口气,可回家就成了问题。四点下班后,我回到更衣室,喧闹声一下子消失了。

"家内小姐,刚才你男朋友来了吧?"平光露出担忧的神情,"你还好吗?"

"你指什么?"

我直视着平光的双眼,她看上去有些惊慌。

"最近你的状态不太对啊。不久前不是还伤得很重吗?我上学的时候在看护所做过志愿者,如果你不介意的话,我愿意陪你聊聊。"

她的目光中含着好奇,但也明白地映出担忧。

"谢谢你。有必要寻求帮助的时候,我一定会找你。"我看着她的眼睛,认真地说。

她呆住了。我迅速换好衣服,和安西一起离开更衣室。平时我们都走员工通道,今天则是从大门离开。中途休息时,我单独向店长说明了事情的原委。

"我知道了。如果遇上什么麻烦,随时跟我说,不用客气。换班什么的,只要是我能做到的,我都尽量帮忙。"

"给您添麻烦了,对不起。"

"没关系啦。我妹妹也和你一样,有过类似的恐怖回忆。"

"是吗?"

"当时我们找过警官,但还是防不住对方。后来妹妹就把自己锁在房间里,再也不出门了,已经很多年了。我不希望家内小姐也变成那样。"

所以他才处处为我着想吗？我总算知道了个中缘由。

"希望你的事情能尽早解决。"

"谢谢。"

我向他微微鞠躬，离开了店面。安西走在前面，替我看亮君在不在。我们混在买东西的客人中出了商场，到大马路上打车。"要是出什么事就给我打电话。"安西说。我隔着出租车的车窗，向她道谢。

我们原以为亮君会出现，实际上却没有那么恐怖。总之，冷静行事吧。"冷静——"车子就在我反复叮嘱自己的过程中开到了公寓楼下。在大门口掏钥匙的时候，我的手腕忽然被人抓住了。是亮君。

"你果然住在这儿。"

他死死地攥着我的手腕，脸上不再带着开心的笑容。

"佐伯文也住在这儿吧？"

"你跟踪阿文？"

冷汗从后背淌下来，我把自己的事抛到了脑后。

"你和佐伯住在一起吗？"

"没有。"

"别骗我。"

亮君身上的重量一点点压过来，我被抵在公寓入口的玻璃大门上。

"现在回去还来得及，我原谅你。"

我紧闭的双眼睁开一条缝："我做了什么事，必须得到你的原谅？"

亮君似乎十分吃惊："别怪我以不履行婚约罪把你和佐伯告上法庭！"

"我和阿文，不是你想的那种关系。"

"我只看事实，谁能相信你们不是那种关系？"

"根本没有所谓的事实！不过是大家按照自己的想象去理解罢了！"

一直都是这样。我身边的人们，大人、朋友、恋人，所有人，每一个人都是如此。

"你的脑袋没问题吧？"亮君突然拽住了我的头发，痛得我扭歪了脸。"那可是佐伯。他把你拐走了两个月，还监禁了你！你忘记这个男人对你做过什么了吗？！"

"你觉得他对我做过什么？"我的质问声有些沙哑。

"都是些说不出口的事吧！"

"你和这世上的其他人以为他对我做过的那些事，他一件也没做过。是我自己跟去阿文家的。我和他每天吃饭、看电影、聊天，我们是分房间睡的！阿文很温柔。因为我一直和阿文在一起——"

亮君更用力地扯住我的头发，我向后仰倒，撞在身后的门上。痛意比撞击来得稍迟一些。我强撑着不让自己倒下，有汗水从发际流下来。

"……为什么……你要这样做？"

羞耻感和悲哀渐渐化为痛苦，我瞪着亮君。

"因为你不听话。"

"你以为对我施暴，我就会听你的吗？你父亲也经常打你母亲吧？你母亲离家出走，你肯定很难过吧？既然如此，为什么还要做同样的事？这样做只会更加——"

"少啰唆！"他在我耳边怒吼，我的耳膜仿佛被金属片割裂了一般，"这跟我父母有什么关系？问题出在你身上！你知道自己怎么了吗？你这是得了斯德哥尔摩综合征！人在遇上特别恐怖的事情时，大脑有时候会捏造出一个事实。你生病了！再这样下去，你会一辈子都走不出来的！"

他抓着我的头发，将我的脑袋在门上撞了好几次。我支撑不住，身子一点点往下滑。旁边传来一声尖叫，隔着亮君的肩膀，我看到一个年轻女孩和一个年轻男孩站在他后面。

"喂，你在干什么！"

男孩质问亮君，但他仍旧抓着我的头发，无动于衷。男孩掏出手机，不知拨通了哪里的电话，好像是警察局。亮君的目光渐渐有了焦点，他居高临下地看着瘫坐在玻璃门前的我，好像有些害怕，"唰"地松开了攥着我头发的手。

过了一会儿，一辆巡逻车驶来，一位警官将亮君从我身边带走，另一位警官向男孩和女孩听取情况，扛着摄像机的人渐渐聚集起来。

"听说你揪着这位女士的头发,一边怒吼一边把她的脑袋往门上撞。是这样吗?"

面对警官的询问,亮君只是低垂着头,一言不发。

"你再这样什么都不说,就得跟我们走一趟了。"

"等等,他是我的朋友。"我不由分说地介入其中。

"你们是什么关系?"

"……他是我前男友。我回家时,发现他在家门口等着。"

"那是因为你什么都不说,就从家里搬走了!正常人都会想谈一谈的吧!"

亮君大吼大叫起来,警官和气地劝他小声点。看来对方把我们的行为当成了情侣、夫妻间常有的拌嘴,对亮君的态度也缓和了许多。

"如果你们还有商量的余地,就好好商量;如果没得商量,就提交受害申报。不过那样的话,你们俩都得到局子里来。"

警官问我们打算怎么处理,我摇了摇头:

"……我们自己处理。"

"好的。但还是留下你们的姓名和住址,以防万一。"

他在活页夹里的文件上记下我和亮君的信息。

"那么今天的事,二位再好好沟通一下。不过,男方绝对不能动粗。一定要冷静下来,相互谦让,好好听对方说话。"

年纪大的警官说完,挥手示意架着摄像机的人们散去:"好了好了,惊扰大家了。"那对报警的年轻夫妻则嘟囔着"情侣吵架在自己家吵啊"，略微难堪地溜进公寓。

"……对不起。"

公寓大门前冷清下来，亮君垂着头向我道歉。

"真的是我不对，我绝不会再做这种事了。"

"已经是第三次了。"

我的声音疲惫不堪。我现在浑身一点力气也没有。

"这次是认真的，再给我一次机会吧。我给你下跪，要我做什么都行。"

"其实不必这样的。从你的角度来看，我做了不好的事，坏到让你想打我一顿对吧？但我不想改。所以，我们没法继续下去了。"

"等一等。刚才的确是我太任性了，今后我会努力理解你的心情。你可以去那家咖啡厅，也可以见佐伯。"

看着亮君拼命挽回的样子，我的心却无可救药地冷下去。

"为什么一定要你批准呢？"

"什么？"

"我想做什么，不需要亮君的批准吧？"

"不是那个意思。我只是担心你。"

亮君好像牙痒痒似的歪着嘴巴。我看着自己的脚下，在心里默默地在我们之间画了一条线。我很清醒地知道，自己不能越过这条线。

"嗯，我的所作所为肯定很奇怪吧，难怪你会以为我得了什么病。谢谢你为我担心。不过,今后希望你不要再管我了。"

那两个月里发生了什么,只有我和阿文知道。我也曾希望被其他人理解,但现在已经没有这个必要了。有许多事,就算当事人费尽心思和口舌解释,旁人还是无法理解。放下执念就能变得轻松的事,一定还有许多。

现在我成了孤零零的一个人,但这比什么都强。

反正就算是和别人在一起,我也始终是一个人。

我的心里有一个非常顽固的地方,一个无论时光如何变迁,都不会变得成熟的地方。正是这个部分伤到了亮君。如此想来,手腕上新添的瘀青和发痛的后脑勺,我似乎都能接受了,就当是对我的正当惩罚吧。

"对不起啊。我对你,也很过分呢。"

亮君听我这么说,神色变了。他凝视我的双眼里不再有感情,只是呆望着我,宛如一个受伤的小孩子。

他转过身,慢慢走下公寓大门前的那段台阶。

他低垂着头,小幅度地左右摇晃着,但一次也没有回头。

回到家,我用洗手间的镜子检查后脑勺。没有破,但肿了一大块,轻轻一按就火辣辣地疼。稍微用力按了按,更疼了。为什么要确认伤处的痛感呢?这大概和揭疮疤的欲望类似吧。

脱掉衣服,我的身体映在镜子中。旧伤之上又添新伤,真是悲惨,不过很快就会消退吧。被一个男人用力在门上撞了那么多次，竟然没有骨折，我也是够皮实的了。这样一想，我莫名有了些安全感。

但淋浴过后，浑身灼热，疼痛从身体的四面八方涌来。我打开空调，像一只柔弱的动物似的将自己卷进被子里。屋里还没有窗帘，夕照很强烈，闭着眼睛也能感受到刺眼的光。听到隔壁阳台上传来声音，我不由自主地下了床。

打开窗，空气里飘来一阵温柔的香气。是阿文在晾衣服。我把脸从窗口伸出去，闭上眼尽情地嗅那香气，用它代替麻药。

"你这样很吓人啊。"

耳边忽然传来声音，吓得我睁开眼，阿文正从阳台的一角偷偷看我。饶是平日里大大咧咧的我，也不好意思了。

"闻什么呢？"

"闻你家洗好的衣服的味道。"

"很难闻？"

我摇头。脑袋又丝丝拉拉地痛起来。

"很好闻，让我很放心。吓到你了，不好意思。"

"哪怕跟我打个招呼也好。"

"告诉你我要闻了？"

"总比默默地闻要好一些。"

"那就恭敬不如从命——我闻了。"

我打开窗，赤脚走到阳台上。阿文看到了我的脚。

"怎么光着脚？"

"下班回来想去买拖鞋来着,但遇上点事。"

"刚才楼下好像很热闹,连警车都来了。"

"你看见了?"

"嗯,在这里看的。"

阿文抓着扶手,往楼下看。

"你也很爱偷看人家嘛。"

"我只是从自己房间的阳台往外看看。"他略意外地回答。

"没有什么区别。"

"那不一样。"

我在墙的另一边,身体撑在栏杆上和阿文讲话。夕阳炫目得很,隔壁阳台上的阿文也眯着眼。此刻他没戴眼镜。偶尔一阵风吹过,将他的刘海轻轻吹起,露出光滑的侧脸。我踩在地上的脚心隐隐感到暖意。

"啊——心情真好。"

他见我笑嘻嘻的,似乎颇感意外。

"警官都来了,还这样逗能。"

"是啊,没想到我还挺结实的。"

"这不是想没想到的事。"

我尴尬地笑笑,下巴放在攥着栏杆的手上。

"你身上又青了一块。"

"他抓得有点紧。"

"其他地方呢?"

"他揪着我的头发，往玻璃门上撞来着。"

见阿文绷紧了脸，我忙补充说自己没事，碰巧有住在这里的人路过，帮忙报了警。逃离那个密室般的家果然是正确的选择。

"已经逃走了，为什么又要把人带过来？"

他脸上的表情是我少见的气愤。

"我没带他过来啦，是他自己在这里等着的。"

"他是怎么知道这儿的？就算是被发现的，也太快了吧？"

"他好像跟踪了你，刚才还问我是不是和你住在一起来着。"

阿文不悦地望着明亮的黄昏街景。

"如果他再来，我就从这里搬走。"

"为什么？"

阿文看着我。尽管我不想给他添麻烦，但我来到这里，多半伤害到了他。如果我们之前的案件再被抖搂出来……

正在此时，阿文的房间传来微弱的门铃声。他回望了一眼屋里，然后又将目光移到我身上，似乎欲言又止，只说了句"回聊"便进了房间。我也回到屋里，把耳朵贴在和阿文共用的那堵墙上。隐约能听到女人的声音，一定是谷女士吧。我靠墙坐着，闭上双眼。

——为什么？

我回味着阿文吃惊的神情，看来他至少没有拒绝的意思。仅仅是确认了这一点，我就似乎变得无所不能，去哪里都没问题了。我听着隔壁传来的声音，希望阿文正在度过一段快乐的时光。

新添的伤在公司到底还是惹人注目的。我如今的每一天都过得热热闹闹的，这让我头大得很，之前那些低调的、安安静静度过的日子仿佛不曾存在过一般。

工作结束后，我在咖啡厅将昨天的情形原原本本地讲给安西，她回想起自己的过去，将亮君贬得一文不值。泄愤完，她有些抱歉地试探着问我，能不能让梨花再到我家住一周左右。

"我还没去过冲绳呢，这是头一回。"

安西男朋友的朋友在冲绳开了一家咖啡厅，男友约她去旅行，顺便去探探朋友的店。听说能住在前辈的老家，连旅馆的费用都省了。

"现在正好放暑假，带梨花一起去不好吗？"

"我是想带她去，但现在正是关键的时候。"

安西探过身子，一本正经地告诉我，她的男友有一位分居的太太，现在正按部就班地谈离婚。同时，男友和安西的关系则是一路绿灯，好像还和安西谈到了再婚的事。安西想要趁这次旅行，把婚姻大事搞定。

"所以拜托你了。我也想早点给梨花找个爸爸。"

我的脑海中浮现出她那个一头金发的男朋友。那个人或许能当安西的丈夫，但能当梨花的爸爸吗？一丝不安从心头掠过，可我还是答应下来。

"好吧。不过我刚搬家，家里还什么都没有呢。而且现在是暑假啊,早晚都好说,孩子的中午饭要怎么办?"

"这个完全不用你操心。梨花从小就习惯了一个人在家,我会给她带着零钱,到时候她自己去便利店之类的地方买点吃的就行了。"

"是吗?不过,到底怎么安排还是问一下梨花比较好。"

由于梨花是这个周末过来,我想着一定要在那之前配齐基本的家电,于是回家路上去商场里的电器店转了一圈,买了电视、冰箱、微波炉和烤面包机。

我尽量参考阿文以前的房间,配的电器都是白色或珍珠色的。存款数额眼见着变少,但我鼓励自己:没关系,总公司的面试就在下个月。

周末,梨花来了。安西的男朋友和以前一样戴着太阳镜,只管坐在出租车后座上朝我点点头。

"欢迎你来,这身连衣裙好可爱呀。"

今天的梨花梳着马尾辫,穿着一条粉色的连衣裙。

"是妈妈前段时间刚给我买的。更纱看起来好疼啊。"

我的脸上和半袖衫下的胳膊上还留着淡淡的瘀痕,只好骗她是自己不小心摔了一跤。梨花是第二次来了,我们已经了解了彼此的脾性,一起目送安西离开。

"这里和上次的那个家不一样。"梨花仔细环视了我的新居,转身对我说,"更纱,你的家什么都没有呢。"

我见她有些担心，于是笑了笑说：

"这些也是刚买来的呢。生活必需品都买全了，没关系的，死不了。"

"欸？你想寻死？"

"哎呀，都说了死不了嘛。"

梨花将信将疑地望着空荡荡的房间。

"亮君呢？"

"不在。"

"为什么？"

"分手了。"

"……你还好吗？"

她问话的样子更小心了，还奇妙地换上了类似大人的眼神。

"我很好呀。你怎么这么问？"

"妈妈和男朋友分手之后，总是哭个不停。"

梨花悒悒不乐地说完，又补充道："不过她现在可开心了。"接着她似乎有些愠怒，一屁股坐在地板上，粗暴地从书包里拿出衣服、游戏机等物品。我的手轻轻地放在她小小的脑袋上。

"梨花，等一会儿凉快了，我们一起去公园吧。"

"公园？"

"有个像森林一样大的公园，里面有池塘，还有天鹅船哦。"

"我要去！"

梨花的眼里有了神采。中午我们吃了牛油果培根意面，然后睡了一小会儿。我醒来时，梨花已经起床，静静地玩着游戏。安西说得没错，她是个不给人添麻烦的小孩。我有些难过地想。

下午，气温一直居高不下，但梨花似乎满心期待，我们便在买晚饭食材的路上，顺便去了森林公园。我还是变装出行的。

"更纱，那副太阳镜不适合你欸，嘴唇好像也涂得太红了。"

"是啊，但是没办法。"

尽管第一天就在阿文面前破了功，我还是要继续防备在出入公寓的时候遇到谷女士等人。梨花快活地走在闷热潮湿的街上。

"呜哇，这里真的像森林一样，好凉爽呀！"

进入公园，气温仿佛一下子就低了下来。梨花看见什么都觉得新鲜，兴冲冲地一个劲地往前走，停在池边栈桥的天鹅船触动了她的好奇心。

"更纱，我要坐这个！"

她的语气并非请求，而是坚定的宣告。

"更纱——你看你看，它在往前走，好棒呀！"

梨花卖力地蹬着脚下的踏板。二十分钟要六百日元，坐一次天鹅船的价格相当高，但我也是第一次坐，还蛮开心的。它和普通的船不同，带有顶棚，也很有趣。

"梨花，快打方向，要和其他船撞上啦。"

"欸？往哪边？应该往哪边转？"

说话间，天鹅仍在高速前进。

"不知道怎么办的时候，不要蹬就好啦。"

"对哦。"梨花停下脚上的功夫,我们才免于和前方那对优雅地享受午后时光的老夫妇的船相撞。老爷爷眯着眼,轻轻抬手,划过泛光的水面。

"差点发生事故。啊——好惨好惨。"

梨花粗鲁的讲话方式把我逗笑了。最近的我很爱笑。

"梨花,今晚你想吃什么?"

"唔,想吃肉。"

"汉堡或者炸鸡块吗?"

"铁板烧吧。我想吃烤肉或者香肠。"

"好啊,还可以烤很多蔬菜。"

可家里没有电热板。要买吗?梨花回去以后,电热板肯定就派不上用场了。但用平底锅来做铁板烧又没有吃烤肉的感觉。我若有所思地望向岸边,只见长椅上坐着一个身形修长的男人。

"梨花,稍微往那边过去一些。"我指指岸边。

"好——"梨花颇有气势地打起方向盘,结果船转了一圈,又回到了原地。

"慢慢把弯转过去就好。"我耐着性子,拿出培训学校教练的架势指导她。

"阿文——"

船开近后,我喊了一声。阿文放下手里的文库本,抬起头来,惊讶地环视四周。于是我大喊:"池塘、池塘!"他走了过来。

"什么'池塘',我还以为是河童呢。"

"是天鹅哟——"我开心地拉长了尾音。

"喂。"阿文有些无奈。也许是因为和梨花在一起,所以我也跟着孩子气起来,不由得有点不好意思。

"这是梨花,朋友的女儿,要在我家住一星期左右。"

梨花紧握着方向盘,向阿文问了声好。阿文只是微微颔首,说了句"回头见",便要转身离开。

"对了,阿文,你有电热板吗?"

他回过头。

"有的话我想借用一下。今晚想做铁板烧,但我家里没有工具。"

"好啊。回头你来取吧。"

阿文走后,梨花一脸神秘地凑了过来。

"欸欸欸,更纱,刚才那位大叔是你男朋友?"

我没想到会有人叫阿文"大叔",回答都慢了半拍。

"不是啦。"

"唔——真的吗?"

我不置可否。没有什么词语能直接形容阿文和我的关系。

"嗯,我在想,原来亮君是被比自己小的男人抢走了女朋友啊。妈妈以前说过,男人如果被比自己小的人绿了,会特别生气。"

我想象着安西母女间这超纲的对话,笑了起来。

"原来如此。不过阿文比亮君大五岁呢。"

"不是吧？！"

梨花睁大了眼睛。亮君二十九岁，阿文三十四岁，可看上去确实是亮君年纪更大。亮君长得并不老，是阿文异常地显年轻，几乎还是我遇见他时的十九岁的模样。但尽管如此，在小学生梨花的眼中，他竟然也成了大叔。我想着流逝的时光，思绪万千。

交还天鹅船后，我们去了超市。店员问我要买多少肉的时候，我有些迟疑。梨花望着我，仿佛有所察觉：

"要叫大叔来一起吃吗？"

"不知道他会不会来呢。"

我这样说着，还是买了三人份的肉。

今天是"calico"的固定休息日，希望阿文能来。

没想到阿文答应得很痛快，抱着电热板进了我的房间。

"你这屋子清爽到什么都没有啊。"他环视着我的房间说。

"因为我只带了随身物品过来。"

屋里称得上家具的东西只有一套小小的桌椅，勉强够一个人吃饭用。家电则是冰箱、微波炉、烤面包机和电视。没有床，直接在地板上铺被褥睡。

"但你这儿也太干净了吧。要在哪里吃饭呢？"

"在这儿。"我向他展示从超市买回来的野餐布，"在起居室铺上它，就有种野餐的感觉了，应该会很开心吧。"

我从袋子里取出餐布，铺给他看。梨花很快便跑过来，很给面子地赞叹:"哇,好像在野餐呀!"

"你看吧——"我得意地看着阿文。

"不愧是更纱啊。"阿文无奈地将电热板放在餐布上,"需要帮忙吗?"

"我把蔬菜切好就行了,你去歇着吧。"

我准备饭的时候,梨花玩游戏,阿文看新闻。不一会儿,梨花玩腻了游戏,对阿文说她也想看电视,阿文便将遥控器递给她,自己则看起手机来。没过多久,梨花又盯上了阿文手中的手机,似乎是想要博得他的关注。

"大叔,打开 YouTube(视频网站),我想看动画片。"

"手机画面这么小,在电视上看动画片不是更好吗?"

"电视现在不放嘛。"

于是,阿文摆弄手机,很快便听到了动画片的主题曲。我不禁想到,虽然阿文为人冷冰冰的,但只要对方有求于他,他基本都乐意帮忙。今晚共进晚餐的邀约也是如此。事到如今我才发现,阿文绝不讨厌和人相处。我为自己的后知后觉而感到汗颜。

"更纱,我想吃冰激凌——"

"只有香草口味的哦。"

"那就吃香草的。"

梨花走过来,从冰箱里取出棒冰,搞得我也想吃了。于是我暂时停下手头的动作,和她一起躺在起居室吃冰激凌。

"更纱,我肚子饿了啦!"

"等一会儿,吃完这个我就去准备。"

阿文听见我们的对话,默默走向厨房。

"阿文,我来弄,你不用管。"

"没关系的。反正我也没事可干。"

"大叔,加油——"

听到梨花这样说,我和她相视一笑。

"大叔很温柔呢。"

梨花讲悄悄话似的凑到我耳边来,吓了我一跳。

"是吗?"

面对我小心翼翼的询问,梨花用力点了点头。

我开心起来,列举了阿文的诸多优点:独自一人也会做营养均衡的饭菜,打扫卫生很认真,从不迟到,洗完的衣服会熨平再穿。梨花专心听着,不时地感叹一句"真棒"。十五年来,没有任何人愿意相信我说的这些话,如今却得以和他人一一确认,这简直令人难以置信。我真想一把将梨花抱进怀里。

最终,大部分的准备工作都由阿文完成。梨花只吃肉,我只吃蔬菜,阿文吃得很平均,我们和平共处,互不干涉。

"更纱和大叔真是有趣。"

吃饱了的梨花早已在地板上躺倒,吃起今天的第二个冰激凌。她的目光中带着一丝困意,不可思议地望着我和阿文。

"你们和妈妈还有学校的老师不一样,不会要求我饭后不能吃冰激凌,也不会要求我吃蔬菜、不能只吃肉,甚至还会和我一起吃冰激凌。"

"啊，对哦。得告诉你不能做这些才行。"

尽管安西告诉我不用管梨花，但我给她的自由也许太多了。

"但这很奇怪啊。妈妈偶尔做顿饭，却不停地要我多吃蔬菜。平时我都是在便利店买便当、方便面、面包之类的啊。我觉得她可真是够任性的。"

我笑了。孩子往往能冷眼看穿大人的矛盾。化掉的棒冰沿着木棒滑下来，把梨花的手弄得黏糊糊的。阿文一面帮她擦手，一面说：

"在奥运会上拿奖牌的人也说自己不吃蔬菜呢。现在也有相关的药剂，没必要非得以食物的形式摄取营养，只要能把营养送入体内就行了。"

"这么说的话，没必要遵守的规则可多了去了。我小时候也总是会想：为什么晚饭不能吃冰激凌呢？"

"想到答案了吗？"

"没。不过这已经不重要了，现在我随时都可以吃到冰激凌了。"

"长大以后，就可以不遵守规则了吗？"

梨花迫不及待地追问，我遗憾地摇摇头。

"长大以后，会有更多的规矩束缚着你。"

"但更纱随时都可以吃冰激凌了呀。"

"我为此放弃的东西太多了。"

亮君离开的背影在我的脑海中闪过。曾经的我被他束缚，同时也被他庇护。我放弃了这一切，来到孤绝的海岛上，放眼望去便是无边无际的荒海。在这里，我终于得到了独立生活的自由。烈烈的海风从四面八方吹乱我的头发，拍打着我的脸颊。

"仅仅是长大，就无法让你自由自在地吃冰激凌啦。"

梨花神色微妙地吐了一口气，然后转向阿文：

"大叔呢？大叔也是愿意在晚饭时吃冰激凌的人吗？"

"是啊。"阿文放下刚要递到嘴边的威士忌酒杯，"小时候是不能吃的，现在会吃。"

"为什么小时候不能吃？"

"因为妈妈的育儿书上写着，这样是不对的。"

我想起网上曝光的阿文的家庭。他的父亲开公司，母亲热心于教育，他还有一个优秀的哥哥。从文字信息来看，这是一户平凡的小康家庭，但想起十九岁时的阿文强迫症般地遵循着正确的生活方式，我的胸口就仿佛堵了一块冰凉的东西。

"育儿书是什么？"

"教父母正确教育小孩长大的规则之书。"

"那为什么现在又吃了？"

"因为我把规则扔了。"

阿文淡淡地回答。原来十五年前，阿文扔掉了规则，扔掉了他本可以安稳度过一生的未来。可是他得到了什么呢？阿文已经舍弃了一切，困扰他的性癖问题却仍旧在他心中挥之不去。

"更纱很奇怪,大叔也很奇怪呢。"

"是吗?"

"我叫你'大叔',你也不生气。"

"你今年多大?"

"八岁。"

"我八岁的时候,看三十四岁的男人也是大叔啊。"

"但亮君就不喜欢。是吧,更纱?"

"亮君还勉强算是二十几岁,所以会觉得别扭吧。"

"没什么区别嘛。"梨花毫不留情地判定,"唉,算了。我看大叔也挺可怜的,以后也叫你'文君'吧。"

"谢谢你可怜我哦。"

"嗯,不客气。文君,手机拿来,我要看动画片。"

在这段错乱的对话末尾,阿文将手机递给了梨花。梨花打开刚才没看完的动画片,看了不到五分钟便打起瞌睡。

我拿来毛巾被,给睡着的梨花盖上,摸了摸她的头发。屋里开着空调,可她的皮肤汗津津的,透着水汽。

"小孩子入睡真快。"

"你以前也是。"

阿文轻轻抽走梨花捏在手里的棒冰棍。

"阿文真温柔啊,以前和现在都是。"

他听了我的话,用一种看奇妙生物的眼神望着我。

"别人可说不出这样的话,我倒是经常得到相反的评价。"

"但有人拜托你帮忙,你总是无法拒绝。"

"其实我每次都想拒绝的。"

"是吗?"

"是啊。但我还是害怕一个人。"

竟是如此坦诚的回答。一个人过活轻松许多,但还是害怕一个人。神为何要将我们造成这样的生灵呢?

早饭准备好了,梨花却迟迟不从被窝里出来。暑假里睡懒觉再正常不过,所以我没有打搅她。我小声告诉她自己要去上班,她迷迷糊糊伸过来的手却很热,脸上不自然的潮红也让人放心不下。

"梨花,你是不是觉得难受?"

"……嗯,晕晕的。"

我急忙跑到便利店,买来体温计和清凉贴。梨花的体温接近三十八摄氏度,于是我给店里打电话请了假。

午后我又量了一次,温度不减反增。是感冒了吗?可千万别是其他的病。我搜索着附近有没有内科门诊,听见隔壁开窗的声音,走上阳台,只见阿文拿着一杯冰咖啡靠在栏杆上。

"早,阿文。这儿附近有好的内科门诊吗?"

"超市后面有一个,但我不知道好不好。你不舒服吗?"

"梨花发烧了,可能是感冒。也许是因为我让她吃了两个冰激凌?"

"小孩生病的话，最好去看儿科吧？"

"对哦。嗯，我查查。"

"去的时候叫上我。"

我谢过他，又钻回屋里。查来查去，附近只有一站地外的一家综合医院有儿科。我给梨花换好了衣服，但她浑身软绵绵的，只能让人抱去医院。我按下阿文房间的门铃，他立刻走出来，已经换好了出门的衣服，锁上门便走。

"你要跟我一起去吗？"

"嗯。"他说着朝我伸出双手。

"什么？"

"我想我比你力气大些。"

"谢谢。"我将梨花交给阿文。在出租车里，我不停地抚摩梨花瘦弱而瘫软的后背，安抚着她的情绪。医生说她是感冒，我们拿了药便回家了。我感谢阿文的帮助，而他微微沉吟道：

"明天怎么办？"

"欸？"

"你今天请假了吧？要是她明天还不退烧，你要怎么办？"

"那就……只好接着请假了。"

在目前的状况下，虽然继续请假很不合适，但也没有别的办法。

"白天由我来照看她吧，咖啡厅晚上才营业。"

"啊，太好了。但你也要休息的呀。"

"两三天的话没什么问题。"

"……更纱,文君,不好意思,给你们添麻烦了。"梨花躺在被子里,小声嘟囔道,"……我一个人也没关系的,已经习惯自己在家了。"

她虚弱的样子刺痛了我的心。梨花看上去是个不怯生、不缠人的孩子,可实际上并非如此,这孩子只是不愿意说出她的难过。

第二天早上,梨花还是没有退烧。

阿文来照看她时,带来一张小桌,放在梨花躺着的地方旁边,将自己以前用的旧手机横着架在桌上。

"更纱,把你的手机也给我。"

"干什么用?"

"下载监视软件。"

阿文敏捷地操纵着手机,用他那只架在小桌上的旧手机作为摄像头,接上我的手机,这样我就能随时看到梨花了。软件说明中提到,推荐养宠物的独居人士使用这款应用。

"现在这种方便的东西好多啊。"

可不知道为什么,我似乎没办法真正地开心起来。

"但有阿文在,不用特意准备摄像头的。"

"你会担心的吧,把一个小女孩交给我。"

我疑惑不解。

"你不担心我会对梨花做些什么吗?"

"欸，不担心啊。"我极自然地回答。

"为什么这么相信我？"阿文撇撇嘴。

"不是啦。这和信任无关，因为我知道事实啊。"

"事实是，我曾经拐走一个小女孩，警方怀疑我对她做了奇怪的事，将我逮捕。"阿文自嘲地笑笑，仿佛是在自我伤害。

"抱歉，是我的说话方式不好。我再说一次：事实和真相不同。这个世上的人认识的阿文，和我认识的阿文不同。阿文不会强迫对方做不喜欢的事，这就是我所了解的真相。"

说完，我删掉装好的软件，拔掉架在小桌上的手机的电源，将手机还给阿文。"这里不需要这些。"

"真的不需要吗？"

"不需要。你再这样我就生气了。"

其实我已经生气了，边说话边凶巴巴地瞪着阿文。

"……那我隔段时间发消息给你，告诉你她的状态。"

阿文低着头，像个被训斥了的孩子。

"对不起，我有点气过了头。"

"不，你没有。"他瘦长的脖颈轻轻晃了晃，"你是第一个跟我说这些的人。"

我的呼吸凝滞了。阿文那分不清是哭还是笑的神情里，泛出他至今以来品尝过的苦楚。我暗中命令自己稳住心神。

"我正要吃早饭呢，阿文也一起吃一点吧？"

我勉强地笑给他看，他也僵硬地拉起嘴角。

梨花在起居室睡着,我在旁边铺上餐布,摆上火腿蛋、沙拉和烤吐司。咖啡是阿文泡的。

"你现在还会吃'阿文式正确早餐'吗?"

听了我的话,阿文垂眼看了看火腿蛋上挤好的番茄酱,微微眯起眼睛。

"我现在上夜班,几乎不吃早饭了。"

"啊,这样哦。"

"不吃早饭,下午起床,也会吃外卖比萨,也会吃汉堡包,也会在大白天喝酒。喝多了就在'calico'打盹。"

谁能想象到,从前那个阿文如今过着这样随性的生活呢?

"你还养过宠物?"

"没有。为什么这么问?"

"刚才那个软件里写着,推荐饲养宠物的人使用。我喜欢动物,但没养过,所以也不知道还有那样的软件。"

"宠物就是我自己呀。"

"什么?"

"我在父母家被监视了好几年。不过他们用的是更像样的室内摄像头。"

我拿着吐司,整个人僵在原地。

"刑期结束后,我本来是要在民间的改造组织工作的,但父母求我别再去外面给他们丢脸,于是我就回了老家。院子里已经搭好了一间专门供我用的偏房。"

在偏房里被监视多年——光是想想，冷汗就出了一身。

"……但是，何苦要用上监视摄像头呢？"

"我妈是个端正的人，大概是怕我又做出什么出格的事来吧。"

端正到如此地步，和不端又有多少区别呢？阿文却说得云淡风轻的。

"你是第一个跟我说这些的人"——我想起他刚才的话。

原来他一直生活在无数的质疑中，就连最亲的亲人都要用摄像头来监视他。

"现在我自由了。"

他温和的笑容里，揉进了令人脊背发凉的孤独。

这十五年来，阿文究竟过的是什么日子？

我向店长说明情况，得到他的允许，可以将手机装在制服口袋里。每两小时便有一条消息发来，告诉我梨花的情况。阿文在这方面做得还是那么好。

傍晚回家时，梨花的体温已经降到三十七度八。热度给脸上带来的潮红还未退去，但她开心地告诉我，阿文给她做了鸡蛋米羹。我给她买了高级的冰激凌，她喜出望外，吃完又像开关断开般地睡了。

"阿文，谢谢你。不嫌弃的话在我这里吃晚饭吧。"

"嗯。"

"你有什么想吃的？"

"我不挑食。"

"我知道。"我从冰箱里拿出适量的食材。

做饭时,阿文离睡着的梨花稍远些,靠在墙边读文库本。他身边放着玻璃杯和威士忌酒瓶。尽管他之前说过自己大白天也会喝酒,但我没想到他是直接喝威士忌这种高度数的酒。

他纤瘦的体态几乎和年轻时没有变化,精致的侧脸也是。整个人宛如一株植物,大多数人身上会散发出的气息在他身上几乎感受不到。说起来,以前他家里那株瘦弱的白蜡树后来怎么样了呢?

"一股煳味。"

阿文忽然看向我这里。煮饭的锅里飘出一缕烟,我赶快关了火,慌慌张张地把饭勺伸进去翻看。

"上面的应该还能吃吧。"

不知什么时候阿文已经站在我身后,我难为情地回过身:

"平时我都不会搞砸的,都怪你。"

"可我不过是在那边读书而已。"

"嗯,你一直在读书,安静得很。"

"所以我应该跳舞吗?"

"说你是人,不如说更像植物,这种感觉太奇妙了。我总是担心你是否还在喘气,不知不觉就想去看看你。啊,对了——"

——那株白蜡树怎么样了?

这突兀的问题已经滚到我嘴边,我又将它咽了下去。记得阿文曾说，特意选了一株小的买回来。"calico"里也放着一株类似的小白蜡，枝干瘦弱，尚未成熟。也许它是只爱少女的阿文爱憎的化身，以前和现在都是如此……

"那个酒瓶子很可爱，所以看了半天。"

我转身看着阿文刚才坐过的地方，想把刚才说到一半的话搪塞过去。那边摆着优雅的玻璃杯和威士忌酒瓶，酒瓶上画着一条硬毛猎狐梗。

"这是淘气鬼[1]。"

阿文回身拿过酒瓶和酒杯，喝干杯中剩下的琥珀色液体，将酒瓶递给我。据说酒标上的猎狐梗是酒庄老板的狗。

"之前没听说过这个牌子，我只认识托利斯[2]和麦卡伦。"

"两种极端的酒呢。"

"托利斯是因为之前在便利店买过才认识的，麦卡伦是爸爸生前喜欢的酒。"

"我看你有威士忌酒杯，以为你是行家呢。"

阿文瞥了瞥那只倒扣在料理台上的老式巴卡拉酒杯。

"这是红酒杯哦。"

"是吗？"

阿文饶有兴致地拿过那只圆柱形的玻璃杯。

---

1 指"Scallywag Speyside Blended Malt Scotch Whisky"，淘气鬼斯佩塞威士忌。

2 指"Torys Whisky"，日本三得利旗下的威士忌酒类品牌。

"是'calico'楼下那家古玩店的老板送给我的。"

"阿方先生啊,他是那栋大楼的业主。"

"原来如此。他真是个优雅的人。我告诉他,爸爸生前喜欢用同样的杯子喝威士忌,他就把杯子送给了我,还说用不了多久店就要关了。他现在怎么样了?"

"住院了,他说过自己已经时日无多。"

我想起那位瘦小的老人身上飘出的药香,和爸爸去世前身上的味道一样。

"我的杯子也是阿方先生送的。他住院之前我去问候,他把它当作纪念送给了我。我问他是要纪念什么,他笑着说什么都行。"

"那你这只也是巴卡拉?"

我看着阿文的杯子。

"嗯。阿方先生偏爱老式巴卡拉。"

我们端详着这两只玻璃杯。它们形状差不多,但一只是红酒杯,一只是威士忌酒杯。相似却不同,不同却相似。正在逐渐走向死亡的老人转让给我们的这两只美丽而脆弱的玻璃杯,就像我们自身一样。

"要尝尝吗?"

阿文举起淘气鬼的酒瓶。

"爱喝麦卡伦的话,应该也会喜欢这一款吧。"

"是我爸爸喜欢喝麦卡伦啦。"

"你是他的女儿,说不定也会喜欢呢。可能你们对味道的感知差不多。"

他在两只玻璃杯中倒入威士忌,不加水也不加冰。直接透出琥珀色液体的玻璃杯迷人极了。我们没来由地干了个杯,任酒水流入喉咙。热流充斥着喉咙一路向下,令人舒畅。酒全部咽下去之后,口中仍有馥郁的香气。

"好喝。"

我直截了当地表达了自己的感受,阿文扬了扬嘴角。

"你们在喝什么?我也想喝——"

梨花晃晃悠悠地走过来,像是起来去厕所。她凑上来,伸手去够酒瓶:"小狗狗!好可爱——"

"更纱、文君,你们喝完之后我想要这个瓶子。"

"你要一个空瓶子做什么?"阿文问。

"摆在屋子里。"我和梨花同时回答。

小时候,我也喜欢酒标好看的酒瓶。我和梨花对着彼此点头:"因为好看。"阿文则一脸的莫名其妙。

"文君,我病好以后想去你家玩。"

梨花抬头看着阿文说。似乎在阿文照看她的这段时间里,她已经对他产生了依恋。

"不行。"

阿文少见地回绝了她。梨花失望地嘟着嘴巴,仰着头看了阿文一会儿,见他不再说话,便快快地去厕所了。上完厕所,她看也不看我们一眼便要回起居室,背影中的落寞叫人心疼。

"小梨花，我每天都会过来的。"阿文终于服了软。

梨花回过头说："你不用这么费心的。"

"不费心。和小梨花、更纱在一起，我很开心呀。"

"……那你想来就来吧。还有，叫我梨花就可以了。"

"欸？"

梨花的脸"唰"地背过去，钻进起居室铺的被褥里。她平时那么开朗，感冒后却很爱撒娇，大概这才是梨花真实的性格吧。

几天后，梨花就恢复了健康。但又出现了新的问题：从昨天开始，我就联系不上安西了。她原本计划今天下午回来，梨花已经将衣服、游戏机之类的都塞进书包了，安西却一直没有消息。等到傍晚，她终于发来一封邮件。

"抱歉，再麻烦你两三天！"

我回复她："没关系，但至少该给梨花打个电话。"她便没有反应了。难道是和男友在外面玩得乐不思蜀吗？

"妈妈没回来吗？"

梨花明明一直在起居室看电视，不知何时来到了我身边。

"她说有点事情，会耽搁两三天。"

梨花只是"唔"了一声，神色淡淡的，看不出她的情绪。

"梨花，我们去买东西吧，冰箱都空了。"

我变装完毕，和她一起出门。到达超市之前，路过森林公园，我问她要不要坐天鹅船，她摇摇头。看来这番让她打起精神的尝试起了反效果。我们在小卖部买了甜筒，边吃边溜达。梨花忽然伸手指着前面："文君。"

顺着她小小的指尖看去，阿文坐在长椅上。

"咦，梨花怎么还在？"

他直白的提问让梨花悒悒不乐。

"因为妈妈和男朋友黏在一起，没回来嘛。"

阿文偷偷和我交换了眼色，用目光询问我一切是否安好。我回以苦笑。

"文君，你今天不上班吗？我们一起吃饭吧。"

"今天我想一个人看书。"

"你读你的，我看我的动画片。"

"那'一个人'这一点，要怎么实现呢？"

"我们各干各的，一个人做想做的事，在同一间屋子里。"

听了梨花的话，阿文思考了一会儿，便站起身来："那就这么办吧！"

晚饭分别买了三个人想吃的东西。梨花是甜甜圈、炸鸡块和草莓牛奶，我是荞麦面和炸薯条，阿文是寿司和乳酪。我们到车站前面的DVD店租了梨花想看的动画片。家里还没有办宽带，所以看不了视频。方便的生活在手续上总是很烦琐。

梨花挑选动画片的时候，我和阿文无所事事地在店里转悠。走着走着我停下来，从架子上抽出一部片子：《真实罗曼史》。

"还记得我们一起看过这个吗？"

"嗯。最近我才知道，它还有另一个结局。"

"另一个结局？"

"最后的地方不一样。听说两个人都死掉了。"

影片导演喜欢团圆设定，编剧则想以悲剧收尾。两人互不相让，就拍了两种结局，但最后公开发表的是导演力推的团圆版。传说中的悲剧版，后来好像被收入加长版的影片特典。

"根本没听说过呢。阿文看了？"

"没看。托尼·斯科特的版本已经很好了。"

"虽然我觉得死亡结局才是塔伦蒂诺的风格，但我还是喜欢原本的结局。"

说着说着，我不禁想起爸爸妈妈。他们都很喜欢这部电影，虽然各自欣赏的地方不同，但两人都喜欢这个结局。阿文问我是否要租回家看，我摇摇头，回答他自己没法当着梨花看这样的电影。

"更纱变成一个有良知的大人了啊，在某些方面。"

"'在某些方面'这半句有必要加吗？"

"你第一次看这部电影是什么时候？"

"八岁吧。"

他一副老神在在的样子。不过，我可是在父母的眼皮子底下看的，就算不妥也不是我的责任。如此想来，不仅妈妈神经大条，爸爸也一样。

我将食物摆在餐布上，最中间放的是堆成小山的薯条。蘸酱是蜂蜜芥末酱和蒜泥蛋黄酱，梨花开心地说道："好像在吃麦当劳啊！"

"好吃。"

阿文嚼着薯条，一脸怀念地喃喃道。梨花早已铺好被子，将DVD装进笔记本电脑里，做足了看动画片的准备。眼下她躺在铺好的被褥上，一边吃薯条一边看起动画片来。阿文说她是"更纱二号"。

"更纱家真好呀。"梨花说。

"有更纱，有文君，饭还好吃。我真想一直住在这儿。"

"你这样说，妈妈可是会生气的哦。"

几秒钟的沉默过后，梨花的声音响起。

"如果没有我，妈妈说不定更开心。"她若无其事地说道，"和我相比，妈妈更喜欢她的男朋友。"

语气太过平淡，反而能一下子听出其中的刻意。

"妈妈是喜欢你的。"我小心谨慎地提醒她。

"真的吗？男朋友一来，妈妈就让我到外面去玩。不过，好处是会给我零花钱，我可以在便利店买想买的东西。"

梨花闪着油光的手指放在笔记本电脑的鼠标垫上。

"我有很多地方可去，朋友家、公园什么的。但是……晚上和冬天就有点不喜欢了。"

梨花着迷地看着动画片里的美少女战士变身，边看边说的样子仿佛满不在乎。今年的冬天还没到，想来她指的是去年。那时的她才七岁……

"我想一直待在这里。"

梨花来回看了好几次那段变身的情节，侧脸上神色淡漠。

——神啊，我不想再回那个家了。

悲伤会变旧，却绝不会褪色。我又回忆起那种感受，凉意逐渐传遍周身。阿文握住我的手，轻轻地，但已给了我足够的力量，让我将另一只手伸向梨花。碰到她那头微微毛糙的头发，我感到她单薄的肩膀在颤抖。

"可是啊，妈妈每次都……很温柔的。"

"嗯，是啊。"

我摸着梨花的头发，她忽然将脸埋在被子里，一动不动。我靠过去，从背后抱住默默哭泣的她。而这一刻，阿文用力抓着我的手。

我们不是亲子，不是夫妻，不是恋人，也不是普通意义上的朋友。我们之间的牵绊难以用语言形容，也得不到任何维系。分明是两个不同的个体，牵绊却让我们感到异常亲近。

这样的关系该怎样定义？我不知道。

有两个上晚班的孩子都打电话来，希望调班。店长逐一联系其他员工，快到晚上七点的时候，终于来了一个替班的孩子。

我提前给阿文发了消息，告诉他自己会晚回来。不过阿文也要去"calico"当班。我急急忙忙将钥匙插进公寓大门，忽然被人从身后抓住了胳膊。

"喂！"

我吃惊地转过身，还以为是亮君，站在眼前的却是谷女士。我像个白痴般地微微张开嘴。

"你怎么会来这里？"

平时我总是戴着帽子和太阳镜，今天太着急就忘记了。

"你怎么会有这里的钥匙？"

正不知该如何应付眼前的场面时，谷女士深吸了一口气：

"真拿你没办法，我们谈谈吧。"

说完，她轻轻拉过我的胳膊，没有显得情绪高涨，而是平静地朝前走去。我心里一面焦急，一面佩服她竟能如此冷静——发现跟踪狂出入男友所在的公寓，竟既不胆怯，也不激动。

我微微低着头，配合着她的步调。我以为她会带我去某个咖啡厅，走着走着，她手上冷不丁一使力，抬头一看，我的一只脚已经踏进警察局的大门。

"不好意思。我是来举报跟踪狂的。"

一位坐着的警官听到谷女士的话，抬起头来。

"哦，好的。被跟踪的人是你吗？还是你的朋友？"

警官向我和谷女士投来同样的目光，接着"啊"了一声，多看了我一眼。

"你是上次那位……对吧？"

"是的。上次多谢您的帮助。"

前些天我和亮君在公寓楼下起争执的时候，赶来处理纠纷的正是这位警官。

"被跟踪的是我的朋友，跟踪狂是她。"

谷女士将话题转移回来。警官怔了怔，我也终于意识到自己的处境不妙，自己这是进局子了。警官有些困惑地望着我：

"你跟踪这位女士的朋友了吗？"

"不，我、我没有……"

我一时语塞，不知如何向他解释。见此情景，他便要我们坐下来说话。谷女士取出名片，上面印着记者的头衔。她似乎是自由职业者，熟悉一般的案件流程，也许正因如此，她处理问题才如此干净利落。

"唔，那我做一份新的资料，和上次的区别开来。这位是谷步美女士，这位是家内更纱女士。二位可以将事情说得再明白一些吗？"

谷女士主动向警官说明了情况：她的朋友开了一家店，我作为客人到店里去，对店主萌生了浓烈的爱意，以至于跟踪店主，在他家周围徘徊。从她的角度来看，这已算是克制而客观，只截取事实的说明。

对此，我无话可说。尽管阿文不可能认为我是跟踪狂，但谷女士不知道我和阿文之前的事，我很难向她解释清楚我们的关系。既然阿文不曾向谷女士讲明自己的过去，我就也无法言明。

"她刚才说的你认同吗？"

听到警官的发问，我只得点头称是。

我正渐渐成为一个罪犯。

"情况我明白了。但受害申报必须由受害者本人提出，或得到本人的同意才能申请。"

"我知道。"谷女士说着望向我，"不过，你知道自己可能会被抓起来，还是会害怕的吧？"

她审视着我。啊，原来如此，这个人是想用迅速、合理而正当的方式将我一军——再这样下去，我就会成为真正的罪犯。

"……非常抱歉。"

我深深地垂下头。在她面前，我不过是一个愚蠢的孩子。

"但我很好奇，你怎么会有那间公寓的钥匙呢？"

"啊，那是因为……我现在住在那里。"

谷女士愣住了。

"住在那里？欸，等等。难不成是我误会了吗？"

她的脸上浮起一丝焦灼的神色。

"你之前就住在那间公寓吗？"

"不，前几天才搬来的。"

"难道是追着阿南搬来的？"

谷女士沉下脸来，转身对警官说：

"情况有变。我现在就给朋友打电话，让他提出受害申报。"

谷女士立马掏出手机。

"喂，阿南，是我。"

她在生不如死的我身旁,迅速讲明了当下的状况。

"……呃,你说你知道?"

谷女士皱起眉头。阿文会怎么向她解释我的存在呢?她的神情越发复杂,我恨不得立刻从这里夺门而出。

"……我知道了。我会向她道歉的。"

谷女士安静地挂断电话,向我深深弯下身子。

"阿南说他知道你搬到他隔壁的事,并不觉得不妥。是我误会了。一下子把你拽到警察局来,真是非常抱歉。"

我不知该做何反应。警官打着哈哈,充当起和事佬的角色。

"哎呀,算啦,你们都是年轻人,先三个人坐在一起——哦,加上上次那个男的就是四个人了。总之,你们好好聊一聊吧。"

他大概是把亮君也算进来了,以为我们是绕在复杂的恋爱关系里了。

我和谷女士一起走在车站附近的繁华街区中,终于到了黑夜与白昼交替的时候,街上的店面和人都是没精打采的模样。

"做了这么莽撞的事,真是太失礼了。"

她再次向我道歉。唯一可以确认的是,这个人并不坏,可我无权向她袒露心扉。沉默中,谷女士轻轻叹了一口气。

"我和阿南,大概是走不下去了吧。"那叹息微弱,仿佛吹熄烛火的力道。"前阵子开始,我们见面的次数就减少了,我的工作也很忙……不过这些都是找借口罢了。你有没有从阿南那里听说过关于我的什么话?"

她话说到一半,语气忽然又果决起来,或许是不想对我袒露自己的软弱。我回答没有。

"我和阿南,是在心理科认识的。"

"是吗?"我低头应道。她却问我是不是听说过这件事。

"你是不是在意我的感受,才假装不知道的?"

"我没有。"我和阿文之间,有太多没法跟别人说清楚的事了。

"你听说过我当时在看心理医生了?"

"没有。阿文不会轻易泄露别人的秘密的。"

在这一点上,我回答得很肯定。

"这个不用你说,我也是知道的。"

果然又被摆了一道。既然如此,最开始就不要问我啊。不过恐怕她也和我想的一样吧。"抱歉。"我自嘲地嘟囔着。

"你叫他'阿文'啊。"

"啊,不是……"

"你好厉害啊,他竟然都不会生气。"谷女士没有给我辩白的机会,兀自开启了另一个话题,"我啊,因为生病,切了半边乳房。"

她的话犹如突然捅进我身体的一把匕首,单薄、锋利,闪着光。

"在那之前,我一直以为自己是个坚强的人,但其实不是。每次换衣服、洗澡,我都竭尽全力不让自己往刀口那里看。我讨厌这样的自己,便去看心理医生。阿南是个安静而理性的人,当时我完全猜不出他为什么要去医院。

"现在也不知道。"她补充道。

"我们交往了很长一段时间，可我对他还是一无所知。他愿意倾听我的心事，却从不坦白自己的烦恼。有几次像是要说了，到最后还是选择闭口不谈。每次我都觉得自己毫无价值。"

"你——"谷女士看着我，"和阿南睡过吗？"

我浑身一僵。

"我们一次都没有过呢。"

那把捅进身体的匕首，仿佛在身体里骨碌碌地搅动起来。

"我主动过，但他委婉地拒绝了。我以为他是不想看到我的刀口，便说穿着衣服做也可以。他反复说的就是一句话：'不是这个原因，只是做不了。'我没有女人的价值。唉，你不要安慰我哦。"

谷女士轻轻摊开掌心，像是在示意我无须回应。

但我还是想告诉她：不是的，不是你身体的原因，而是阿文对成年女性没有欲望。谷女士说着这些，却一点也没有放缓步速。看来她已习惯于将情绪和身体割裂开来。

"是我先喜欢他的。阿南看上去很冷淡，没想到是个不会拒绝的人。当时我还很虚弱，能够被他接受就已经很安心了。但现在我发现，那其实不是接受，也许阿南只是太寂寞了。"

"你和我不是一类人呢。"她悄然向我投来一瞥，"看上去柔柔弱弱的，其实内心很强大。"

真正坚强的人是你才对啊——我这样想着，却看到谷女士望着我的目光深处闪动着不安。也许这个人是用齐下巴的短发和将自己裹得严严实实的深蓝色外套建起多重防线,拼命让自己显得坚强罢了。

"我会和阿南好好谈一次的,谈话的内容和你无关。不过我明天要出差,可能会晚些时候才谈。那我先走了。今天很抱歉,谢谢你。"

谷女士穿过车站的闸机口,背挺得笔直,望着让人有些心痛。面对挑逗自己恋人的女人,她始终保持着公正的态度。

我目送谷女士离开,包里的手机响了。

"梨花在'calico'。"

我回归到现实中来。阿文的上班时间早已过了,我久违地赶往"calico"。打开沉重的木门,眼前是一片昏暗而安静的空间。

"更纱,你回来啦!"梨花坐在沙发上向我招手。

"对不起,梨花,我回来晚啦。"

"没关系。你是因为工作嘛。"

"嗯,怎么也脱不开身。你晚饭吃了什么?"

"文君给我做的。照烧鱼、豆腐味噌汤和拌菠菜。"

一顿正统的晚餐。梨花腿上放着阿文的平板电脑,正在放她喜欢的动画片。阿文把每件事都做得滴水不漏。

"阿文,不好意思,我回来晚了。"

我走到厨房,阿文边磨豆子边抬起头。

"刚才一直和谷女士在警察局。要是没有你帮我说话,麻烦就大了。"

"她怎么样？"

听他担忧地问起，我才反应过来。

"……大概很受伤吧。对不起，我忘记变装了。"

"是她和我之间有事没说清楚，更纱不用介意。"

有客人进店，我便和梨花一起回了家。路上遇见上完补习班的小学生在便利店前面吃夹心冰棒，我们看得眼馋，也去买了两根。梨花问我话的时候，手里的冰棒化了几滴。

"更纱和文君其实就是在谈恋爱吧？"

"没有啦。我之前不是说过没有吗？"

"你们在一起多好呀，我觉得文君是喜欢你的。"

"我也很喜欢阿文啊。"

"不是你说的那种喜欢，是更切实的那种。"

"切实是什么意思？"

"就像是，保持自我所不能缺少的东西。"

"多棒呀——"梨花睁大了眼睛，"都可以直接结婚了。"

"是吗？"我淡然地舔着夹心冰棒答道。即使我们再怎么无比真切地需要彼此，我也不想和阿文接吻，更不会想要和他同房。我只是想和他待在一起。没有什么词语能形容我的这种感受。

人与人只要在一起，就有许多看不见的规则。而我和阿文从认识的那一刻起，就跳脱了这些规则的束缚。偌大的世界却没有一个容身之处，这样的感觉让人疲惫不堪。我舔着冰棒，抬头看天。

"好想去远方啊。"

铝片似的月亮挂在澄澈的夜空中。

"什么样的远方?"

"没有人的地方,没有常识和规则的地方。"

"无人岛?"

"不错啊,无人岛,太棒了。"

"但是无人岛上不卖冰激凌呀。"

"岛上有小船,可以坐船去买东西,没问题的。"

"还没买回去就化了。"

"在船上吃掉不就行了。"

"岛上能看动画片吗?"

"能呀。虽然没有人,但有无线网。"

所以也能看《真实罗曼史》。多么方便的无人岛!如果真有这样的岛就好了,一个只有阿文和我的梦之岛。但世上不存在这样的岛。

安西说的"两三天"早已过去了,她却还未回来。我给她打了好几次电话都打不通,发消息她也装作没看到。我去上班前,阿文来看梨花,但梨花不肯从被子里出来。

"她昨天好像一直在哭。"

"中午我给她做蛋包饭吧,用番茄酱写上她的名字。"

"谢谢。希望她能打起精神来。"

"你的朋友有消息了吗？"

见我摇头，阿文只说了句"好吧"。

换作别人，肯定会说许多话吧——她怎么这么放心把孩子交给别人？你之前没有察觉到什么征兆吗？今后要怎么办？要不要赶快报警？他特意不提这些不必问出口也能想到的问题，我反而心怀感激。

那天下午，总公司的人来了，我被叫到员工室。我以为一定是为了正式员工录用的事，他们却说有些情况想要了解，给了我一份周刊。

《尚未结束的家内更纱诱拐案》。

看到标题的一瞬间，我从头到脚都变得僵硬了。

那是一份小有名气的杂志，登的都是些小道消息。新闻媒体并不允许实名报道少年犯罪，但还是有人打着言论自由的幌子，置人权于不顾。

"是总公司的人昨天发现的。"

从总公司来的年长男子露出为难的神色，仿佛不知该怎么开场。这期杂志是上周发行的，单黑印刷的报道占据了四页篇幅，内容大概是说十五年前那起有关我的诱拐案还在继续，并配有黑白照片。

照片中我和阿文正隔着公寓的阳台聊天。虽然画质粗糙，还遮住了眼睛，但认识我们的人应该看得出来。

报道讨论了从前那起诱拐案中加害者与受害者的关系,称受害女童无法摆脱加害少年的洗脑,如今仍然和加害少年住在同一座公寓。接着文章搬出年幼的紫之上与光源氏的初遇,将我与阿文的故事比作丑恶的现代版《源氏物语》。"她如今的行为毫无疑问是斯德哥尔摩综合征的体现,迫切需要外界的帮助"——文章结尾这样写道。

"公司员工的隐私我们不予置评。但第二张照片里出现了你上班的地方和公司的招牌,公司关注的是这一点。"

总公司的男人指着照片上的某处。虽然模糊,但那个全国连锁的家庭餐厅的标识谁都能认得出来。店长惶惶地探过身子来。

"我、我说,家内小姐,如果这报道是一派胡言,我觉得你应该抗议。反复伤害有痛苦回忆的人,这可是没法原谅的啊。"

我无话可说。事实和真相的距离,像月亮和地球之间的距离那样遥远。这段距离无法用语言来弥补,我只能沉默着垂下头来。

"给您添麻烦了。"

道歉时,我的脑子里一片混乱。

我究竟做错了什么?我应当向谁道歉?又是为了什么道歉?

"也就是说,这份报道的内容是真的喽?"

"我们确实是邻居。但我不是什么斯德哥尔摩综合征,那个人也不是大家想象中的那种罪犯。"

"是啊,他已经为犯罪付出代价了。"

"不是的。"

别再说了——我听见另一个自己的声音——就是说了别人也不会理解，还会觉得你很愚蠢。

"他是个很温柔的人，从来就没有犯过罪。"

总公司的男人当场怔住，继而嫌恶地皱起眉头。店长也是一脸震惊。啊，我搞砸了，办了件蠢事。原本用不着多说，拼命低头求饶就行了，我却怎么也无法那样做。

我和阿文，没有做错任何事。

我们只是相互陪伴，仅此而已，凭什么就要被指责呢？

已经过去了十五年，我们凭什么还要接受这些指责？

我好希望有人能理解这份痛苦。

求求你们。拜托你们了。

"我明白了。"总公司的男人轻叹了一口气，"我们并不是想要怎么样，只是以防万一，了解一下情况是否属实。照片画质粗糙，还遮住了你的眼睛。这种周刊上的小报道，人们估计很快就会忘记。眼下只要不刻意做出很大反应，应该没什么问题。"

男人说着话，却再也不愿与我对视。

回家的电车里，我用手机访问之前那个网站。果然又有更新，网站转载了周刊上的那张照片，但似乎没在网上引发什么讨论。

去超市购物时，我顺便取了钱，看到存款减少的速度比预想的快很多，心里一凉。我不后悔自己说的话，但刚才那件事之后，自己应该是无法转成正式员工了——看来要考虑再找一份晚上的工作了。

打开门,阿文在家里。"给更纱也看看嘛——"阿文耐不住梨花的撒娇,将手机递给我。屏幕中的照片上,是一份用番茄酱写着"RIKA"[1]字样的蛋包饭,和一杯拉花是小熊图案的卡布奇诺。梨花说,这些都是阿文给她做的。

"好厉害,你竟然有这么厉害的技能!我还以为你只做正统的咖啡呢。"

"以前在老家的时候,为了打发时间,什么都学过。"

他在带摄像头的偏房里,待了很多年。

"跟朋友联系上了吗?"

他压低了声音问我,以免被梨花听到。

"没。回来的路上打了电话,但还是接不通。"

"好吧。有什么需要帮忙的地方就尽管说。"

"谢谢。不过你已经帮了我很多了。"

我打开冰箱,将买回来的食材装进去。我没有告诉阿文周刊的事。反正迟早会被大家遗忘的事,没必要特意说出来给他添堵。

早上起来,梨花的体温就一直偏高。不是像上次那样发高烧,大概是因为妈妈一直没有回来,想到自己的未来,她有很大压力吧。

"我回来的时候给你买点好吃的吧。想吃什么?"

---

1 日语中,"梨花"的发音为"rika"。

"不用，没关系。谢谢你，更纱。"

我看着梨花勉为其难的笑容，不由得悲从中来。梨花也不能一直住在这里，如果安西总是不回来，我只能联系警方帮忙处理。我曾经在福利机构中住过一段时间，大概了解相关流程。正因为了解，我才不希望事情走到那一步。

"一会儿阿文就来了，中午的时候我给你打个电话。"

梨花点头。我给她梳好头发，便去上班了。

走进更衣室，周遭嘈杂的声音立刻像潮水退去般中止。换衣服的时候，平光等人偷偷看我，似乎有什么话要说，但谁也不肯开口。

准备去大堂的时候，店长叫住了我。不知道这次又要干吗——我这样想着，竟也有了点豁出去的意思，走进员工室。从这段时间的状态来看，肯定不是什么好事。即使如此，店长拿给我看的那份当日发行的周刊，还是令我愕然。

上周之后，杂志又刊发了标有"第二弹"字样的报道，不仅增加了篇幅，还刊登了梨花和阿文的照片。是他们在住宅街区的背影，两个人并肩走着，正要走进"calico"。还有一张我和梨花吃冰激凌的照片。从穿的衣服判断，是在和谷女士发生纠纷的那天拍的。

这次的照片仍然遮住了人物眼睛的部分，但登出了阿文的真实姓名。文章的主要内容是"N先生"的采访。"N先生"自称曾在受害女童(也就是我)成年后与之交往。"N"——中濑亮[1]。

"刚认识的时候,我就感觉她身上有种不稳定的东西。直到今天,她依然无法接受曾发生在自己身上的那件事,所以还曾美化过佐伯的形象。她说是她主动接近佐伯的,给我的感觉是,她那时被佐伯吸引了。"

"照片中的小女孩,是她的孩子吗?"记者向"N先生"提问。

"不,是她朋友的孩子。其实这正是我最担心的事。这张照片说明她让这个小女孩和佐伯见面了嘛,我担心她是不是将这孩子作为长大后的自己的替代品了。如果是这样的话,那必须赶快做些什么……"

"您是担心发生第二起'家内更纱案'吗?"

"N先生"缄默不言。采访到此结束。

我一句话也说不出来,想起十五年前那种失望透顶的滋味,仿佛被人用力将嘴巴撬开,塞进大把干燥的沙砾。沙砾发出嘎吱嘎吱的难听声响,将鲜活水灵的东西从我身上吞噬殆尽。这种情绪又要卷土重来了。

"总公司今天一早就联系我了。"

店长说话时低垂着眼睛。昨天傍晚,总公司收到一封邮件,里面附有报道内容的电子版。邮件中提到,下周发行的周刊计划

---

[1] 日语中,"中濑"的发音为"nakase"。

刊登第三篇系列报道，希望通过公司采访我。总公司答复说这涉及员工的个人隐私，请对方直接联系员工本人。

也就是向对方表明，此事与公司无关。

"公司说，接下来你可能会变忙，心理负担也会加重。出于对员工的照顾，唔……如果你愿意休假……"

"我明白了。"我回答。这实际上就是开除通告了。

"感谢您时时处处为我着想。"

我努力不让自己的话听起来像是挖苦。虽然到了眼下这种地步，但我还是很感谢店长。离开员工室之前，店长忽然叫住我：

"如果现在能跟总公司的人解释清楚，还来得及。"

"解释什么？"

"告诉他们周刊杂志的报道是假的，告诉他们你和犯人没有任何关系。"

"我做不到。这样反而不诚实。"

店长凝视着我，脸上写满了难堪。

"你以前受的伤有多深，我这样的人终归是没法体会的。不过，这世上一定有珍惜你的人存在。拜托了，也听听这些人的声音吧，眼界放得开阔一些，这样一来，你的想法也许就会改变。"

拼命组织语言的店长和我之间，逐渐拉开一道难以填补的鸿沟。而我只能默默望着那鸿沟。店长是个温柔的人，如此温柔的人依然无法和我相互理解，意识到这一点，我更加绝望。我们仿佛被上涨的潮水推挤着，安静地渐行渐远。

我将放在储物柜里的物品全都塞进包里,离开公司。太阳烤得我眼睛生疼。走在上午的街道上的,都是些有明确目的地的人。无业的我慢悠悠地朝车站走去。八月末的天气里,稍微走一走就浑身是汗。天空湛蓝如洗。如果现在突然地动山摇、世界毁灭该有多好,又或者,能让我逃到无人小岛上也好。

我边走边给亮君打电话。尽管是工作日的上午,他还是很快便接起来,像是料定我会打给他似的。

"抱歉在工作的时候打搅你,我是更纱。"

"啊,好久不见。我还以为你不想和我扯上关系了呢。"

他的语气很平稳。

"周刊的事,我想和你谈谈。"

"不好意思,今天从早上起来就头疼,打电话很难受。要谈就来我家谈吧。"

"你没去上班吗?"

"头疼请假了。你要是不方便就算了,晚上我还约了记者见面。"

"记者?"

"采访啊。上次的报道,记者说可能会做成连载。"

我眼前的景象仿佛歪斜了。

"我现在过去,行吗?"

"请便。"

电话挂断了。我拿着手机,在原地站了一会儿。和亮君两个人单独相处令我恐惧。我晃晃悠悠地走进车站前的百元店，拿起一把小水果刀，终于醒过神来——自己这是要做什么呢？

上网看了一眼，网站又有更新了。是谁更新的呢？是亮君吗？还是读了周刊的报道后回忆起那起案件的人？我打开餐饮点评网，"calico"有了一条新点评，内容短小，却让人寒毛直竖：

"这家店的老板，难道就是那起案件的罪犯？"

按门铃的时候，我很紧张。亮君走出来，说了声"请"，招呼我进去。"打搅了。"我说。他则是一副满不在乎的表情。我们在餐厅的桌前对坐。屋里没有什么变化，我却觉得一切都死气沉沉的。

"那次之后，你有没有伤到头或者其他什么地方？"

向我发问的亮君也如木偶一般没有生气。

"没什么，就是肿了个包。"

"头上的伤可能没那么快显现出来，还是要小心。"

见我不知该回答什么好，亮君心虚地笑道："我貌似没立场说这些。"我开始觉得有些异样，眼前的场面和暴风雨之前的宁静不同，我还是第一次见到这样没精打采的亮君。

"要不要喝点什么？"

"啊，不用了。"

"是吗？"

谈话明明还没开始，亮君就长叹一口气，好像已经筋疲力尽了。

"周刊的采访,你能不能不要再配合他们了?"

我开门见山地提出请求。

"做不做是我的自由吧?"

"可我被开除了啊。"

"真可怜。加油找工作吧。"

他的话和表情中没有任何情感。

"那找到新工作之后,你还会再给我捣乱吗?"

亮君的眉毛挑了一下。

"你会把对自己不好的事,都归为'捣乱'吗?"

"那倒不是。"

"我讲述自己的感受,有什么不对呢?难道无论我想做什么,都要先想想那件事对你来说是好的还是不好的吗?你被公司开除,那是你跟公司之间的事。我可没跟你的公司说过半句让他们开除你的话。"

亮君讲话时思路十分顺畅,但他的目光从没放在我身上,而是望着积了一层薄灰的桌子。那不像是我们之间的对话,更像是他在自言自语。

"你不是也活得很自由吗?取消了和我的婚事,一句话也没有就离家出走,和佐伯文住在一起。我不接受都不行——每个人活在世上都有自由的权利嘛。所以我也可以自由地过活,你也要接受啊。每个人都自由地活着,但为了尊重彼此的自由,还是要相互忍让。虽然有些矛盾，但不就是这么回事嘛。自己享受着自由，却觉得伤害自己的行为就是'捣乱'，就要制止对方。如果这样的道理行得通，那你的行为就是单纯的自私罢了。"

我无言以对。亮君的行为究竟是捣乱，还是可以用自由去解释？我难以辨别。用主观情感来判断的话，他的这些话都是歪理邪说。可那又怎么样呢？我有权利谴责他，却没有权利束缚他。

"……你说得对。"

也许到了这个瞬间，我才认识到自己和亮君真的结束了。我们之间，连暴力或语言都不存在了，已经一干二净、空空如也。

"我懂了，不好意思这么冒失地跑过来。我回去了。"

亮君没有送我出门。我打开大门，阳光从外面的走廊上照进来，直接照进我的眼睛，格外刺眼。走下楼梯的时候，身后传来奔跑的脚步声。

"更纱，等一下！"

"亮君？"

"是我不好，我道歉，求你回来吧！"

我的手腕被他抓住，身体失去平衡，我慌忙抓住楼梯扶手。

"刚才我说的都不算数。如果你不愿意，我不会再接受采访了。所以——"

"等等，亮君，你冷静一下！"

"就算你不愿意再回到我身边也好，至少我们也可以做朋友吧。"

我怔了怔。

"能经常发发消息、偶尔见面喝个茶的那种朋友。"

"那是不可能的。"

"你已经这么讨厌我了吗？连见我都不愿意了吗？"

"不是的。只不过我们再做那些事也没有意义。"

"意义？"

"就算再见面，也什么都不会发生。我不会喜欢上你，也不会讨厌你，不会有任何事发生改变。"

话刚说出口，我便后悔了。眼看着亮君的脸上失去了血色。我还是第一次看到人的脸色转瞬就变得苍白。与之相反，他手上的力气却越来越大。

"亮君，好疼。"

我本能地甩手，亮君一下子就失去了平衡。

"啊——"

吐出一个音节的工夫，亮君便擦着我的肩膀摔了下去。身后传来一声钝响，我回过头，只见他倒在楼梯间的平台上。

"……亮君？"

我冲过去，战战兢兢地碰触他的肩膀。他闭着眼，一动不动，脑后缓缓涌出红色的液体。我颤抖着，用手机拨通急救电话。

救护车的警报声引出了邻居们。急救队员将亮君抬到担架上，叫我不要碰他、不要摇晃他的身体。我跟着他们一起上了救护车。

救护车开往医院的路上，亮君醒了。急救队员问他叫什么，他小声报上自己的姓名。意识还清醒,太好了。

"亮君,你感觉怎么样?"

我一凑上去,亮君便绷紧了脸,似乎想抬起手。急救队员请他安静,告诉他医院马上就要到了,他却执拗地抬手指着我:

"是这个人,把我推下去的。"

我生平第一次进了审讯室。

亮君在医院救治的时候,警官找到了在手术室外等候的我。可能是院方报的警。警官问我是不是推了亮君,我只能回答是。我被问了许多问题。警方比电视剧里演的要有耐心,但还是让人不安到喘不过气来。

阿文也曾遭遇过这些,我想。但那时的他更加年轻,罪行更重,遭遇的审问一定也更有压迫感。我一面任由警官审问事情经过,一面想着梨花。询问时间,得知已经过了中午。

"请问,能否让我给家里打个电话?孩子发烧了。"

"你有小孩吗?"

"不是我的孩子。"

说话间,又有其他警官进来,递给坐在我对面的那位年长的警官一份资料。年长的警官读着资料,拧起眉头来。

"家内女士,不久之前,您的邻居也曾因您和中濑先生的纠纷报过警,对吗?"

"啊,对,是的。"

对啊，刚才应该先告诉警方这一点的。

"当时，您是被中濑先生打了。"

"是的。我下班回来，他在我公寓门口等着。"

"唔——既然之前有过纠葛，那这次可以当作正当防卫吧。"

主动伤害对方的嫌疑似乎已被警方排除，我松了口气。

"但紧接着又有一位女性告知警方，你在跟踪一位她熟悉的男性。这和今天的事有什么关系吗？"

"没有，那位男性否认了这个说法。"

"嗯，资料上的确是这么写的。"

既然写了，为什么还要问？我心里涌上一丝不悦。

"方便告诉我那位男性的名字吗？"

"欸？他和这次的事又没有关系……"

"我们也是以防万一。不好意思，这是我们工作的一部分。"

我从警官沉稳的语气中，感受到一股压力。也许是因为之前一直配合调查的我忽然缄默不言，警官询问的眼神似乎更加锐利了。

"……南文先生。"

"哦，南、文。"

警官的语气有些微妙，一字一顿地说着，将目光落在手中的资料上。

"和佐伯文的名字相同呢。"

我的心脏剧烈地跳动起来。

"您就是十五年前'家内更纱诱拐案'的受害者本人吧?"

我望着对方直直地投过来的目光,明白他从接到资料的那一刻起就已对情况了解得一清二楚了。尽管他对我依然彬彬有礼,却让我再一次意识到这里是警察局。我并没做什么恶事,只要坦然应对就行了——我告诉自己。

"请先让我给孩子打个电话,她在发烧。"

"好的。请便。"

我掏出手机,拨通阿文的号码。阿文立刻接了电话。

"喂,梨花怎么样了?"

"还在发低烧,不过精神挺好的。刚才吃了桃子和金砖蛋糕。"

"太好了。总是麻烦你,非常感谢。"

说完这些我便挂断了。通话时,警官对我的审视让我很难受。

"孩子叫梨花,那就是个女孩子喽?"

"是。"

"几岁了?"

"八岁。"

"有人在帮忙照顾她吧。"

"对,是我的朋友。"

"这位朋友的名字是?"

我在桌下捏紧了拳头。

"我为什么非要告诉你这个呢?亮君的事,我是正当防卫吧?既然如此,为什么要把我当成犯人一样对待呢?"

"是啊——"警官夸张地扭歪了脸,"之前那起诱拐案中,您也是受害者。但正因如此,有些事才更值得注意。回到刚才的问题:南文就是佐伯文吧?"

我的心脏仿佛被什么东西粗暴地捏住了。

"大概从上周开始,就有周刊写了不少东西。这件事您知道吗?"

看来这个人已经掌握了一切,而且他担心有新案件发生。但不要紧,我和阿文什么都没做,没关系。可是,呼吸好难受。

"您和中濑亮先生的纠纷,还有佐伯现在的恋人通报警官的事,综合这两份报告和周刊的报道能够看出,您和佐伯现在住在同一座公寓,而且是您主动搬过去的。佐伯也认可这一点吧?"

"……是的。"

"刚才您的电话,是打给佐伯的吗?"

这是事实。这一切都是事实。周围的路全被堵死,我渐渐无处可逃。明明不需要逃,人们却拿着同一套画具,描绘出一幅越发偏离真相的图景。

"刚才您说梨花不是您的孩子,那她的监护人呢?"

"去冲绳了。她拜托我在旅行期间照料她的孩子。"

"请您给我这位监护人的联系方式。"

我报上安西的手机号码:"但可能打不通。"

"什么意思?"

"她说好一星期就会回来的,但从几天前起就联系不上了。"

"失踪了吗?"

我说自己不太清楚,警官便叫来另一位警员,将资料递给对方。

"立刻联系安西佳菜子女士。还有,把佐伯文带来做证人。"

我吃惊地抬起头。

"等一下!为什么连阿文都要——"

"找一个女警官一起带佐伯过来。家里有个八岁的小孩子也带过来,保护好小孩。"

"等等!梨花还在发烧,你们不能这样乱来。"

"然后把佐伯文的相关资料找出来。"

"你们听我说!我和阿文什么都没做!"

我用力大喊,却没人看我一眼。局势兀自发展,仿佛我这个人不存在一样。我的脚下忽地出现一个黑点。黑点渐渐张大,我掉进洞中,拼命伸手去够,却什么也抓不着。我不停地向下坠落。十五年前也是这样。

"帮忙带孩子的是你,还是佐伯?还是你们俩一起?"

"是我。"

"你怎么能把自己带的孩子交到别人手里?还偏偏是交给佐伯——一个十五年前诱拐幼女的男人。他是个怎样的男人,你明明比谁都清楚。"

"是啊,我清楚。"

"那为什么要这样做?"

"我很清楚阿文不是那种人。"

警官凝视了我一会儿，牙痒痒般地皱起眉头。

我狠狠攥住自己的裙子。如果他丢给我的全是负面情绪，那我还会好过一些。愤怒、轻蔑和高姿态的怜悯，这些情绪，我可以毫不犹豫地丢弃。但在这些情绪之中，不时还混杂着温柔——想要理解这个人，想看看自己还能为对方做些什么——这份善意裹住了我的腿，拼命拖住我的脚步，不让我走。从九岁开始，我就没能迈出一步。

"……拜托你，给我自由吧。"

我低下头，灰色的桌面上落下一滴眼泪。

"我知道。不是你的错，你是被佐伯害了。"

不是的，不是这样。我是想从你们这里得到自由。想从你们将我五花大绑的半吊子的理解和温柔中，得到自由。

警方虽然对我态度温柔，但总是让我再等一等，迟迟不肯放我回去。

相比之下，我更担心阿文的状况。警官是突然找上家门，不由分说地将他带到局里的。我向警官打听阿文的状况如何，但对方并不回答。不仅如此，还反复审问我和十五年前的案件相关的事，真是让人头大。

"我已经说过很多次了。那起诱拐案，是我自愿跟阿文走的。他人很好，对我没有任何不正常的举动。"

"我们知道他的犯罪行为没有进行到最后一步。你得到警方保护后，给你做检查的医生在病历上也是这么写的，给佐伯做的体检也能证明这一点。在这一点上，我也很同情佐伯。"

警官一边叹气，一边翻阅厚厚的资料。同情？他这话是什么意思？

警官见我一脸疑惑，随即恍然大悟道：

"哦，你不知道吧。"

不知道什么？我刚要问他，又有另一位警官进来：

"跟安西佳菜子女士取得联系了。"

"总算联系上了。情况如何？"

"我们带过来的确实是安西佳菜子女士的孩子，她也的确拜托家内女士在旅行期间帮她照顾孩子。两边提供的信息是相符的。"

"关于佐伯的事呢？"

"她好像不认识佐伯。总之，明天中午她应该就回来了，我们问她在那之前孩子要怎么办，她好像说：'姑且先让她待在你们那儿吧。'"

"这是什么混账父母？把孩子晾在一边，拿警察局当托儿所吗？"警官粗暴地埋怨。

"好吧家内女士，辛苦您配合我们这么长时间。"

"我可以回去了吗？"

"是的。"

我做了个深呼吸，慢吞吞地起身。

"阿文呢？"

"他那边应该也快完事了吧。"

我松了口气，顿时踉跄了一下，身后的警官扶住了我。

"您要休息一会儿再走吗？"

"不用，我走了。"

我取过书包，微微鞠躬后离开审讯室。窗外天色已晚。走下楼梯，梨花坐在长椅上，一位女警官正握着她的手。

"更纱！"

梨花看见我便跑了过来。我蹲下来紧紧抱住她。

"梨花，这么突然，吓到你了吧？对不起啊，对不起啊！"

"我一点事也没有。你呢？你还好吗？"

梨花观察我的目光里浮起一层水雾，我将她抱得更紧了。"文君呢？"梨花问。

"更纱，文君呢？他还好吗？那些大叔要把他带走，他大吼着'不要'，说自己绝不会去警察局，闹得很凶呢。"

"闹得很凶？阿文吗？"

"好像警官费了很大力气，才让他安静下来。"

刚才一直和我对峙的警官就站在我身后：

"我们说只是让他来做证人，但他好像重复了好几次，说自己不愿意，有权拒绝。不过我能理解他的反感——万一变成拘留的话，还要再做体检。"

"梨花，跟姐姐一起走吧？"

女警官想要默默地将梨花从我身旁带走。

"不要,我要和更纱在一起。"

梨花紧紧抱着我。我与犯难的警官对视:

"我既不是罪犯,也不是嫌疑人吧?既然如此,把孩子交给我有什么不妥吗?一个晚上而已,安西那边我会和她好好解释的。"

"可如果让孩子回你家住,谁知道佐伯会不会跟着呢?"

"阿文的罪已经偿完了,他不再是罪犯了。"

"话是这么说。"

过去和现在,阿文什么也没做,推测和偏见却无处不在,一有风吹草动便卷土重来,在他身上烙下无数个崭新的印痕。

"来,我们走吧。"

女警官拉过梨花的手,我立刻抓住梨花的另一只手。我知道无论自己多么用力都是徒劳,明知如此,却还是紧紧抓着。阿文从前就曾这样,紧紧抓着幼小的我的手。是他让我知道,在这个世界上,还有人愿意紧抓着我不放。过去的十五年,这份感触成了我的精神支柱。

"更纱,谢谢你。"梨花说。

"我们走吧。"在女警官的催促下,我和梨花松开了彼此的手。梨花的脸皱成一团,抽泣着,一步三回头地看我。

"家内小姐,请您收下这个。"

梨花走后,警官递给我一本小册子。我茫然地读出封皮上的字:全国受害者支援联盟。

"您的案子已经结束了,不过有许多人和您一样仍然承受着痛苦。能和大家一起分享自己的感受,或许也算是一种安慰。这里还有专家提供心理治疗。"

"……谢谢您的好意。"

就像面对店长时一样,我感觉到我和这位警官之间也出现了一条静默而暗淡的河流,将我们分隔开来。在这个责任心泛滥的世界上,我得到了太多的照料,却只是绝望地一再被宣告无人理解的事实。

"我只想告诉您一件事。"

我的目光从小册子上移到警官身上,看到他疑惑的表情。

"当年猥亵我的人不是阿文,而是抚养我的姨母的儿子。"

"哈?"

"只有阿文,将我从那个家救了出来。"

警官的表情逐渐崩溃。

这时,阿文从二楼下来,有一名警官跟在他身旁。

"阿文!"

我向前迈出一步,刚接过来的手册从手中滑落。

"阿文,你还好吗?"

我跑过去,观察他的状态。他的面色像失血般苍白,目光虚浮,眼中没有一丝光芒。

"阿文,回家吧。我们一起回家。"

我拉过他因疲惫而浮出血管的单薄手掌,撑着他朝门口走去。

警官们用异样的眼神望着我们，仿佛在看怪物一般。方才给我小册子的那位警官，如今呆若木鸡地垂首望着掉在地上的小册子。

对不起。我在心里致歉。

我舍弃了你们宝贵的善意。

因为那所谓的善意，不曾拯救我分毫。

我们在大街上打了辆车。坐进车里，阿文一言不发的样子很吓人，像是各个方面都到了极限，再经受半分打击就会粉碎。

坐在憔悴的阿文身旁，我也无法挥去莫名的不安。刚才梨花说，警方要带走阿文时，他大发脾气。警官对我说，有些事我是不知道的。警官的同情是指什么？关于阿文，还有什么是我不知道的吗？

下了车，看到公寓大门口有一个人影。

"阿南，你回来了。连续几天的采访结束了，我刚才去店里，发现关门，你的电话也打不通。我有点担心，就在这里等你。"

谷女士悄悄看我。她手里提着某家土特产店的礼品袋。见阿文恍惚着，毫无反应，她的笑容逐渐凝固。

"谷女士，阿文他……"

"你别说话。"

她安静地提出请求，语气中没有一丝愠怒。

"阿南，原来你的真名叫佐伯。"

阿文的肩膀轻轻晃了一下。

"我在回来的电车上,看了周刊。虽然是黑白照片,但我立刻就认出是你了,还有咖啡厅的照片。报道从上周就有了,我竟然没发现。身为一个记者这么马虎,我可真滑稽。十五年前那起诱拐案发生的时候,我还是学生,但隐约有点印象。"

仿佛阿文身旁的我不存在似的,谷女士只管盯着他一个人。

"你一点都没跟我透露过呢。"

"大概也说不出口吧。"她苦笑着,低头看自己的脚尖。

"看到报道的时候,我起了一身鸡皮疙瘩。自己的男朋友竟然是恋童癖,恶心得我差点吐了。竟然会喜欢上这样的人,我觉得自己也好可怕。

"但是——"谷女士依然低着头,"我也想了想,如果阿南主动向我坦白你的过去,我会怎样呢?应该还是会觉得恶心吧。我可能会对你说我们一起加油吧,也可能会拒绝,我也说不好。我想到许多之前采访过的案子,加害者和受害者,还有许多别的事情。但是,我还是没法接受你……那可是未成年的小女孩啊。"

谷女士抬起头,对着阿文控诉:

"我想了想自己九岁时的样子,那些逼真的感受让我冲进厕所吐了出来。干这一行,我见过不少更悲惨的案子。可换了自己是当事人,竟然这么难受。吐得七荤八素的时候,我终于明白了:你是知道我不能接受什么的,所以才没告诉我这些。从一开始,你就不信任我吧?"

谷女士的嗓门一点点高了上去。阿文张了张嘴,似乎想说什么,却什么也没有说。

"有一个问题,请无论如何也要告诉我。"她小声道,"你是因为喜欢小女孩,才不碰我的吗?"

她问话的语气不像有意责难。

在我听来,反而有点纠缠不休的意味。

——不是因为我只有半边乳房对吧?

——只要是成年女人,你都不能接受对吧?

谷女士不错眼珠地盯着阿文。

说到这里,就成了成年女性的明哲保身——至少自己还有得救。对恋童癖的厌恶和对阿文无法清空的感情,正反两方在她心中激烈相争,她将全部的能量向着唯一的出口——阿文发泄。

"你说啊,是不是这样?"

也不知道她是希望阿文表示赞同还是反对,超越阈值的情绪搅成一团,让她几近失笑,仿佛马上就要露出破绽。

"嗯,是啊。"

阿文的回应语气坚定,听不出半分动摇。可站在他身后的我,却瞥见了他握成青白色的、轻轻颤抖的拳头。

"我喜欢小女孩,所以对你成熟的身体没有兴趣。以前我以为自己也许可以,就抱着做个实验的态度和你交往。利用了你,对不起。"

没有比这更冷漠的话了。阿文明明不是这样的人。

可他还能再为她做些什么吗？不能了。

眼前这个男人根本不配做人，我们之间的关系失败和我残缺的身体毫无关系，他根本不值得我投入感情——这样干脆地做个了结，还能多少让她得到救赎。尽管做了这个了结，她恐怕又会失去其他东西……

"你是怕伤害我，所以故意说谎吗？"

"不，这就是我的真心话。"

我几乎要喘不上气了。再往后退一步便会跌下悬崖，跌下去就是粉身碎骨——眼前的两个人在这样的绝境中谈话，却一点也没有苛责对方。

"……"

我深吸一口气。下一个瞬间，谷女士将纸袋摔在阿文脸上。袋子里的东西飞出来掉在她脚边，发出一声巨响。是一盒印有地名的曲奇饼干。阿文被打，却一动不动，四下里只听见谷女士粗重的呼吸声。过了一会儿，连呼吸声也平静下来。

谷女士长长地吐了一口气，像是要跟刚才的情绪作别。她抬眼望向夜空，用力仰着头，目光缓慢地移动着，仿佛在寻找什么。她的视线越过了灿烂夺目的夏季大三角，我循着她的目光看去，她也许想找北极星。可北极星并不是特别闪亮，只有暗淡的夜空在眼前展开。

她就这样久久地仰望着夜空。

"……阿南，直到最后，我还是不懂你。"

她叹了口气，又望着我问道：

"你能接受吗？"

她的问话含混不清。但同时与我和她有关的只有阿文，如果她是问我，能否接受这样的阿文，我的答案一直都只有一个。

"我从来就没有不能接受过他。"

她微微睁大眼睛。

"……是吗？"

谷女士捡起曲奇饼干盒。

"角上有些破了，但味道应该没变。"

她把盒子塞到阿文手中，补充了一句"失礼了"。

她身上的破碎感已经不再，我知道，她找回了自我。

"告辞了。"谷女士转过身，拎起塞满行李的沉重书包，一只手揣在兜里，望着夜空，大步流星地走远。

我不知道她到底在看夜空中的什么，也看不透她的内心，更不知道阿文的话她是否受用。但她那随着迈步而摇晃得恰到好处的短发，已不再像一把尖刀。它们飘然地晃动着，还原成了一团柔软而自由的毛发。

"阿文，我们回家吧。"

我希望他能早点回去休息，便伸手轻轻拍了拍他的背。没用一点力气的动作，却让阿文一个趔趄。我慌忙扶住他。

"你没事吧？"

"唔……"他仿佛喉咙深处被拧住了似的，吐了出来，只有一点胃液。唾液从微张的嘴中垂下,应该是胃里空着,干呕了好几次。他脸上血色全无,浑身颤抖。我担心会出事,匆忙掏出手机,要给医院打电话。

"不用。"

阿文擦了擦嘴,蹒跚着朝街上走去,问他要去哪里也不回答。他望着夜晚的天空,目光中没有焦点。

"我也跟你一起。"

我张开双手,拦在他面前,他终于定睛看我。

"我想和你一直在一起,所以无论你去哪里,我都要跟着去。"

"你对我一无所知,为什么要这样说?"

啊,又来了。

"你有什么是我不知道的?"

我向前一步,阿文便后退一步。我又向前一步,阿文再次后退。如此这般,直到他靠上公寓大门口的墙。阿文面色苍白。

"告诉我,没关系的。"

他用力摇头。

"没关系的。求求你,告诉我。"

我双手紧握住阿文的手。虽然是夏天,他的手上却布满冷汗。

"……白蜡树……不会长大。"

他一字一顿地喃喃道。

"……永远都那么小……不会长大。"

我想起阿文房间里的那棵白蜡树,它很小。阿文说过,它买回来之后一直是这样。阿文靠着墙，慢慢滑坐下去。

"后来，老妈说这棵是残次品，把它拔掉了，很快又买来一棵新的白蜡树。第二棵长得很快，老妈很高兴，说这次买对了。"

阿文的语声中带着些孩子气，传递出了他心中的混乱。他说新买来的第二棵白蜡树茁壮成长，自己每天去高中都从它旁边走过。有时他几乎控制不住自己，想把白蜡树砍倒……他低着头，怯生生地嘟囔着。

"无论过去多久，只有我，没法变成大人。"

我想，这也许是他将恋童癖换了个说法。

但阿文的话，却渐渐偏离了我的认知。

"只有我和朋友们不一样。只有我单薄细弱，每年都害怕夏天到来。我假装身体不适，逃掉了所有的游泳课。"

他在说什么？阿文怀抱的秘密逐渐显形，我的大脑像被漂白了一般，变得一片空白。

和阿文一起度过的时光，和阿文一起说过的话，我曾以为理所当然的拼图被彻底打散，四散开来，逐渐组合成完全不同的图案。

——就算不是恋童癖，只要活着，就会遇到一大把叫人难过的事。

——就是因为无法水落石出，秘密才成为秘密。

——我和她，没办法结合。

那些话，和阿文说话时的表情，全都变了意思。

"我是残次品。那棵被拔掉的白蜡树就是我。"

他深深地垂下头,像决堤的洪水般打开了话匣子。

第四章
一

他的话 I

我是在什么情况下，发现自己的身体不太正常的呢？

父亲是开公司的，母亲热心于教育和社会援助，哥哥总能把握学习和休闲的平衡。每个夏天和冬天，我们一家人都会去旅行。我一直以为，虽然自己的成长环境不算自由，但我也算是在一个随处可见的普通家庭长大——直到我发现，唯独自己开始缓缓地、无声地偏离这条延展的平凡轨道。

读初中后，朋友的样貌、体态都发生了或多或少的变化。声音越发低沉，唇边长出胡须，肩膀变宽，胸膛变厚。我身上还看不出变化的征兆，不过那时还有不少朋友是瘦瘦高高的少年模样，我以为，那是个体发育的差异使然。

那段时间，奶奶去世，大人们拆掉古色古香的日式家宅，建了一栋新屋。曾经笼在美丽暗影里的走廊也被拆毁，按照母亲的品位，用米白的陶土地砖铺满，到处都明亮而通风。可我更喜欢以前的日式老宅子。

我没有对家人说过自己的想法。奶奶走后,母亲终于卸下了肩上的重任,整个人轻松了不少。奶奶并不是一位严厉的婆婆。可母亲似乎心里有一套标准,她按照心目中的理想,去扮演一位好儿媳、好妻子、好母亲,把自己搞得疲惫不堪。我明白母亲的感受,她总是过度地迎合周遭缺乏温度的期待。人们常说,哥哥的性格像父亲,我像母亲。

母亲生下两个儿子,延续家族的血脉,照料爷爷和奶奶,不断回应着人们的期待。在爷爷和奶奶分别的葬礼上,身穿丧服的母亲悲伤地低着头,却仿佛举着一面没被污染的美丽旗帜。终于履行完自己的职责后,母亲在属于自己的明亮院子里种下一棵白蜡树。她开心地说,要把这棵树养大,让它成为一家的象征之树。可那棵背负母亲期待的白蜡树,却永远那么瘦小,一阵微风袭来,它也会不安地摇动着柔弱的枝条。

"这棵树是残次品。"

母亲叫来工人,干净利索地拔掉了它。对母亲来说,无法回应期待——更何况只是长高这样理所应当的期待——的白蜡树毫无价值。工人像扔垃圾一样,将那棵被连根拔起的瘦弱的白蜡树扔进卡车车斗。母亲只是冷冷地看了一眼我目送小树离开的身影,马上便种了一棵新的白蜡树。

第二棵树生机勃勃地长大,母亲喜上眉梢,庆幸这次没有买错。这棵树现在还很矮,但迟早会越长越大,从我房间的窗户也能看到它。每个早晨和傍晚,我都要望着它度过。想到这里,我忽然浑身一凉。

上高中后，我长出淡淡的体毛，安心不少，声音似乎也低沉下来。但也就到此为止。到了高三，我已经放弃用各种办法安慰自己了。那时社会上已开始流行中性风格的打扮，我在学校不至于被人另眼相待，可一旦脱下衣服，就会很明白地认识到自己的异常。

我开始在意那棵被拔除的白蜡树的行踪。它后来怎么样了？我的心里只有不安在一味地膨胀。那棵白蜡树是我，是残次的我。如果母亲知道我也是残次品，会不会把我也揪出来扔掉呢？

我的身体究竟怎么了？我翻遍了图书馆的书，也查遍了网络，也没发现最接近的病状。第二性征不发育：不变声，体毛稀薄，体形瘦高，手长脚长，生殖器像小孩的一样没有发育。我没有确凿的证据。病症范围很广，最显著的特征没在我身上体现，所以也可能不是这个病。

期待，不安。期待，不安。这两种情绪反复交替，换衣服或洗澡的时候，猛然看到自己身体的瞬间，难耐的屈辱和羞耻感将我的心捏得粉碎。就像因持续摇动而塌陷的地面一般，我一点点陷进深渊。

家庭旅行的时候，体育课上换衣服的时候，当着别人的面露出皮肤的时候，我的情绪总是被紧张支配。我无法和任何人分享心事，无数次独自走进医院又走出来。我得的真是那种病吗？还是其他的病呢？做个检查的话，很快就能弄清楚。可做检查就必须当着医生的面脱光。那岂止是羞耻，简直就是恐怖。我仍然不知道真相，不安持续在内心深处发酵，母亲的话像气泡一般从心底涌上来。

——这棵树是残次品。

那棵被母亲干脆利落地揪出来扔掉的白蜡树。母亲的话浮上浑浊的水面，每在水上湿淋淋地弹跳一次，都会散发出腐臭。每一次，我都拼命忍下呕意。

给奶奶送终后，母亲拨出更多的精力在家务上，投入更多的热情教育两个儿子。家里永远漂亮整洁，我们的衣服总是散发出好闻的香味，她亲手烹饪餐桌上的菜肴，认真搭配，使能量和营养均衡。

不过，母亲也有固执的一面。她能够专心致志地按计划办事，却不擅长处理突发状况。意外发生时，她总免不了焦躁，事后又为自己的反应而失望。如果我将烦恼告诉母亲，她会作何反应呢？父亲和哥哥又会如何？这一家人会怎么看我？

我房间的窗外便是那棵长高的白蜡树。它来到我家，取代那棵不会长大的反常的白蜡树，从窗外窥探着我的一举一动。树叶摇晃的声响仿佛是对我的嗤笑，我只好去药妆店买来耳塞，晚上戴着耳塞睡觉。

在高中，我也悄然失去了容身之处。交上女朋友的同学开始炫耀自己追女生的经验。我不动声色地听着，内心却焦躁到恨不得大吼。我害怕到头来，只有我一个人被丢弃在一旁，被剔除出男人的行列。我不知道这样下去，自己会怎样。

我无心顾及学业，没考上理想的大学。父亲将失望与沮丧写在脸上，母亲则一副世界末日来了的样子，哭着说自己没脸见其他当妈妈的朋友了。

"你是不是谈恋爱了，才在这么关键的时刻分心？"

哥哥半开玩笑地调侃我。要真是这样该多好。母亲见我不说话，便开始一连串地追问："是吗？是跟你同一所学校的女孩吗？告诉我她叫什么。"我的每一次否认，都像是在自己心上打开一个洞——要知道，那些逐渐成熟的同龄女生对我来说，无疑是一种威吓。

她们隆起的胸部、涂了淡淡唇彩的嘴唇、微微歪头的模样，那些博得朋友们眼球的一切，都令我颓然垂首。越是看着女生们逐渐发育为成熟的女人，我就越是清楚明白地感受到发育迟缓带来的自卑。

升入保底的大学后，我离开老家，开始了独居生活。逃离对残次品零容忍的家后，日子轻松了些，但我依然没能摆脱残次品的命运。

大学生交男女朋友是再正常不过的事，甚至有住在老家的朋友因为怀上小孩而结婚。恋爱、结婚、生子，我仍旧脱离于这些大多数人的人生轨道以外，并且似乎已经没有走上正轨的可能，想必未来会一直这样下去。

不知从什么时候开始，我将迷茫的目光放在了幼小的女童身上。这群幼小的孩子与性感无缘，蹦蹦跳跳时摇晃的马尾辫很可爱。其实我从未幻想过和幼女发生关系，只不过是发自内心地觉得她们可爱。欣赏她们的时候，就是我唯一能从恐惧中挣脱出来的时候。

我每天都去公寓附近的公园，总是有放学回家的孩子们在那里玩。我坐在离孩子们远远的长椅上，平静而专注地盯着这群小女孩。她们的头发乌黑而有光泽。

原来我不是不能爱上成年女性，而是喜欢小女孩。

原来我不是被命运推出了生活的正轨，而是主动偏离了它。

我的想法产生了奇妙的扭曲。为了让自己好受一点，今后我将倾尽全力，继续欺骗自己。讽刺的是，我也因此进一步坠入混沌的深渊。我整日若无其事地往返于大学校园和公园，灵魂却仿佛被投向有着狂风巨浪的海面。

我每天极为专注地观察这群小女孩，她们回家后，我往往精疲力竭，像一块用旧了的破抹布。就在这时，总会有一个小女孩回到公园里来。

她有浅棕色的头发、白皙的皮肤，远远望去，就像个小小的洋娃娃。这孩子刚才还跟朋友一起兴高采烈地跑来跑去，接着吵吵闹闹地一起离开，不一会儿却迈着疲惫至极而沉重的脚步回到公园，独自坐在对侧的长椅上，拿出一本书来。

昨天和前天都是如此。就连她翻动书页的指尖都凝聚着倦意。我们像两块用旧了的破抹布，借公园两边的长椅喘息片刻，共度一小段残破的时光。

那天我们也和往常一样,分坐在公园两边的长椅上。后来下起雨,我带了伞,而她任雨淋着,依然固执地看书。于是我知道,她无家可归。

我起身向对侧的长椅走去。

第一次近距离地看她,双颊没有少女应有的红通通,也没有婴儿肥,哪里都是僵硬而苍白的。整个人与天真烂漫无缘。她五官端正,却像洋娃娃一样两眼无神,仿佛一根随时可能折断的木棒。她的身姿与那棵被残忍拔除的白蜡树重叠在一起,残次品白蜡树是我,也是她。

"要来我家吗?"

我不忍心丢下分身一般的她一个人淋雨。

恐怕在那时,我已经下意识地做好了准备。

因未成熟的身体而厌恶、胆怯、不安,今后还将一直和恐惧为伴——这样的日子,着实已令我筋疲力尽,我却没有勇气公开真相。既然如此,不如强制性地让这一切结束。掳走幼女的我,迟早会被警官抓住吧。当无数大人将我包围的时候,我怀揣的秘密就会被他们揪出来,重见天日吧。到了那个时候,我也终将从痛苦中解放。

倒计时开始了,救赎之日近在咫尺,眼下的每一天却没有我以为的那么可怕。像块破抹布般不堪的她其实是拥有美丽名字的小公主——更纱,一种美丽的外国布料。更纱知道许多我不知道的事，都是不守规矩的事，却不知这份叛逆给了我多少救赎。

更纱的自由旁若无人。

那是我感到陌生的、光辉灿烂的世界。

我在更纱身上找到了意料之外的希望。我愿意把这名自由得不像话的、无拘无束的少女当作一个女人去爱。假如我真的成了恋童癖，而不是把恋童当作掩盖肉体缺陷的借口，也许我将得到真正的救赎。

我一心一意地盯着沉睡中的更纱。

我假借擦去更纱嘴边的番茄酱，触摸她的嘴唇。

我一面做这些，一面静静等待欲望从体内升起。

但这些都是徒劳。无论更纱的旁若无人给了我多大的安慰，无论她的自由令我多么憧憬，我都无法对年幼的少女产生欲望。不光对更纱如此，我对一切女人都不曾有过恋爱的感觉或欲望。对自身的厌恶、羞耻和恐惧总是挡在情欲之前。有人说，异于常人的身体反应是上天赐予的礼物，是可贵的个性。可我怎么也说服不了自己。我不需要这样的礼物，只希望自己是个普通人。于是我明白，我无法克服这样的"异常"。

微弱的希望，逐渐被漆黑的绝望破坏殆尽。

不过，于我而言更纱仍然胜过一切，是我自由的象征。不吃晚饭改吃冰激凌，休息日睡懒觉，躺在铺好的被褥上嚼外卖比萨……虽然都是些琐碎的小事，说出来恐怕会让别人笑话，但一切会让母亲见了起鸡皮疙瘩的行为，于我来说都是灿烂的自由。

我无法拒绝更纱的提议。母亲被自己高举的理想旗帜束缚了手脚，但更纱的提议充斥着一种粗鲁，名为理想的包袱曾经压在我肩上，如今被她一件件扔到一旁。第一次享受两肩空空的清爽，我无法再抗拒。

那一天也是这样。我同意了更纱的请求，带她去动物园看熊猫——尽管我从一开始就很清楚这样做会带来怎样的结果。

在动物园，我很快就发现，许多大人一脸狐疑地盯着蹦蹦跳跳的更纱看。人们窃窃私语，不知在给哪里打电话。有人报警了。那时候，我应该丢下更纱跑掉吗？可她小小的手是我唯一的救赎——即使因为她，我的人生马上就要大难临头。那时的我是一个巨大的矛盾体。

警官朝我们跑过来。

几近晕厥的恐惧中，我不顾一切地紧紧握住更纱的手。

更纱也用同样的力度，回握着我的手。

那个瞬间，我和她支撑着彼此的全部。

被捕后，体检查出我身体异常，医生宣布了我的病名，和想象中的一致。那一刻，踏实和绝望交杂在一起，我哭了很久，泪水簌簌地落下。法院考虑到我的身体情况，将我送往医疗少年院服刑。但治疗这种病的关键是在第二性征开始显现时提早用药，我当时已经快要二十岁了，少年院的治疗对我的病情几乎不起作用。

虽然身体的问题和自卑都没能消解，但我从不知究竟发生了什么的不安和无法向任何人言说的痛苦中得到了解放。随着定期服用荷尔蒙制剂，青春期伊始便困扰着我的倦怠感也消失了，这已经让我很知足了。我以交出全部人生为代价，终于换来了内心的平静。

再也没什么需要隐瞒的秘密了。我变得无所畏惧，审讯时无论被问到什么都点头了事。是的，是的，就是这样。我仿佛在隔岸观火，眼看着自己一点点成为掳走幼女的性犯罪者。

就像身处台风眼一样，案件中心的我反而心如止水，那是一种异常豁达的心境。暴风雨却在慢慢移动着位置。

家里人当然也得知了我的病情。父亲和哥哥来探望我，母亲却没来，她好像在儿子犯案和患病的打击下住院了。

"你之前应该告诉我们的——"父亲说。

哥哥则一直低着头，不住地擦着眼角。

已经没人以为我还走在正轨上了，不会再有人对我抱有期待了。心里的负担减轻后，我仿佛从噩梦中醒来一般，渐渐看清现实。

当时明明有更稳妥的方法，我却变得完全扭曲了。我把全家人都卷了进来，在老家开公司的父亲、即将继承公司的哥哥、脆弱的母亲。对不起，对不起。我只能不住地对他们重复这句话。

离开医疗少年院后，我本打算在民间的改造组织工作，但最后听从家里的意思，回了老家。几年没有回家，庭园里多了一间如骰子般方正的偏房，建在第二棵白蜡树原先的位置。仿佛拔除了那棵好不容易长大的白蜡树，然后将我栽了进去似的。这第三棵白蜡树竟然又是残次品。

父亲说，他们也曾顾虑邻居的感受，想让我住得远一些，但念在是一家人的分上，没忍心。我恭敬地低头道谢，从此极力避免与人接触，如无要事绝不出门。偏房的窗户对着正房，我看不到墙外的世界，外面的人也看不到我。

我不曾思考过家人待我是否温柔。谁能说这不是温柔呢？母亲不愿遇上我的目光，似乎并非出于厌恶，而是有几分怯弱，不知该如何对待我这个儿子。尽管如此，她还是和从前一样，为我烹饪营养均衡且可口的饭菜。

我心怀感激，安稳度日，却渐渐觉得身体仿佛从指尖、脚尖开始一点点死去。我将不会孕育出任何生命，就这样一个人腐烂下去，就像我的身体一样。我与任何人都无法结合，也不会留下自己的血脉。闹成那个样子，伤害了自己，也伤害了周围的人，兜兜转转，最后竟然回到了原点。我恍然大悟，哭笑不得。

关于更纱，我想了很多。在网上一搜，就会出现堆积如山的新闻。她分明是受害者，照片却传得四处都是。都怪电视台公开了她的照片。在案件介绍中，看到更纱哭着喊我名字的视频，我感到一阵天旋地转。

"阿文——阿文——"

借助那份粗糙的影像资料，我头一次了解到当时的状况。原来更纱直到最后一刻都相信我。警官拽住我的两条胳膊，带我离开的时候，我一路走，一路试着回头，却因为人群的遮挡看不到她。后来警官按着我的后脑勺，叫我不要反抗，我眼前就只剩下自己的脚尖了。

此后每当我感到失落的时候，必定会梦到更纱。梦到我们在休息日的下午，一起躺在床上吃比萨。梦到她喝了可乐，轻轻地打嗝。那些百无禁忌的日子里，我品尝到此生从未有过的自由。我想一直留在梦中。

但每一天，我都会醒来。

我想见更纱。

可唯独这个，是我无论如何也做不到的。

她成了被变态诱拐的受害女童，照片和真实姓名都遭到披露。是我把她的人生搞成了一团糟，她现在每天也一定都过得很痛苦。虽说我这条性命已无任何价值，但若重逢时更纱看我的眼神中带着怨恨，我生命的根基恐怕会当场断裂。

在我的记忆与网络之间，唯有幼小的更纱越发耀眼。

她现在过得怎么样？请一定要幸福啊。

连同我的份——我任性地寄希望于她。

在偏房生活数年后，母亲病倒，右手无法自由活动。哥哥结婚后，一家人都住进家来。嫂子不愿与我住在一起，她和哥哥育有一女。

父母以生前赠予的方式分给我一部分财产，我就这样离开了家乡。"有事常联系。"他们说。也就是没事少打电话的意思吧。

第一年，我在邻县租了一间公寓。在老家的时候，我一直闷在屋里，很久没有白天出过门，很是紧张了一阵子。但在这个陌生的地方，没有人注意我。一个夏日的午后，天空晴朗无云，我在超市买完西瓜，无所事事地走在回家的路上，一个疑问忽然从脑中闪过：

这就是自由吗？

无论我在这里，还是不在，都没有任何意义。

无论我去其他地方，还是继续住在这里，任何人都不会在乎。

我就是"那个佐伯文"，可如今，谁都不会多看我一眼。但我也不能大喊"我在这儿"。大喊的那个瞬间，每个人都会想起那件事，我又将被拉扯着，回到"那个佐伯文"的位置。

这就是我百般苦恼后，赌上自己的人生犯下的罪行招致的结果。这就是我为了逃脱那份苦恼干的傻事的代价。这份责罚将伴随我一生。

那时的我，怎么那么愚蠢呢？

难道今后我将永远独自一人吗？

我站在路上哭起来，来来往往的路人向我投来异样的目光。

回到家，我像没了魂似的，在网上搜索自己的名字——拜托了，有没有谁能赋予我这个人存在的意义？好让我肯定自己确实还活着。无论是谴责、辱骂还是讽刺都没有关系。

但网上搜到的都是过去的新闻，我像抓住救命稻草一般，点进一个网罗知名案件资料的网站。这里的资料翔实，连我的真实姓名、老家地址、家庭成员和高中时的相册都毫不留情地曝光出来。第一次看到这些的时候我吓得浑身僵硬，之后再也没打开过这个网站。这次想着说不定这里还有人记得我，便点开了里面的报道。

和以前看的时候一样，里面全都是我和更纱的个人信息。案件发生一段时间后，热度像退烧一样降下去，从我上一次访问到现在，只更新了两条消息。

一条是我离开了少年院，还有一条——

"案件发生后，受害女童被K市的福利机构收留，该市与其姨母所在城市相隔两个县。高中毕业后，女童直接在K市工作，如今似乎平安无事地生活着。"

我恍惚了一会儿，便发动猛烈的攻势，开始搜索有关K市的种种信息。那条消息是两年前的了，我不确定更纱现在是否还住在那里。更何况，我连消息的准确性都无从确认。

即使如此也不要紧。对我来说，更纱就是仅存的希望。

即使那希望是过去歪曲的残影。

我在K市找了一间和大学时住的公寓很像的房间，第二个月就搬了进去。我尝试着找过工作，但佐伯文这个名字仿佛系在脚脖子上的铅球，阻挡着我的去路。街头和我擦肩而过的人完全不会察觉，但如果上网一搜就全完了。

望着越堆越高的不录用通知单，我渐渐死了心，心灰意冷中还带着几分戏谑。佐伯文的实体已被人们忘却，仅剩下旧案底里的佐伯文还留在这个世上。

我改名为南文,用父母给我的钱开了咖啡厅。住在老家的时候,为了打发那仿佛无穷无尽的时间,我培养了许多兴趣爱好,咖啡就是其中之一。当时的我执着地尝试烘焙和冲泡方法,将它们记在笔记本上。有时烦躁难耐,我将记下来的内容刺啦啦地撕碎,再认真地粘好。那时无论做什么,我都有着大把的时间。

我给咖啡厅取名"calico",翻译成日语就是更纱,一种美丽的异国布匹。我不知道更纱在不在这个城市,就算在,遇到她的可能性也微乎其微。即使遇到了,说不定她也会用怨恨的目光看我。我迫切地想见到她,却也非常害怕见到她。

一想起更纱,我就心绪难平。由于睡眠太浅,我去看心理医生。在医院,我认识了谷女士。失去一部分身体的她和我相似,我没能拒绝她祈求般的爱意。与她交往并非出于我对她的同情,也不是出于我的温柔。

是我自身渴望爱情。

渴望有人温柔地呼喊我的名字。

渴望有人和我说说话,聊聊今天、明天的天气。

我打心眼里感谢谷女士,同时打心眼里看不起这样的自己。

就这样默默地做了四年咖啡,我迎来了那个盼望已久、恐惧已久的瞬间。

那天晚上,"calico"的门开了,更纱再次出现在我面前。

第五章

一

她的话 III

也许是受了周刊报道的影响,那家网站又有了更新。投稿的人应该不是亮君。更新的内容都不清不楚的,全是个人臆测,这让我安心不少。

那件事发生后的第二天,我去医院探望亮君。

"身体怎么样?"

亮君躺在床上,偷偷用眼睛瞟我。他头上贴着一大块纱布,脸色很难看,眼白浑浊。我将带来的花篮放在边桌上,挑的是配色柔和的白色和水蓝色小花。

"给你添了不少麻烦。"他有气无力地嘟囔着,"我不会再纠缠你了,也不会接受周刊的采访了。"

亮君的嘴微微张着,仿佛还想说些什么。我等着他说下去,却只等来一声叹息。他躺下来,好像很疲惫地背对着我。

"我困了。"

"亮君——"

"抱歉，你回去吧。"

"但是……"

"求求你了。"

我只好点头。

"……为什么，每一次，都会变成这样呢？"

亮君像个无计可施的孩子似的喃喃着。这时，他的父亲进来了，看到我很是惊讶，又看到我带来的花篮，向我深深鞠了一躬。

"我家孩子这次让您为难了。"

他父亲似乎知道了事情的经过。我沉默着鞠躬回礼，然后离开病房。

走在医院纯白而无生机的走廊上，我思考着如何治愈自己的伤口——那肉眼看不见也不知道具体位置的，连我自己也无可奈何的伤口。有时那伤口不痛不痒，有时却痛得让我蜷作一团。痛苦捉弄着我，它不走，我就拿它没办法。

唯一的救赎，是世上有许多和我类似的人。他们不动声色，任凭日晒雨淋，经受着雨打风吹，看不到希望却依然鼓励自己"还能再忍忍"，依然坚强地活着。在我看不见的地方，这样的人有的是。

透过走廊的窗户，我抬头望天。一架飞机飞过，在一望无际的蓝天中有如玩具一般。它明明飞得很快，从地面看去却像静止了似的。我呆呆地眺望着。

周刊的报道影响到了我们的正常生活。有人找到了公寓的位置，在大门口张贴整人的传单。其他居民叫苦不迭，管理公司委婉地下了"逐客令"，我和阿文搬离了这里。

"calico"也因为类似的原因，不得不关张。

"就应该像外国一样，给出狱的性犯罪者带上GPS。"

"竟然允许这种畜生当文艺咖啡厅的老板，日本完蛋了。"

"犯了罪的人照样过得好好的。普通市民谁还愿意纳税。"

原本是餐饮业的点评网站，"calico"页面的评论却全是与过去案件相关的。也有少数人持反对意见，认为一味地中伤赎过罪的人不算真的正义。又有人站出来驳斥。评论区成了自由辩论的场地。

不少人通过周刊的报道了解到当年的案件，从阿文被逮捕至今的十五年时间化为乌有。舆论又从头开始，将痛斥和讽刺的矛头对准阿文，把同情和好奇给了我这个"受害女童"。

只有一条评论让我看到了不同的东西：

"他到底是不是坏人，只有他和她最清楚。"

短短一句话，不知道为何却让我想起了谷女士。

评论者的昵称是"北极星"，我想到那天仰望星空的她。北极星位于北极的天空，是给所有旅人指明方向的星星。那一天的北极星并没有特别亮，也许谷女士在暗淡的夜空中寻找的是别的什么。

也许这条评论和谷女士没有任何关系。我只是想当然地认为，那如果是谷女士的留言，阿文就得救了。这不过是渴求宽恕和救赎的，软弱而任性的我的愿望。

似乎我和阿文，还有每一个写下评论的人身上都有一样的软弱。这软弱让那天的谷女士混乱。我们针对着某一个人，同时带着敬畏的心，渴望得到某种宽恕。至今我仍不知道，我们希望被谁宽恕，希望得到怎样的宽恕。

想着这些，我的心境也逐渐发生转变。

昨天，我们叫来工人，收拾了"calico"的空间。不知道今后还会不会再开咖啡厅，我们租了一间仓库，暂时将店里的东西放在里面，等有了下一步打算再说。和阿文一起打扫空空荡荡的店面时，外面传来敲门声。

"南君，辛苦啦。"

是大楼的业主阿方。他比之前在古玩店碰到的时候更瘦了，但依然是上次见面时的装束，柔软的夹克衫，配一条简易领带。

"您可以下床走动吗？"阿文问。

"没事。"阿方说着走进来。

"卧不卧床，剩下的时间都差不了太多。"他双手背在身后，打量着这一层楼，"搬空了啊。"

"这栋大楼估计明年就要拆啦。"

"是吗？"

"我死以后，儿子们马上就会把楼拆了建新的，要么就是计划整块地一起卖了。嗐，毕竟是老楼，拆就拆吧。这里也就适合我不务正业地开个古玩店，本来我也只愿意租给自己喜欢的人。"

阿方眯起眼睛，笑着对阿文说。不知他是不知道阿文过去的经历，还是知道却佯装不知。我无法从这位比我们年长一倍还多的老人眼中找到答案。

"你要搬去哪里？"

"还没定好，但正在跟她商量，可能想去暖和一点的地方吧。"

"你们要结婚吗？"

"不，但打算一起生活。"阿文回答。

"不错嘛。"阿方看看我，"你就是那位带走了红酒杯的小姐吧？"

"是的，上次承蒙您的关照。"我向他鞠了一躬，"有了那只杯子之后，我常喝威士忌。"

阿方听了，开心地笑着点头说道："一定要幸福哦。"

我和阿文也回以微笑。

阿文起初拒绝和我一起生活，是因为这意味着我会更多地暴露于围绕着他的苛责的眼光中。在这个世上，阿文依然是犯下诱拐案的恋童癖，我则是无力逃脱其精神束缚的可怜的受害者。这个烙印会跟随我们一生。

但这些都已经不重要了。

那天晚上，听完阿文的内心剖白，我颤抖着拉过他单薄的手，像十五年前一样，紧紧地握住了它。

我放声哭泣，像一个终于回到家的孩子。

我不曾恋上阿文，不想和他接吻，也不想和他拥抱。

可和之前曾与我发生过关系的所有人相比，我更想和阿文在一起。

温热的泪水无休止地流着，像我第一次和阿文讲话时降下的雨水，打湿了我的一切，治愈着我的一切。

这世上找不到合适的词语，来恰当地形容我与阿文的关系。

而我们却有一大把必须在一起的理由。

我们是不正常的吗？

这个判断还是交给我们俩以外的人吧。

因为这些都已与我们无关。

终章
一

他的话 II

暑假的家庭餐厅人头攒动。午饭后，我和更纱喝着不浓却快要煮煳了的咖啡，等梨花回来。

"阿文——阿文——"

旁边的餐桌隐约传来小女孩的声音，周遭的客人投来不悦的目光，但那几位高中生沉浸在视频中，全然没有察觉。

"恋童癖是种病吧。真该把那些家伙都处死。"一位高中生嘟囔道。

我和更纱装作没有听见。我们是假装听不见、假装看不见、假装没发现的专家。如果对每一个刺激都么敏感，心情随之忽起忽落，我们的生活就会寸步难行。

"我回来了。"

梨花手里拿着电话走进来，要坐下的时候，被旁边的低呼声吸引，朝邻桌看去。她知道那群高中生看的是什么视频后瞪了他们一眼。不过，看入迷了的高中生们并未注意到这份无声的抗议。

"等我上了高中，会去长崎玩的。"

梨花刻意提高了嗓门，仿佛要盖住那让人不悦的声音。

"到了暑假，要让我在你们的咖啡厅里打工哦。"

"没问题，但你出门这么久，安西能同意吗？"

梨花听更纱这么问，耸了耸肩："我妈才不管我去哪里、做什么呢。她这个人，绝大多数情况下，都会用'不是挺好的吗'糊弄过去。你们也知道啊，她粗心大意到让人难以置信。"

"她确实如此。"更纱回忆起从前的事情，笑起来。

"那次她也是丢下我不管，和男朋友在冲绳乐不思蜀，给你们添了那么多麻烦，竟然说一句'对不起啦——'就完事了。简直难以置信。"

"她只是不会想那么多，本质上还不坏啦。"

"你是不是太烂好人了点？"

"多亏了她这么粗心大意，那时候的我才轻松不少。"

"是吗？"

"我以前很讨厌别人把每件事都太当回事。也正是因为安西是这样的性格，才能允许我们现在依然和你见面。"

"那当然了，根本没有不能见面的理由嘛。"

梨花好像生气了，粗暴地捅坏开始融化的刨冰。

"我高中毕业后绝对要离开那个家，今后要像你们这样，开一家咖啡厅。之前我搜索你们的店名，有博客说这家店在当地可有名了。听说咖啡和早餐是一绝，真棒啊。你们不考虑开分店吗？

我想做分店店长。"

梨花今年十三岁，看上去十分成熟，像个高中生，内心却还是有许多充满童真的想法。更纱像姐姐或母亲一样，守护着每次见面都长大一些的梨花。

我则对梨花有些恐惧。尽管接受了自己生病的事实，但看着一个女孩一步步地成长为女人，我还是难免感到畏惧。这种情绪恐怕一生都无法改变了。

那场混乱过去五年了。头两年，因为周刊的影响，我们一直不得安生。总是有人向外界说出我们的身份，我们不得不频频换工作、搬家。我不记得自己和更纱说过多少次分手，每次她都回答一句"不要"，接着满不在乎地准备搬家。

再后来的事我记不太清了，现在，我和更纱在长崎开咖啡厅。早上七点开店，晚上七点关张，以当地居民为主要客源，没有什么特殊之处。更纱和我都考取了厨师资格证，所以店里也提供早饭和午饭。

我们每年从长崎出发，去见梨花一次。我没见过梨花的母亲。听说她那次从冲绳回来，向更纱道了个歉，说给更纱添了不少麻烦。

——她本质上还不坏啦。

更纱能这么说，可见她没太把过去那些事放在心上。

"不过，这个'阿文'就是罪犯的名字吧？"

邻桌的孩子们还在讨论我们那起案子。

"为什么被拐走的孩子还在叫罪犯的名字啊？"

"罪犯是叫佐伯文来着。"其中一个人边搜索案件细节边说，"说起来，后来这个案子有了很刺激的发展呢。罪犯是当年十九岁的佐伯文，被拐走的是九岁的家内更纱小朋友。她被佐伯文关在家里两个多月，警官来的时候，她已经很依赖罪犯佐伯文了。听说十多年以后，她又和出狱后的佐伯生活在了一起。"

"啊？怎么会这样？"

"网上说是因为那孩子小时候被洗脑得很彻底，走不出来。"

"太可怕了——"高中生们夸张地发出惊恐的声音。

"这女孩的一辈子都毁了啊。"

"不过到了这个地步，拐走小孩的罪犯和被拐的女孩，都不正常啊。"

"阿文——阿文——"

高中生们变态般津津有味地反复听着小女孩的哭声，没人发现那个不正常的罪犯和女孩就坐在一旁，还若无其事地喝着咖啡。

"好吵啊，在店里外放视频。"

梨花故意大声说话，让他们听到。

高中生们惊讶地看向我们，然后环视店内，终于意识到自己影响到了周围的人，慌忙关掉视频。他们尴尬地面面相觑，站起来准备离开。梨花一直瞪着他们。

"……明明没有人知道事情的真相。"

高中生们离开餐厅后，梨花喃喃道。

去年寒假，我们三个一起吃饭的时候，梨花忽然哭了。问她为什么哭，她也不回答，快要回家的时候才告诉我们，她查到了网上的消息，知道了我和更纱过去到底发生了什么。我已做好了她不会再和我们见面的心理准备，她却哭着说：

"文君明明不是那样的人……

"文君和更纱，明明都特别特别好……"

更纱一言不发，紧紧抱住簌簌流下眼泪的梨花。

我望着眼前这两个人，心中充斥着一种无法言说的情绪。

为了逃开那股痛苦，我朝着空荡荡的天空轻轻叹了口气。

在互联网如此发达的世上，我和更纱恐怕是不会被人群完全遗忘了吧。只要我们还活着，就无法从过去的阴影中解脱——我已经放弃了。放弃虽痛苦，但已成了我的拿手戏。

可当我看到哭得一脸委屈的梨花和紧抱着梨花的更纱，那痛苦仿佛和叹出的气一起，飘到空中散开了。

事实和真相不同。除了我这个当事人，还有两个人明白这个道理。起初是更纱，接着是梨花。小时候与我有过一段纠葛的两个女人，如今都已长大。我带着难以用语言说明的心情，望着她们成熟的侧脸。

——这就够了吧。

——还有什么不满足的呢？

我打从心底这样想着。

"不会开分店的。"

梨花听见我讲话，将目光移了过来。

"而且还不知道能在长崎待多久呢。"

"又有人知道了吗？"

梨花的瞳仁惊慌地收紧。

"那倒还没有，但就算让人知道了也没什么。"

"为什么？那也太不公平了！"

愤怒涨满梨花的脸。

"我们正在聊下一个地方要去哪儿呢，如果在长崎待不下去的话。"更纱兴致勃勃地探出身子，"要不下次往更南边的地方去吧，冲绳的离岛什么的。还是说要北上？北海道的美食不是很好吃吗？或者干脆去国外呢？中国、印度尼西亚这些地方也很棒！"

"是吧阿文？"更纱像要去旅行似的轻松地说着，征求我的意见。直到今天，我的自由的象征依然是她原本的样子，没有改变。我点头。

"去你想去的地方就好，哪里我都跟你去。"

梨花听得呆住了，皱着眉头，别扭地噘起嘴："你们俩怎么都这么没危机感？还是说，是在跟我秀恩爱？"

听到这句突如其来的话，我和更纱都呆住了。

我以为自己一生都不会和这种话扯上什么关系，脸红得不行，简直坐立难安，却没因此不悦，只是有点反应不过来。没想到自己还会有这样的情绪。

"文君,你害羞了?"

"我没有。"

"更纱呢?"

"我也没有。"

"但你们就是在秀恩爱吧。"

"没有的事。"我和更纱不约而同地说。

"太奇怪了。明明你们一直住在一起。"梨花爆笑。

我和更纱也笑了,笑着笑着,三个人都不自觉地望向窗外。

刺眼的夏日阳光洒在马路上,人来人往,有如一条流动的河。刚才的高中生们也走在其中。周末的家庭餐厅仿佛一个巨大的储水槽,我们待在里面,向外眺望河水的源头。善意和恶意交错其中。

我们每次和梨花见面,都是在傍晚分别。她说的话每次都一样:要保重、有事随时联系。她似乎惜字如金,只拣最重要的说。

在回家的车站里,更纱买了很多东西,便当、小菜、啤酒、甜点。我们每次都将它们摆在新干线的小桌上,两人分享一对耳机,在平板电脑上看电影,优哉游哉地一边看电影一边吃东西。更纱忽然嘟囔了一句,我摘掉耳机,要她重复一遍。

"梨花长大了呢。"

"是啊。"我点头。

"说不定过不了几年,就会说要去约会、今年没法见面了。"

"那不也挺好吗?"

"嗯。有些事不见面也不会改变。"

更纱撕开填满奶油的瑞士卷的包装袋。她已经饱了,却像打发寂寞情绪一般继续吃起来。"给你。"她撕下一截瑞士卷,塞进我嘴里。

"我不要。"

"那就别张嘴啊。"

她说得没错。可我对她就是没有抵抗力。

"阿文啊。"

"嗯?"

"如果现在的地方真的不能再住了,你想去哪儿?"

我们目前在长崎住得还很踏实。不过,说不定什么时候又会闹出乱子。不知道为什么,更纱总是饶有兴致地和我讨论这个话题。

她的问话听不出半点悲伤,声调柔和,好像美丽的音乐。

东边、西边、南边、北边,她报上一个又一个城市或国家的名字。

对她来说,去下一个地方就像旅行一样轻松。

在这个世界上,真的有能让我们安心居住的地方吗?

不过我想,就算没有,我也愿意随着她去。

窗外夜色已深,什么也看不见了。列车开得飞快,月亮的位置也移动得很快。更纱已经靠在我肩上打起了瞌睡。

我也闭上眼睛,只在嘴角牵起一个微笑。

——阿文啊,下次我们去哪儿?

——去哪儿都行。

反正无论去哪儿,我都不再是一个人。

图书在版编目（CIP）数据

流浪之月 /（日）凪良汐著；烨伊译 .—成都：
四川文艺出版社，2022.6
 ISBN 978-7-5411-6303-6

Ⅰ.①流… Ⅱ.①凪…②烨… Ⅲ.①长篇小说—日本—现代 Ⅳ.①I313.45

中国版本图书馆CIP数据核字（2022）第057190号
RURO NO TSUKI
Copyright©2019 Yuu Nagira
Chinese translation rights in simplified characters arranged with TOKYO SOGENSHA CO.LTD.
through Japan UNI Agency,Inc.,Tokyo

版权登记号：图进字21-2022-108号

LIULANG ZHI YUE

流浪之月

[日] 凪良汐 著　烨伊 译

出 品 人	张庆宁
策划出品	磨铁图书
责任编辑	陈　纯
责任校对	段　敏

出版发行	四川文艺出版社（成都市锦江区三色路238号）
网　　址	www.scwys.com
电　　话	028-86361802（发行部）　028-86361781（编辑部）
印　　刷	三河市冀华印务有限公司
成品尺寸	145mm×210mm　　开　本　32开
印　　张	10.25　　　　　　　字　数　220千
版　　次	2022年6月第一版　　印　次　2022年6月第一次印刷
书　　号	ISBN 978-7-5411-6303-6
定　　价	48.00元

版权所有·侵权必究。如有质量问题，请与本公司图书销售中心联系调换。010-82069336